Nick Hornby

尼克·霍恩比 | 作品

Fever Pitch

[英] 尼克·霍恩比……著
沙迎风……译

极度狂热

上海译文出版社

发烧的足球场
——代译本序

我只看过两次英超比赛的现场,两次都有阿森纳队。一次是在2002年,一家赌博公司邀请,去伯明翰看莱德杯高尔夫球赛,中间有一天,从伯明翰开车去利兹,看利兹对阿森纳的比赛。下午的阳光从云层中透过来,三五成群的球迷慢慢向埃兰路球场聚拢。赌博公司的经理,向我们介绍在球场门口如何投注,花两镑买一张彩票预测一下比分,他当时雄心勃勃,以为不久就能在北京工体门口也开这样一个足球投注点。第二次是去老特拉福德,曼联的赞助商宇舶表邀请,除了记者,还有几位花大价钱买了手表的 VIP 客户,在包厢里吃饭,有签名球衣相送,有曼联名宿作陪,那场比赛,温格先生被罚上了观众席,他在观众席上向裁判摊开双手的形象广为传播,身后的曼联球迷发出阵阵嘘声,后来那张照片被人 P 了一次,温格身后曼联球迷的人头都被狗头替代,也就是所谓“曼狗”。我当时就在教授身后,觉得他的样子好帅。

回想这两场比赛,我好像更喜欢在埃兰路看的那场球。因为球迷氛围更好,中场休息的时候,看台走道上的球迷都手捧一杯啤酒,厕所里也弥漫着啤酒味儿,小便池是金属制造,直接镶嵌在墙里,似乎是怕愤怒的球迷将小便池拆下来。利兹大比分失利，主场球迷对裁判和客队表现出更大的愤怒。也就是说，那场球有一种略为粗野的危险气息，相比之下，曼联的那一场有点儿温文尔雅。

尼克·霍恩比在《极度狂热》一书中说，一场好的比赛，要让你沉醉、难忘，应该具备七种特征。一是进球越多越好；二是裁判糟糕的判罚，你支持的球队是受害者，但还不至于因此而丢掉比赛，义愤填膺是看球的重要情感体验；三是喧闹的观众；四是下雨湿滑的场地；五是对方罚丢了点球；六是对方队员吃了红牌，下半场胶着之时对方吃到红牌是最好的；七是某种“不道德事件”，足球机构和记者总会呼吁球队将注意力放在比赛上，但球迷没必要听从道德训诫，场上不出现点儿幺蛾子，一场球就显得过于平淡。

霍恩比这个说法，值得再琢磨一下。第一条，进球，可以算是对足球技战术的要求。第二条，要有骂裁判的机会，比赛中要有“错误”判罚，球迷们要感受到不公，要因此发泄。第三条，观众要足够闹腾，死忠球迷的 chant 始终在上空回荡，球员在场上的动作能得到观众的回应，这才是好的舞台效果。第四条，特殊天气会带来独特的视觉体验，英国的雨雪天气多，要求队员更拼命，这也算是一种比赛态度。第五条，对方罚丢点球，在球场中除了胜利的喜悦，还需有幸灾乐祸来助兴，幸灾乐祸是一种有益健康的情绪。第六条，对方球员在下半场胶着时被罚下，这是一种“天助我也”的感受；第七条，场上球员吵架、打架，观众在外围大声叫骂，这就是赤裸裸的攻击性。七条中，有四条完全是情绪化——痛斥裁判不公、幸灾乐祸、天助我也的自信、仇视与攻击性。有两条也偏重情绪——观众要看得投入，要闹腾，雨雪天气让球赛在审美上更具吸引力。

霍恩比对好比赛七要素的总结，是他在记述阿森纳和诺维奇的一场比赛中写到的。那场比赛1989年11月4日在海布里进行，阿森纳以4∶3获胜。《极度狂热》这本书就是霍恩比1970年代和1980年代的看球笔记。那是“英超”之前的事情。霍恩比当时住在伦敦郊外，他的主队是阿森纳。不过他很快就接受到了“球迷归属地”的教育。霍恩比住的地方叫梅登赫德，雷丁队是离他最近的俱乐部，球队主场榆树公园离他家八英里，海布里离他家有三十英里。1972年足总杯第四轮，雷丁主场对阿森纳，霍恩比想，去雷丁买一张票比跑到北伦敦容易，他买了票，在开赛前九十分钟就进场，结果碰到雷丁球迷一家人，他们戴着蓝白横条的围巾，和霍恩比聊了起来。雷丁球迷说话有口音，也不愿意像伦敦人那样说话，霍恩比跟他们说话，也装出工人阶级腔调。雷丁球迷问他，你住哪里啊？霍恩比回答，住在梅登赫德。雷丁球迷说，你住的地方离雷丁只有四英里啊，你不应该支持阿森纳，你应该支持你当地的球队。霍恩比说，我住的地方离雷丁有十英里。他要用距离来解释自己为什么不是雷丁球迷，但这个解释说不通。他说，这是我青少年时代最丢脸的时刻，我希望阿森纳为我复仇，击败这支三流球队，把这些自命不凡、愚蠢乏味的球迷打成一堆烂酱。

英格兰足球文化——文化这个词用在这里非常别扭——姑且这么用着吧，其根基就是互相仇视。利物浦球迷从小就会被教育仇视曼联和埃弗顿，桑德兰球迷要恨纽卡斯尔，热刺要恨阿森纳，这里面有历史原因，比如曼彻斯特和利物浦的一百多年前的利益之争。但我总觉得，相互仇视并不需要什么理由，球迷需要无理由的、作为文化传统的相互仇视。霍恩比在书中写到，有一次阿森纳迎战曼联，背后有个球迷总是对着因斯学猴子叫，霍恩比回头看，发现那是个盲人球迷。一个盲人球迷为什么是一个种族主义者？对种族主义说不，这是个持续几十年的话题了。然而，对种族歧视的反击也可以演变成另一种仇视，2012 年 2 月，曼联主场对阵利物浦的那场比赛，解禁之后的苏亚雷斯拒绝跟埃弗拉握手，曼联获胜之后，埃弗拉全场飞奔庆祝，跑到苏亚雷斯面前又蹦又跳。一年后，曼联获得二十冠，埃弗拉庆祝之时拿起一支手臂模型，嘲笑苏亚雷斯的“咬人”，仇视——报复性的庆祝——嘲笑式的庆祝，这个梁子持续两年，也就变成了“双红会”中的典故。

英超的全球转播，会让全世界的球迷看到每一轮比赛的每一场球。2020 年 6 月，英超“重启”之后的第一场球，谢菲联客场对阿斯顿维拉，鹰眼系统居然漏掉了一个进球，门线附近的七个摄像头都被球员给挡住了，球迷们可以从 gif 图看到，可以从几十秒的短视频中看到。在这样的传播环境下，再看霍恩比的这本书，免不了会有点儿不满足，他说的那些球赛都是几十年前的事了，对那些比赛，我们并没有共同记忆。然而，这本书的可贵之处，也在于霍恩比写的是他的个人记忆，离婚的父亲带着他去海布里，小孩子在球场上找到归属感，上大学的霍恩比成为剑桥联队的球迷，他不得不学会降低自己对球队的要求，不再求胜，希望能有一个进球，而后又要接受残酷的连续失败——接连有三十场比赛不能获胜。足球与女友的关系——为什么同年龄的女孩就比男孩显得要丰富一些呢？不是球迷的人，总觉得要从足球中获得某种提升——比如足球促进了亲子关系，比如从足球中悟出了什么人生道理，可球迷都知道，足球就是足球，看球就是情绪化的、粗野的、带着莫名其妙的优越感、带着攻击性，球迷去看球，可不是为了去净化，甚至也不是为了去宣泄，那就是度过星期六下午的一种方式，或者阳光明媚，或者阴雨绵绵，大家聚在一起，感受到我们的生活本身就充满了仇视、粗粝、天不遂人愿、不公，还有狂喜。

足球读物向来是英国书店中一个专门区域，其中最常见的就是球星自传，球迷渴望谈论比赛，也愿意看到球星的故事。1970 年墨西哥世界杯结束的时候，亨特·戴维斯给英格兰队写了本书，那时候的球星还没经纪人，随便写一个授权书，同意接受采访并由戴维斯写书，戴维斯采访了十九个人，稿费自己拿一半，另一半分给那十九人，每个队员最终到手一百镑。当时，球员平均周薪是二百英镑。到 2006 年的某一天，戴维斯接到电话，出版商问他是否有兴趣给鲁尼写本传记，鲁尼刚满二十岁，就签约出版五卷本的传记，从中拿到五百万英镑收入，莫扎特和达·芬奇在二十岁的时候也没做到这一点。霍恩比在书中写到了 1970 年世界杯上的巴西队，也写到了 1968 年曼联首次获得欧洲冠军杯。1968 年，有一位叫阿瑟·霍普克拉夫特的记者写了本书叫《足球人》，而后他进入电视行当，一直做编剧，他把《锅匠裁缝士兵间谍》改编成电视剧。2011 年，英格兰足球名记西蒙·库珀出了本书，也叫《足球人》，他说他十六岁开始写足球，给地方报纸写了篇古力特的特写，后来再也没兴趣写球星专访了。他说，我得忍受那些经纪人推三阻四，好不容易约上一个球星，他坐在你面前也说不出什么来。有关足球，温格或许能说出一些让你受益的东西，但一个球星说不出什么来。但是，也只有西蒙·库珀这样的记者，能把一场新闻发布会写出花样来，比如鲁尼曾经和埃弗顿队的主教练莫耶斯一起参加赛前新闻发布会，他打开桌上的一瓶矿泉水喝，莫耶斯提醒他，“用杯子喝”，鲁尼看了他一眼，接着用瓶子喝水，据说这就是鲁尼离开埃弗顿的前兆。

现在，我们可以看到霍恩比的这本《极度狂热》，看到一个作家讲述他的足球故事。当他说到海布里的时候，那就是提到一个圣殿。

我们在电视上看到过海布里的谢幕,看到过酋长球场的启用,看到过阿森纳的不败纪录,也看到过这个不败纪录如何被曼联终结。这都是英超时代的事,霍恩比所讲述的是英超前史,但也由此让我们看到足球的传承,作为一种生活,足球在英格兰得到了最深入人心、最丰富,同时也是最商业的展现。

苗　炜

2005 年特版前言

1913 年—2006 年,海布里

1992 年,《极度狂热》首次出版,而最近十三年来,绿茵场上足球的变化之巨大,远远超过在此之前的六十个年头。在 1992 年,你还可以站在北看台或钟楼看台,还可以像你的父亲和祖父一样,观看由英国教练率领的英国和爱尔兰球员的“甲级联赛”。在此让我们面对一个事实:在过去的很长一段时间里,比赛的质量可真不怎么样(比如 50 年代后期,或整个儿 60 及 70 年代,还有 80 年代初和 90 年代中)。阿森纳喜欢把球传给大个子中锋,如约翰·哈特森,凯文·坎贝尔,阿兰·史密斯,尼尔·奎因,李·查普曼,或者约翰·雷德福德,当时阻止进球似乎比进球更重要,只是在非常偶然时,比赛才会让你聚精会神不想错过。而现在,当你坐下观看英超比赛,观看那个由世界各地汇聚在法国儒帅麾下的球星们,观看他们的那种令人窒息的快攻时,如果你的眼睛离开球场哪怕只是一瞬,你就有可能错过一次海布里前所未有的、划世纪的精彩进球。没有一个阿森纳球迷估计到这种足球的变化,即使有预感,也不会想到这些变化居然会发生在我们这支球队身上。我想说,这些巨大的变化似乎只是存在于科幻小说中,但科幻小说一般来讲都比较令人沮丧:他们多数喜欢描述一个黑暗的，没有欢乐的世界——这个世界，从阿森纳的角度来看，更接近于这本书中所描绘的，而不是我们现在生活着的世界。（乔治·奥威尔早就猜准了这些变化，他一定是个拥有季票的超级球迷，“1984”真是很恐怖。）任何一个在阿瑟·温格执教以后才观看阿森纳比赛的年轻人，读了这本《极度狂热》，都可能会感到很纳闷，甚至会觉得有些可怕。不过，年轻人，别担心：过去那样糟糕的情形，是不太可能很快重演的。

十分希望这本书能解释为什么一个神经正常的人还会这么怀念那种失望的过去。我想任何一个看过阿森纳比赛的人，不管他们追随球队时间的长短，都会怀念海布里的：那两个美丽的装饰艺术派的看台，那条街，以及环绕球场并似乎在掩藏和保护它的周遭那些房屋……当然，还有属于它们的那些记忆。我们很幸运，因为我们的美好记忆大部分都是近年的，没有太多其他足球队的球迷可以这么说。英国四个等级的足球俱乐部中的绝大多数，还依然生活在对久已逝去的辉煌的怀念中。随便在联赛表上用手一点，就会点中一支球队，依然在努力试图重现他们十年、二十年前，甚至六十年前的辉煌。阿森纳在21世纪已经荣获双冠并创下了史无前例的赛季不败神话，我的许多海布里最珍贵的时刻都出现在近几年。托尼·亚当斯在1998年夺取联赛冠军的、对抗埃弗顿的那个进球；亨利03/04赛季对利兹的四个进球以及与利物浦对抗中的帽子戏法；还有2002年夺冠庆祝中，球员们对受伤的罗伯特·皮尔斯跪地的朝拜……当今没有太多的足球队，可以像我们这样：年轻的和年老的球迷们能同时共享胜利的幸福时光！

只是球场自身，成了球队成功的“牺牲品”。太多人想观看这支球队，而海布里容纳不了他们。无法想象，在2006年5月，当最后一次离开我在东低看台的座位时，我的感受会怎样。但我却深知——尽管像许多球迷，尤其是许多阿森纳球迷一样，我有着悲观的天性——接下来的几年，将会有很多很多让我们可期盼的。如果这不是对我们最后一天，在告别美丽的海布里时所感受到的悲哀最好的安慰的话，我真不知道那又该是什么。

尼克·霍恩比，2005

（asn14 译）

献给我的母亲,以及我的父亲

前　言

1991 年 7 月 14 日星期日

它每时每刻都在那儿，寻找一个出口。

十点钟左右我醒来了，泡了两杯茶，端进了卧室，在床的两端各放上一杯。我们都满怀思绪地喝着；醒来不过片刻，偶尔的交谈似乎仍像梦境般迷迷蒙蒙——关于窗外的雨，关于昨夜，关于在卧室里不停地抽烟——我曾保证不再这么做。

她问这个星期我要做什么，我想：

（1）我在星期三要去找马修。

（2）马修还拿着我的冠军录影带。

（3）［想起马修这个纯属有名无实的阿森纳球迷，已经有好几年都没去过海布里了，所以还没有机会目睹球队新加入球员的表演］我倒想知道他对安德斯·林帕的看法。

醒来后的十五到二十分钟里，简单三步，我已陷入幻境。我看到林帕带球冲向吉莱斯皮，变向到他的右侧，然后被绊倒：点球！李·迪克逊一蹴而就！2－0……默森的脚后跟挑球和史密斯的右脚远射破网……在安菲尔德，默森轻巧趟过格罗贝拉……戴维斯在维拉面前的转身抽射。（别忘了，这是一个 7 月的清晨，比赛休战的月份，没有任何俱乐部足球赛事进行。）当我让这些梦幻般的思绪完全占据脑海，继续向前追忆，穿越1989年的安菲尔德球场，1987年的温布利大球场，1978年的斯坦福桥，我所有的足球历程都在眼前闪过。

“你在想什么？”她问。

这时候我说了谎。我丝毫没有想什么马丁·阿米斯、杰拉尔·德帕蒂约①或者工党。然而此刻，“痴迷症患者”没有选择，他们必须在这样的时刻撒谎。如果我们每时每刻都说实话，那么在这个真实世界里我们将无法与任何人维持关系。我们会被抛弃，随着我们的阿森纳赛程、原版蓝色标记的斯代克斯唱片收藏以及查尔斯王卷毛狗一起腐烂，而我们的两分钟白日梦也将会越来越长，直到我们失去工作、不再洗澡刮胡子吃东西。我们会满身污垢，躺在地板上将录影带一遍又一遍地倒放，以图在心里记住每句评论，包括大卫·普利特②对1989年5月26日那夜的专业分析。（你想我还需要去查这日期是否准确吗？哈！）事实是：平日绝大多数时间里，我就是个痴迷的傻瓜。

我无意说对足球的冥思苦想实际上是对想象力的不当使用。《卫报》首席足球评论员大卫·莱希是一个好作家，而且显然是个富有智慧的人，可以想象，他对足球付出的心血绝对比我多得多。莱希和我之间的不同就在于我很少思考。我记忆，我幻想，我试图重现阿兰·史密斯的每一个进球，我计算着我所去过的甲级联赛球场的总数；有一两次，当我辗转失眠时，我尝试着去数清我所见过的每个阿森纳球员。（当我是个孩子时，我还知道那支双冠王球队队员们的老

---

① Martin Amis，英国当代著名作家。Gerard Depardieu，法国著名影星。
② David Pleat，英国资深足球评论员，长期为《卫报》撰写足球专栏。

婆和女朋友的名字；现在，我仅仅记得查理·乔治的未婚妻叫苏珊·法吉，鲍勃·威尔逊的妻子叫梅斯，但这一点点回想也完全多余。）

在人们对词汇的正常理解中，这些都不能称为“思考”。这里没有分析，没有自觉，没有任何严谨的思维，因为痴迷症患者在激情的支配下否认任何形式的对自己偏执的剖析。某种意义上，这正是一个痴迷症患者的定义（这也可以解释为什么他们当中很少人自认为如此。上赛季1月份一个寒冷的下午，一个球迷朋友独自去看一场温布尔登预备队和卢顿预备队的比赛——并非出于攀比或自嘲，也无关少年的古怪轻狂，而是因为他真的感兴趣——最近他对我坚决否认自己是个古怪的人）。

《极度狂热》是对我的痴迷进行某种解析的尝试。为什么这种关系会从学生时代一直延续近四分之一个世纪，比我用自由意愿建立起来的其他任何关系都要长久？（我热爱我的家庭，但那属于强加给我的，我和我在十四岁前的伙伴们也都没有联络了——只有学校里的那些阿森纳球迷除外。）为什么这种亲密关系在经历了一次次冷漠、悲伤，甚至是深深怨恨的循环之后还能存在？

这本书也阐述了足球对我们中的许多人来说到底有何意义。我非常清楚，我的热衷显示了我的性格和个人历程，但人们对足球的投入，实际上也提供了对我们这个社会和文化的全方位信息。（我有很多朋友认为这纯属造作，自圆其说，是一个将大把闲暇时光耗费在寒冷中受尽折磨的人，所做的一种无谓的自我辩解。他们对这个观点特别无法接受，因为我高估了足球的隐藏价值，从而将一些本不属于它的意义加入到谈论当中。现在，我承认足球与福克兰战役、拉什迪事件、海湾战争、分娩、臭氧层、人头税等等毫无关联，我也愿意借此机会，向那些不得不听我这一连串牵强附会的蹩脚类比的人致以歉意。)

最后,《极度狂热》是关于作为一个球迷的种种。我读过一些极其热爱足球的人所写的书,但那完全是另一回事;我也读过一些足球流氓——希望能找到一个更好的词汇——所写的书,但是每年看球的数百万球迷当中,至少百分之九十五一生当中没有碰过别人一根手指头。所以,这本书是为我们这些人所写,也是为了那些想了解我们为什么会如此痴迷的人所写。尽管书中细节的描写完全属于我个人的经历,但我仍然希望这本书也能触及一些人的心弦:那些人在工作的时候,在剧院里的时候,或在谈话的时候,常会走神,恍然间似乎回到十年、十五年甚至二十年前,眼前会闪过那记左脚凌空将球踢入球网右上角的劲射。

1968 — 1975

主场初体验

阿森纳 v 斯托克城

1968 年 9 月 14 日

我爱上足球，正如我随后爱上女人：突如其来，无可理喻，猝不及防，也丝毫都没有想到它以后可能会给我带来的痛苦和崩溃。

1968 年的 5 月，这是具有特别意义的日子，当然，我更多想到的是杰夫-阿斯特尔，而不是巴黎的五月风暴，[1] 在我十一岁生日后，父亲问我是否愿意和他一起去看西布朗对阵埃弗顿的足总杯决赛；有个同事给了他几张票。我告诉他我对足球不感兴趣，哪怕它是决赛——真的，当时就是这样，但是我仍不同寻常地通过电视看完了整场比赛。几个星期过后，我和妈妈一起看了曼联对阵本菲卡[2] 的比赛，并为之痴迷；随之 8 月底，我很早就起床去听曼联队在世界俱乐部杯赛上的结果。我喜爱博比·查尔顿和乔治·贝斯特(当时我对铁三角中的第三号人物丹尼斯·劳一无所知,他因为受伤缺席了对阵本菲卡的比赛),激情令人惊讶地完全占有了我,它延续了三星期之久,直到父亲带我第一次走进海布里。

我的父母在1968年分居。父亲爱上了别人并搬了出去,我和母亲以及妹妹居住在家乡郡③一栋小小的独立房屋中。这种事本身非常非凡(尽管我不知道在班级里还有谁和我一样来自单亲家庭——在这个七八年之后才有M4号公路从伦敦延伸二十几英里到这里的60年代),和所有分手所造成的结果一样,它仍以各种不同的方式伤害了这个家庭的所有四个人。

这种新的家庭生活状态无可避免地引发了一连串的难题,而在这种状况下,最关键的往往是最平常的事:那就是老套然而棘手的"一方家长周六带孩子去动物园"问题。通常父亲只在周中来看我们;没有人真的愿意呆在家里看电视,原因显而易见,但是另一方面,也的确没有可以让一个男人带着两个不满十二岁的孩子去玩的地方。通常,我们三个会开车去附近的小镇,或者去某个机场饭店,坐在刚刚擦黑就毫无人影的冰冷的餐厅里,吉尔和我吃着牛排或者鸡肉,反正就这两样,几乎默不作声(通常来说,孩子不是好的晚餐说话对象,何况我们已经将边看电视边吃饭当成了习惯),而父亲就在一

---

① Jeff Astle,西布朗队球员,在1968年5月与埃弗顿的足总杯决赛中打进唯一的一个球,并且完成了在足总杯中每一轮都有进球的壮举。阿斯特尔是这家俱乐部历史上旗帜性的人物,被球迷们亲切地称为"国王"。同年5月,法国爆发了一场学生罢课、工人罢工的群众运动,对法国的政治、文化和思想领域影响深远。

② 1968年5月29日,曼联在伦敦以4-1战胜葡萄牙的本菲卡队,为英国首次赢得欧洲冠军杯。

③ The Home Counties,泛指伦敦市周边诸郡,并没有地理上明确的范围。

旁看着我们。他一定非常渴望和我们一起去做些别的什么，但是在大都市之外的小镇，星期一晚上6点半到9点你根本没有多少选择。

那个夏天，父亲和我在牛津附近的一个旅馆待了一个星期，入夜我们坐在没什么人的宾馆餐厅里，我吃着牛排或者鸡肉，反正就这两样，几乎默不作声。晚餐结束我们和其他客人一起看电视，接着父亲喝多了。事情不得不改变一下了。

父亲在9月再一次想到了足球，当我说“同意”之后，他当时一定喜出望外。在此之前，我从未对他的任何建议说过“同意”，尽管我也从没说“不”。我只是礼貌地笑着，嘴里哼哼唧唧，表示似乎感兴趣但又不做任何明确回答。这是我为生活中的那个特殊时期发明的令人恼火的表达方式，谁知这种方式，一直跟着我到现在。有两三年，他试图带我去剧院；每次我都耸耸肩，咧着嘴傻笑，结果自然是父亲被惹恼了，然后对我说算了，这正是我所希望他说的。不仅仅是莎士比亚，我对橄榄球赛板球赛乘帆船远航以及到银石和隆利特旅行同样不感兴趣。我什么也不想做。这一切并非为了惩罚父亲的离开；我真的认为除了他想出的每一个地方，和他到其他任何地方我都会非常高兴。

我确信，1968年是我人生中最为惨痛的一年。在父母离婚后我们住进了一间小屋，因为某种原因，我们甚至一度无家可归而不得不寄宿于邻居家；我患上了严重的黄疸病；然后我开始在当地的一家重点中学就读。要我相信随后俘获我的“阿森纳狂热”与这一团混乱毫无干系，除非我是榆木脑袋。（我非常怀疑，如果他们回想起走向痴迷的环境，多少球迷会发现某种类似的弗洛伊德情结？当然，足球很棒，无论比赛本身还是其他的一切，但是那些一个赛季开开心心去看几场比赛的人——只看大赛事，和垃圾比赛保持距离，绝对是明智的决定——和这些像中了魔咒一样每场必到的人到底有何区别？为什么要在星期三从伦敦赶往普利茅茨，用掉一天珍贵的假期，去看一场结果在海布里就已经被决定了的比赛？还有，如果这个球迷治疗理论多少有点道理的话，那么那些去看利兰戴夫杯赛①的人们潜意识里得埋藏着什么样的鬼念头？或许还是不要知道得好。）

美国作家安德列·杜勃斯②写过一个小故事叫做《冬日父亲》，描写一个因为离婚和两个孩子分开的男人。在冬天里，他和他们的关系敏感而紧张：他们从午后的爵士酒吧到电影院再到餐厅，一路冷眼相对；但是在夏天，当他们可以一起去海滩，他们就会处得很好。"绵长的沙滩和海洋是他们的草地；毯子就是他们的家；冰盒和保温壶是他们的厨房。他们再次像一个家庭一样生活在一起。"情景喜剧和电影早就意识到地点的绝对意义，它们会描写男人带着任性的孩子和飞盘在公园里漫步。但是《冬日父亲》对我意味着更多，因为它比那一套更加深入：它尝试分解父母和孩子的亲情到底有何价值，简洁准确地揭示了为什么动物园游览注定毫无作用。

据我所知，在这个国家的布林斯顿和迈恩黑德都不能提供像杜勃斯小说里的新英格兰海滩一样的那种解脱，但我和父亲还是找到了这个地点的完美英格兰版。星期六下午的北伦敦给了我们一个共处的时机。当我们想说话时就可以说，足球让我们有了谈资（而且即

① 指英格兰足球联赛锦标赛（Football League Trophy），也常被称为"附属会员杯"（Associate Members'Cup），是英格兰足球联赛中一个由低级别球队竞逐的锦标赛，始于1983年，不同时期因不同的赞助商而不断更改名称，1989—1991赛季冠名利兰戴夫杯（Leyland DAF Trophy）。

② Andre Dubus（1936—1999），美国当代著名短篇小说大师，有"当代契诃夫"之誉。作品有《来自月亮的语声》《尘雾家园》等。

使沉默也没有任何压力感)，生活有了固定的套路，一种例行的方式。阿森纳球场是我们的草地(而且是一块英格兰草地，所以我们常常在瓢泼大雨之中痛苦地凝视着它)；布莱克斯托克路的枪手之鱼酒吧是我们的厨房，西看台是我们的家。这是一幅完美的场景，在我们热切期盼生活有所改变时改变了我们的生活，但这也是独一无二的：父亲和我妹妹就从来没有找到任何可以共同生活的地方。也许现在不会再发生了；也许在 90 年代一个九岁女孩会认为她和我们一样有权去球场看比赛。但是在 1969 年，在我们的小镇，这观念还不是那么时兴，我的妹妹不得不和母亲以及她的洋娃娃呆在家里。

第一个下午的那场球赛我已无法回想起太多。记忆的诡妙之一就是让我清楚地看见了唯一的进球：裁判判罚点球(他跑进禁区，指向了点球点，有人大吼起来)；特里·尼尔罚球时一片寂静，戈登·班克斯扑出点球时全场一片叹息，但球碰巧落回了尼尔的脚下，这次他得分了。但我确信这个场景是从长久以来我所知道的类似意外中构建起来的，实际上我当时对此毫无意识。那天我真正看见的，是一连串让人疑惑、无法解释的事情，在球进网之后我周围每个人都站起来大声欢呼。如果我也这样做了，一定是非常尴尬地落后了其他观众十秒钟。

但我还有其他的，更加可信，也可能更有意义的回忆。我记得那所有铺天盖地而来的男性气息——雪茄、烟斗和粗话(那些词我以前也听过，但不是从大人嘴里出来的，也没有那么放肆)，只是在多少年后，我才体会到，这些，对一个与母亲和妹妹生活在一起的男孩子，会是一种什么样的冲击；我记得我关注拥挤的观众远远超过那些球员。从我坐的地方，大概可以数清两万个人头；这只有运动迷(或米克·

贾格尔[1]或纳尔逊·曼德拉)能办到。父亲告诉我球场里的观众几乎和我所住的小镇的人一样多,我对此肃然起敬。

(我们似乎已经忘记足球观众仍然十分壮大,可能是因为战争以来观众有一些下滑。经理们时常抱怨当地居民缺乏热情,尤其是当他们实力平平的甲级或乙级球队已经好几个星期都在竭力避免一场溃败的情况下;但是事实上,在90/91赛季,德比郡队的比赛平均每场观众近一万七千人,那个赛季他们在甲级联赛垫底,这是一个奇迹。除去三千名支持客队的球迷,这意味着每场比赛至少有一万四千人在支持德比郡,这里面许多观众至少连续看了十八场最糟糕球队的表演,在其他赛季,他们也是如此。为什么?为什么这么多人去看?)

然而,让我印象最为深刻的并不是观众的众多,也不是大人们被允许大声吼叫"人渣",愿意多大声音就多大声音,绝对没人在意。最让我印象深刻的是在我身边的大多数人痛恨呆在这里,真的痛恨。在我看来,以我对"享受"这个词的理解,似乎没有人觉得享受这个下午发生在这里的任何事。开场仅几分钟,真正的愤怒就爆发了("你这个丢脸的家伙,戈尔德,他是个丢脸的家伙!""周薪一百镑?周薪一百镑!他们应该为我来看你踢球而把钱付给我。");随着比赛的进行,愤怒转变为仇恨,然后又似乎凝结成沉默的抗议。是的,是的,我知道所有关于阿森纳的笑话[2],在海布里我还能期待些什么呢?但是当我去看切尔西去看托特纳姆去看流浪者,看到的都是一样的事:抱怨和失望是足球迷的本性,无论比赛结果如何。

我想我们阿森纳球迷内心深处都知道,海布里的足球大多数时

---

① Mick Jagger,摇滚史上最伟大的歌手之一,滚石乐队主唱。
② 在阿瑟·温格执教阿森纳之前,阿森纳的比赛以沉闷无比而著称。

候都不漂亮，因此被人称为“全宇宙有史以来最无聊的球队”的名声并不像我们假装的那样不可理解：尽管在我们处于成功一方的时候，大部分都被原谅了。我在那个下午所看到的阿森纳队已经有相当长时间令人瞠目地失败了。确切地讲，自女王登基之后他们就没有赢得过任何冠军，这种失败悲惨而难以掩饰，就像是在球迷们的伤口上撒盐。我们周围的很多人看起来就是那种看过每一个惨淡赛季里每一场比赛的样子。我似乎面对着一场灾难性的痛苦婚姻这个现实，让我这个下午拥有了一种格外激动的狂热（如果它是真实的婚姻，孩子们就会被隔绝在场地之外了）：一方跌跌撞撞企图讨好，另一方转过脸来面对墙壁，看都不想去看一眼。这些球迷大概都不再记得 30 年代（尽管在这 60 年代末还有很多人记得），当时俱乐部赢得了五次联赛冠军和两次足总杯，但他们应该会记得十年以前的康普顿兄弟和乔·墨瑟尔①；而拥有漂亮艺术装饰和雅各布-爱伯斯坦②雕塑的球场，似乎对眼前这些暴民的行为，甚至像我的邻居那样，相当不满。

当然，我去过公共娱乐场所；我看过电影、话剧，还在市政厅听过有母亲参加的合唱团演唱的《白马酒店》③。但那不一样。迄今为止我所遇到的观众都是花钱来买享受的，尽管偶尔会发现一些坐立不安的小孩或是哈欠连连的大人，但从未见过如此被愤怒、失望和挫折感扭曲的面容。痛苦的娱乐对我来说是一个全新的观念，看起来像是某种我一直在等待的东西。

---

① 康普顿兄弟（Denis Compton、Leslie Compton）和乔·墨瑟尔（Joe Mercer）都是上世纪 50 年代阿森纳队的球星，后者曾于 1946—1955 年担任阿森纳队队长。

② Jacob Epstein（1880—1959），著名雕塑家，生于美国，旅居法国，最后定居英国。他是英国现代艺术流派“漩涡派”的重要成员之一，擅长以名人和儿童为主题的青铜雕塑。

③ 捷克剧作家拉尔夫·贝纳茨基（Ralph Benatzky）创作的轻歌剧，全名为《沃尔夫冈湖畔的白马酒店》。

如果说这种观念塑造了我的人生，应该不算太离谱。我经常被指责对自己所爱的东西——足球，当然，还有书和唱片——太过虔诚，当我听到一张不好的唱片，或遇到有人对一本对我而言意义非比寻常的书指指点点时，我的确会感觉到某种愤怒。或许这就是阿森纳西看台上的那些绝望悲伤的男人所教给我的表达愤怒的方式；或许这也是为什么我会靠做批评家谋生——也许这就是我写作时会听到的声音。“你这个人渣，X。”“布克图书奖？布克图书奖？他们应该为我读了你的书而把奖颁给我。”

就是这样的一个下午，开始了我和阿森纳的不解之缘——其中没有任何缓冲的求爱过程——我相信如果当时我去了白鹿巷或者斯坦福桥，同样的事情也一样会发生，第一次体验中就是如此无法抗拒。为了停止这不可避免的狂热，父亲做了绝望但又能够理解的尝试，他很快带我去热刺看了吉米·格里夫斯独进四球，以 5 - 1 击败桑德兰队的比赛，但木已成舟，我对六个进球以及那些伟大的球员毫无感觉：我已坠入爱河，为了那支依靠一粒补射的点球击败斯托克城的球队。

多余的吉米·哈斯本①

阿森纳 v 西汉姆联

1968 年 10 月 26 日

这回，是我第三次来到海布里了（一场没有进球的比赛——我现在已经花费四个半小时看到我的球队有过三个进球了），所有的孩子都拿到了一本免费的球星相册。每支甲级球队占一页，上面包含了十四或十五个空格，用来粘贴与各球员有关的贴纸；此外还送给我们一小袋贴纸，让我们开始收集。

我知道，这些赠品不值得大书特书，但是这个册子无疑是自那场对斯托克城的比赛以来开启的社会化进程中至关重要的一步。在学校里喜欢足球的好处简直不可估量（尽管我们的体育老师——一个威尔士人——曾经令人难忘地竭力禁止我们踢球，即使回家了也不行);在我们的班级里至少有一半的人,包括大约四分之一的老师,都热爱这项运动。

毫不奇怪,在第一年里我是班级中唯一一个阿森纳支持者。皇家园林巡游者队,最接近顶级联赛的球队,有罗德尼·马什;切尔西有彼得·奥斯古德,托特纳姆有吉米·格里夫斯,西汉姆有三位世界杯英雄,杰夫·霍斯特、鲍比·穆尔和马丁·彼得斯。阿森纳最有名的球员大概算是伊恩-乌尔,出名仅仅是因为他滑稽得一无是处,以及他对《足球问答》这个电视节目所作的贡献。但那是第一支让我迷上足球的球队,即使就我一个是它的球迷也无所谓。在我们住的地区,没有哪个俱乐部拥有压倒性的支持者,何况,我新交的铁哥们儿,和他的父亲以及叔叔一样,是个德比郡队球迷,也同样孤立无援。最重要的是你得是一个虔诚的信徒。在上学前、放学后以及午餐时间,我们在网球场把网球当足球踢,在课间时我们交换球星贴纸——伊恩-乌尔交换杰夫·霍斯特(出乎意料,他们的贴纸是等值的),特里·维纳布尔斯交换伊恩·圣约翰,托尼·哈特里交换安迪·洛西赫德。

所以升上中学也就令人意外地顺利适应了。我可能是一年级里最矮的男生,但身高并不是问题,我和个头最高、足足比我高了好几英尺的德比球迷之间的友谊非常稳固;尽管我的学生生涯并不尽如人意(年末我被打入了“B”级班,此后就一直呆在那里直到中学时代结束),但课程非常轻松。就连我是仅有的三个穿短裤的男孩之一的事实,看起来也不是那么悲惨。只要你知道伯恩利队主教练的名字,没有人会在意你是一个穿着像六岁的十一岁男孩。

---

① Jimmy Husband,英格兰球员,当时效力于埃弗顿队。

自那以后，这种模式又重复了好几次。在大学，我最早交到和最容易交到的朋友都是球迷；新工作第一天的午餐时间，报纸副刊上的运动测验题经常能够引起许多回应。没错，我意识到男人拥有这种奇妙的便利会有什么害处：他们开始抑郁，他们和女人的关系一塌糊涂，他们说话琐碎而粗俗，他们发现自己不再会表达情感上的需求，他们不再能和孩子交流，然后他们孤单悲惨地死去。但是，你知道，管它呢？如果你能够进入一个有八百个男孩的学校，他们大多数都比你年龄大，所有人都比你块头大，你却没有被吓倒，仅仅因为你的外衣口袋里有一张多余的吉米·哈斯本贴纸的话，那么做出这样的选择似乎很值得。

唐·罗杰斯

斯文顿 v 阿森纳

1969 年 3 月 15 日(温布利)

那个赛季父亲和我又去了海布里好几次,到 1969 年 3 月中旬,我已超越了球迷状态。每逢比赛日,我醒来时总是因为紧张而觉得胃里七上八下,那种感觉持续加强,直到阿森纳取得两球领先之后我才轻松下来:我只轻松过一次,那是在圣诞节前,我们 3 - 1 击败埃弗顿。我的周六综合征就是这样,我坚持 1 点钟刚过就要走进球场,那时离比赛开始还有足足两个小时;父亲用耐心和幽默容忍了我这种怪癖,即使天气常常很冷,即使一过 2 点 15 分我就完全陷入疯狂,所有的交流都不再可能。

我在赛前的紧张持续着,但对比赛本身毫无意义。那个赛季阿森纳大约在 11 月就已经丧失了所有的夺冠机会，只比往常略晚一点儿。这意味着，从广义上来说，我看的那些比赛他们赢不赢都已无关紧要。然而，那对我而言却关系重大。在这早期阶段，我和阿森纳的关系完全是个人化的：只有我置身球场时，球队才存在（我不记得对他们糟糕的客场比赛结果有过特别凄惨的感觉）。在我眼里，如果我看的比赛他们都以 5－0 赢了，剩下的都 0－10 输了，那仍然是个成功的赛季，也许球队应该坐着敞篷车庆祝，顺着 M4 公路一路开过来看我。

足总杯淘汰赛对我是个例外；尽管我没去现场，我仍然希望阿森纳获胜，但是我们被西布朗 1－0 击败了。（我被强迫在比赛结果出来之前上床睡觉——淘汰赛在周三晚上进行——我妈把结果写在一张纸条上，然后贴在我的书架上以便我一早起来就能看到。我吃力地看了很久：我感觉被她写下的比分背叛了。如果她爱我，她理应造出一个比这更好的结果。更让我难受的是，她在比分之后写下的感叹号，那简直是……嗯，一个感叹号。它看起来就像用于强调一个亲戚的死讯一样不适当："戈兰在睡梦中安详地死去！"这种失望对我而言是第一次，当然，和所有球迷一样，我现在已经能够接受了。在我写下这些文字时，我已经二十二次感受过足总杯失利之痛，但它们都比不上第一次那么悲伤。）

我此前从未听说过联赛杯，主要是因为它的比赛总是在周中进行，而我还未被允许去看周中的比赛。但是当阿森纳进入决赛，我已准备把它当成这个令人心碎的惨淡赛季的些许安慰，虽然在 60 年代，这个赛季其实还算差强人意。

所以父亲从票贩子手里高价买了两张票（我从不知道到底多少钱，但后来为了印证他的愤怒，他让我知道它们非常昂贵），3 月 15 日

(“小心三月半”是《旗帜晚报》彩色特刊的头版头条)星期六,我第一次去了温布利。

阿森纳对阵的斯文顿队,是第三级别球队,没有人怀疑阿森纳会取得胜利,进而赢得他们十六年来的第一个冠军。可我不是特别有信心。在乘车去那儿的路上我一语不发,在踏上球场的台阶时我问父亲,他是否和其他人一样信心十足。我试图把问题说得像聊天一样——不过是两个男人某日出游时闲聊一下运动——但完全不是这么回事:我真正想要的,是来自一个成年人,一个家长,我的父亲的承诺,保证即将亲眼见证的场面不会给我的余生留下创痕。“你看,”我或许该对他说,“当他们在主场,踢一场平常的联赛时,我非常害怕他们会输掉,以至于我无法思考无法说话,有时连呼吸都不能。如果你认为斯文顿有任何一点获胜的可能,哪怕是百万分之一的可能,你最好现在就带我回家,因为我想我没有办法接受。”

如果我真的这样说了,那么父亲也许就没有理由再带我进入球场。但我只是简单地问他,装作若无其事纯属好奇地问他,他认为谁会赢得比赛,他回答说相信阿森纳会赢,3-0或者4-0,和所有其他人想的一样,于是我得到了我想要的保证。然而结果我还是被伤到了。像我妈的感叹号一样,父亲随口说出的信心过后看起来完全像是一场背叛。

那次温布利的经历着实把我吓到了——数以万计的观众,巨大的球场,喧闹的噪音,临场的感觉——完全将我征服了。我对这个地方的所有发现就是,这里不是海布里,而这种疏远的感觉加大了我的不安。我坐在那儿不停地颤抖,直到斯文顿在半场结束前射门得分,然后担心变成了痛苦。那个失球是一支职业球队做过的最为灾难性的蠢事之一:一脚不恰当的回传(理所当然地,出自伊恩-乌尔),接着是一次失败的铲球,最后轮到守门员(鲍勃·威尔逊)在泥泞的场地上滑倒,目送皮球缓缓滚过球门线,就停在右门柱里面一点点的地方。突然,我头一次意识到有那么多斯文顿球迷坐在我们周围,带着他们可怕的西部乡下口音,他们无知的傻笑。他们兴奋得忘乎所以。我此前从来没有面对过客队球迷,我讨厌他们,以一种对陌生人从未有过的厌恶感讨厌他们。

比赛还剩下一分钟时,阿森纳出人意料而且相当诡异地扳平了,球从守门员膝盖反弹回来后的一记鱼跃冲顶。我试图不为如释重负而哭泣,但这种努力全无作用;我站在座位上对父亲一次又一次呼喊:“这下好了,对不对?这下好了!”他拍拍我的后背,很高兴有什么事情挽救了这个阴沉而又昂贵的下午,他对我说,是的,现在,终于,一切都好了。

这是他那天的第二次背叛。斯文顿在加时赛中又攻入两球,一次是奋不顾身的角球冲顶,一次是唐·罗杰斯狂奔六十码的射门,这更加让人难以接受。当最后一声哨音响起,我的父亲在三小时之内第二次背叛了我;他站起来为那些极不寻常的惨败者喝彩。我飞快地奔向了出口。

当父亲追上我时,他非常恼火。他努力向我传达他的关于伟大的体育精神的观点(我所做的关体育精神何事?),他带我到车上,我们一言不发地开车回家。足球或许为我们提供了相互沟通的新渠道,但是那并不代表我们所做的或选择的,都一定是积极的。

星期六晚上的事我记不得了,但我知道那个星期天是母亲节,我选择去教堂而不是呆在家里,因为在家里我可能会看电视里《大竞赛》节目重放比赛的精彩画面,从而将自己从那永久郁闷的疯狂边缘推下去。我知道等我们到了教堂,教区牧师会为在电视转播联赛杯决赛的诱惑下仍然有这么多人来此聚合而喜不自禁，而朋友和家人则会用胳膊肘碰我然后幸灾乐祸地笑我。然而这一切，和我知道星期一早上我到学校时会发生什么相比，都算不上什么。

对于无时无刻不在伺机羞辱同龄人的十二岁男生来说，这样的机会实在好得不容错过。我一推开那间预制板房的门，就听见有人大叫："他来了！"随后我便淹没在一群狂叫、嘲弄、傻笑着的男孩子中间，当我被打倒在地之前，我隐约看到他们当中的好几个人，甚至从未喜欢过足球。

我是阿森纳球迷这件事在第一个学期看起来或许还不算什么，但到第二学期它开始变得重要起来。基本上，足球仍然是大家共同的兴趣——在这一点上没什么改变。但几个月过后，我们的忠诚变得更加固定，我们嘲笑他人的反应也更快了。我想，这很容易理解，然而那个恐怖的星期一早上还是让我痛苦不堪。当我倒在学校的泥地上，我发现我犯了一个怪诞的错误：我强烈地期望时光可以倒转，然后坚持让父亲带我——不是去看阿森纳对斯托克城的比赛——而是去一家冷清的宾馆餐厅或者动物园。我不想每一个赛季都这样度过。我想和班上别的孩子一起，把另外一个心碎的可怜虫踹进地狱——某个书呆子、野种、印度人或犹太人，某个习惯被欺负的孩子。这是我有生以来第一次与众不同而且孤立无援，我痛恨这样。

我有一张照片，拍自斯文顿惨剧之后的那个星期六对阵皇家园林巡游者队的比赛。乔治·阿姆斯特朗正从地上爬起来，凭借他的进球，球队 1－0 获胜；大卫·考特冲向他，高举双臂欢呼。在他们背后可以看到站在看台边缘的阿森纳球迷们，侧面轮廓和背后的楼房交织在一起，他们也在向天怒吼。我对照片中的一切都无法理解。

这些球员在七天前刚刚那样羞辱了自己（当然同时也羞辱了我）——仅仅七天前，他们为什么满不在乎？为什么每个球迷，在经历了和我一样的温布利遭遇之后，还能站起来为一场无关痛痒的比赛中一个无关痛痒的进球喝彩？我时常久久地凝视着这张照片，试图发现任何一点前一周创伤的证据，某种忧伤或者哀痛的痕迹，但什么也没有：显然每个人都忘掉了，除了我之外。在我成为阿森纳球迷的第一个赛季里，我就这样被我的母亲、我的父亲、球员以及我身边的球队支持者们背叛了。

英格兰！

英格兰 v 苏格兰

1969 年 5 月

尽管我曾无数次沉浸于肯尼斯·沃斯滕霍尔姆[1]的精彩解说当中，回味英格兰夺冠的美妙一刻，但我心里明白，在 60 年代末 70 年代初，有些事情比较好，有些事情则比较糟。英格兰队，毫无疑问，那时比较好：仍然是世界冠军，拥有众多伟大的球员，而且看起来非常有可能在下一年的墨西哥世界杯上卫冕。

我为英格兰队感到骄傲，为父亲带我去温布利，看一场他们在强光灯下进行的大赛而欣喜若狂（能在联赛杯决赛后这么快回到那里颇有疗伤功效，这将是一次成功的驱魔行动，否则那些噩梦会困扰我许多年）。虽然科林·贝尔、弗朗西斯·李和鲍比·穆尔毫无疑问要比格夫・托马斯、丹尼斯・怀斯和特里・布彻尔好得多,但我对英格兰抱有绝对信心并不仅仅因为比较上的胜出,模棱两可是随着年龄而增长的:当我十六七岁时,我比教练更了解英格兰队。

批评的才能是一件可怕的事情。在我十一岁时,没有坏的电影,只有我不想去看的电影,没有不好的食物,除了球芽甘蓝和卷心菜,更没有不好的书——我所读过的书都非常好。但是突然地,我在一个清晨醒来,发现一切都变了。我的妹妹怎么就搞不懂大卫・卡西迪和布莱克安息日②不在同一档次?凭什么我的英文老师会认为《博利先生的历史》③比阿加莎・克里斯蒂的《无人生还》要好?从那一刻开始,享受具有了难以言表的内涵。

但是在1969年,在我看来,没有什么踢得不好的英格兰球员。阿尔夫爵士④怎么可能挑选一个不称职的球员上场?那有什么意义?我信任那天晚上这十一个把苏格兰队灭得很惨的球员——霍斯特和彼得斯各入两球,科林・斯德因为苏格兰扳回一分——都是这个国家最好的球员。(阿尔夫爵士对所有阿森纳球员都视若无睹,这似乎也证明了,他知道自己在做什么。)另一方面,没有电视直播意味着我们大多数时候并不知道谁做得好谁做得不好:赛事集锦只会重放好球员得分的场面,而对蹩脚球员的失误忽略不提。

在70年代初我已经成为了一个英国人——那是说,我就像半数同胞一样痛恨英格兰队。因为球队教练们的无知、偏见和畏手畏脚

---

① Kenneth Wolstenholme,BBC著名足球解说员,他在1966年世界杯决赛时的现场解说已成为英格兰球迷津津乐道的经典。

② David Cassidy,英国流行歌手,因出演美国电视连续剧《欢乐满人间》(*The Partridge Family*)而广受青少年欢迎。Black Sabbath,来自伯明翰的重金属摇滚乐队,70年代英国叛逆青年的文化偶像之一。

③ 英国著名小说家H. G. 威尔斯(1866—1946)的作品,描写一个小人物的平凡一生。

④ 指阿尔夫・拉姆西(Sir Alf Ramsey),1966年,他率队夺得英格兰历史上唯一一次世界杯冠军,次年被册封为爵士。1999年去世。

让我感觉疏远，我肯定我的选择能够击败世界上任何球队，我对托特纳姆、利兹、利物浦以及曼联的球员们怀有深刻的憎恨。我在观看英格兰队比赛时开始局促不安，然后发现——就像我们中的许多人一样发现，我和我看到的这支球队没有任何关系；我更像是一个威尔士人、苏格兰人或荷兰人。这在其他地方也是一样的吗？我知道过去意大利人当他们的子弟兵带着羞辱从海外归来时，会用烂西红柿在机场迎接他们，但是他们的投入程度真的超出我的理解。“我希望他们被打败”，我听见英国人在提起英格兰队时经常这么说。意大利人、巴西人和西班牙人也会这样说吗？这实在难以想象。

这种轻视的很大一部分原因在于我们有太多的球员，全都具有不相上下的平庸才华；威尔士和爱尔兰在组建球队时选择余地有限，球迷们知道他们的主教练只能勉力将就。在那种情况下，表现差劲难以避免，而胜利则是小小的奇迹。当然还在于英格兰的主教练们对真正具有技艺和天赋的球员抱以其他人对待恋童癖一样的鄙视。——瓦德尔和加斯科因，霍德尔和马西，卡里和鲍尔斯，乔治和哈德逊，这些球员才华横溢但难以约束，不过他们总比只凭一张大嘴吹牛的家伙有价值得多。（世界上哪支球队能没有查理 · 瓦德尔的位置？他可是1991年在AC米兰四大后卫之间任意穿梭的那个人！）最后还有英格兰球迷（在后文会专门就此讨论），他们在80年代的一些行为让我们其他人实在无法认同。

球迷们在国际比赛中并不经常如此。例如，如果英格兰队没能出现在1966年世界杯的淘汰赛阶段，球迷们都会或多或少感到一点痛楚。在那场朝鲜和葡萄牙在古迪逊公园球场进行的著名比赛中（默默无闻的亚洲球队一度以3－0领先那支世界劲旅，最终却以3－5输掉了比赛），你能看到现场三万多球迷，其中大部分是利物浦人，为每支球队的进球大声欢呼。而现在很难想象会有同样的尊重了；更可能的是，你会看到数以千计的无赖对那支亚洲球队的球员猛翻白眼，而对另一支球队的尤西比奥①发出猴叫声。所以，是的，我当然喜欢怀旧，即使我久久期盼的时刻从来没有真正属于我们：就像我所说，有些事情更好了，有些事情更差了，一个人能够理解自己少年时代的唯一途径就是：同时接受这个命题悖然相反的两端。

那一夜的球迷们中没有一个古迪逊圣人，但他们和我在剩下的赛季里所加入的球迷群体并没有任何不同，除了那个坐在第一排、过分情绪化的苏格兰人，站在他的座椅上狂热地摇晃了整个上半场，而在下半场却再没有出现。我们中的大部分人都非常享受这场比赛，仿佛仅仅在这个夜晚，足球成为了另外一种娱乐方式。也许，和我一样，他们也在享受这种无需承受俱乐部足球的沉重责任和痛苦的自由：我希望英格兰队赢，但他们不是我的球队。对于我这个来自家乡郡的十二岁的男孩子来说，与那支我在九个月以前从未想过也从未听说过的、离我家足足有二十英里的北伦敦球队相比，我的国家究竟有什么意义？

① Eusebio，葡萄牙黑人球星，有"黑豹"之称。

野营

阿森纳 v 埃弗顿

1969 年 8 月 7 日

在我的第一个完整赛季鸣锣开场时，我正在威尔士参加一个童子军野营活动。我一点儿也不想去。即使是最好的时候，我也从来不是喜欢高唱“神圣金刚，雄心万丈”的家伙，何况在我离家之前，我发现我的父母终于离婚了。实际上，这并没有太多困扰我，至少情绪上是这样：毕竟，他们已经分居很长时间了，法律程序只是给予这种分离一个简单确认而已。

可是，从我们到达野营地那一刻开始，我就无法抗拒、不可遏止地想家了。我知道，我会发现自己不可能撑过这十天离家在外的生活；每天早上我都给我妈打一通对方付费的电话，对着话筒可怜巴巴、令人尴尬地抽泣，央求回家。我知道这种行为相当软弱，让人难以置信，所以当一位年长的营友受命来跟我谈话，以便弄清楚发生了什么事时，我带着不知羞耻的热情告诉他我的父母离婚了：这是我想得出来的唯一解释，能够让人对我希望看见母亲和妹妹的那种娘娘腔产生谅解。诡计得逞了。在余下的假期里，其他人一直用一种恭敬的怜悯态度对待我。

第一个星期里我又哭又闹不停流泪，但是它并不能带来丝毫的轻松，星期六父亲匆忙从他在中部的事务所过来看我。星期六，当然，是最难过的一天。在赛季的第一个主场比赛日，我却被钉死在一片糟糕透顶的威尔士田野里，那种流离失所的感受愈发加剧。

此前好几个月的休赛期已经让我非常想念足球了。1969 年夏天，我平生第一次感觉缺少点儿什么。我爸和我都面临着没有阿森纳比赛可看的问题；我们对运动版面不再有丝毫兴趣（在那个年头，还没有加扎[①]，没有可笑且毫无意义的季前热身联赛，那至少可以充作正式比赛来临前的一种替代选择；那时也还没有愚蠢疯狂的转会市场竞争，报纸连续好几周都没有任何关于足球的消息），而学校又不允许我们在网球场上踢着球乱跑。以前我总是热切盼望和欢迎夏天的到来，但是这一次它毁坏了我所依赖的规律生活，夏天让我窒息而不是解放——好像 7 月和 11 月交换了时序一样。

我爸在午后来到了野营地。我们走到田野边缘的一块石头上坐下；他说离婚这件事本身并不会给我们的生活带来多大改变，还说下赛季我们可以更频繁地去海布里。我知道在离婚这件事上他说得没

---

① Gazza，加斯科因（Gascoigne）的昵称。保罗·加斯科因是英国 20 世纪末最具天赋的球员之一，而场外的花絮新闻也层出不穷。

错（尽管让他奔波两百英里就为了承认这个纯属多余），不过对球赛的承诺看起来非常空洞。比方说，此时此刻，阿森纳正在对阵埃弗顿，而我们为什么会坐在威尔士的一块石头上？我的那种自怜自艾彻头彻尾地打败了我，我真的开始把一切——差劲的伙食，噩梦般的步行拉练，狭小、不舒服的帐篷，令人作呕、满是苍蝇的便坑，还有，最糟糕的，西看台那两个空着的座位——都怪罪在我是个父母失和的孩子、家庭分崩离析这个事实上；其实，我之所以在这个威尔士中部的野营地，是因为我参加了童子军。在我一生中，这不是第一次，也绝非最后一次，所有显而易见的逻辑都被一种自以为是的沮丧感排挤掉了。

快到 5 点时，我们回到我的营帐去听比赛结果。我们俩都深知，我爸这次来访是否成功，并不取决于他的保证和说服能力，而是取决于来自北伦敦的那个消息，我想父亲一定比平常更加卖力地祈求一场主场胜利。总之在前二十分钟我一点儿也没听清他在说什么。他坐在某个营友的睡袋上，穿着一身无可挑剔的、60 年代年轻主管的标准便装，显得极不协调。我们调到第二广播电台。《体育报道》的主题曲让我的眼睛再次涌满泪水（在一个不同的、好得多的世界里，我们会坐在我爸公司汽车中烫屁股的真皮座椅上，试图穿过拥堵的车流，一路按响喇叭）；当音乐结束，詹姆斯·亚历山大·戈登大声宣布主队 0－1 败北。父亲仰头跌靠在营帐的帆布上，一脸疲惫，他知道这下他的时间都白费了。而我第二天下午就回了家。

无聊，无聊至极的阿森纳

阿森纳 v 纽卡斯尔

1969 年 12 月 27 日

“那些对阵纽卡斯尔糟糕的 0－0，”我爸在未来几年会一直如此抱怨，“那些冷得要命、无聊透顶的星期六下午。”其实，对阵纽卡斯尔只有两次难看的 0－0，但居然都发生在我去海布里看球的头两个赛季里，所以我知道他在说什么，而且我自认应该对此负责。

时至今日，我对把我父亲卷入这一切感到非常愧疚。他从未对阿森纳俱乐部发展出真正的热情，甚至我想，他宁愿第一次带我去的是其他任何一个球场。我非常清楚地意识到这一点，于是一种新的不自在涌现出来：当阿森纳费尽吃奶的力气赢得一场 1－0 小胜或 0－0 平局时，我总是不安地扭动身体，等待老爸清晰地表达他的不满。在那场对斯文顿的比赛之后我发现，至少在足球术语中，忠诚并不像勇敢和善良那样是一种道义上的选择；它更像肉瘤或者驼背，是某种你无法甩掉的东西。严格来讲婚姻都无法与之相比——你不会抓到任何一个阿森纳球迷偷偷跑到托特纳姆去寻求什么婚外的刺激；而且，就算离婚是可能的（如果情况变得太糟，你可以不去看），再婚也是想都甭想的事情。在过去的二十三年里我多次反复细读婚约，想寻找一条解脱之道，但什么也没找到。每一次耻辱性的失败（斯文顿、特兰米尔、约克、沃尔索尔、罗森兰、雷克瑟姆）都必须凭借忍耐、坚韧和自制承受下来，没有别的方法。领悟到这一点就足以让你焦躁不安。

我当然痛恨阿森纳闷蛋透顶这个现实（我现在已经可以承认，他们的名声，尤其是在他们队史上的这个阶段，是非常恰当的）。我当然希望他们能够射进成千上万的进球，踢得像有十一个乔治·贝斯特那样富有灵气和激情，但那根本不会发生，在可预见的未来也不会。我无法为我的球队的差劲表现去和父亲辩解——我自己就可以看到他们，而且我恨他们——在每一次绵软无力的射门尝试和每一次失误之后，我都会振作精神，去承受从邻座传来的那一声声叹息和呻吟。我和阿森纳捆绑在了一起，而父亲和我捆绑在了一起，我们谁也不可能从中逃掉。

贝利

巴西 v 捷克斯洛伐克

1970 年 6 月

1970 年之前,比我大一些和跟我一样大的球迷对伊恩-乌尔的了解远远超过对世界上最伟大的球员的了解。我们知道他理应相当实用,但我们很少能亲眼见证:在 1966 年,他毫不夸张地是被葡萄牙人踢出了世界杯,但当时他显然不在状态,而就我所知,没有人记得 1962 年在智利世界杯上发生的任何事。在马歇尔·麦克卢汉的《理解媒体》[①] 出版六年之后,超过四分之三的英格兰人对贝利的了解终于达到了我们对一百五十年前的拿破仑的了解程度。

1970 年的墨西哥世界杯为足球消费开辟了全新的阶段。在某种意义上,足球一直是一项全球性的运动,全世界都在看,全世界也都在踢；但是在1962年，当巴西队蝉联世界杯时，电视仍然属于奢侈品而非日用品（而且那时候从智利直播球赛的技术还根本不存在），接着1966年南美洲球队表现不佳。巴西在预赛阶段就被淘汰了，阿根廷表现平平随后被英格兰在四分之一决赛中淘汰，当时他们的队长拉丁被罚出场但拒绝离开，阿尔夫爵士认为他们就像野兽一样。另外一支进入八强的南美洲球队乌拉圭，被德国人4－0击败。事实上，1970年是全世界第一次有机会目睹欧洲和南美洲球队之间的对决。当捷克斯洛伐克在与巴西队的首场比赛中率先得分时，大卫·科尔曼评述说："我们对他们的一切了解都将成为现实"；他指的是巴西队松散的防守，但是那口气，就像引介不同文化才是他的本职工作似的。

在接下来的八十分钟里，我们对他们的一切不了解也都成为了现实。利维里诺用直接任意球帮助他们扳平比分，皮球在墨西哥轻薄的空气中旋转，下沉，直钻网窝（我曾看到过这样的直接任意球得分吗？我可不记得），紧接着贝利用胸口停下一记长传，然后拔脚抽射入网，巴西以2－1反超。最终他们以4－1获得胜利，而我们这些身处伦敦2W区这个虽然很小，但绝对是地球村中心的人，都被惊得目瞪口呆。

而且，不仅仅是进球的质量，他们异想天开、蛮不讲理的花俏技法更令人称叹，在他们看来，那就像发角球和掷界外球一样实用和理所当然。当时我脑海里想到唯一可与之媲美的是玩具卡车：尽管我对丁奇、高基或火柴盒汽车根本不感兴趣，但我酷爱佩内洛普夫人②

---

① *Understanding Media*，加拿大学者马歇尔·麦克卢汉1964年出版的《理解媒体》一书，首次提出了"媒介即信息""媒介是人体的延伸""地球村"等重要概念，对当代传播学理论有深远的影响。

② Lady Penelope，20世纪60年代英国热播的科幻电视剧集《雷鸟神机队》中的角色，是一名派驻英国的女间谍。

的粉红色劳斯莱斯以及詹姆斯·邦德的阿斯顿·马丁，它们都配备了诸如弹射座椅、隐身小炮等精心设计的装置，因而超凡入圣。贝利在本方半场超远吊射的尝试，以及他面对秘鲁守门员虚晃一枪、人球分过的假动作……都等同于足球赛场上的弹射座椅，让其他一切都像是一堆瓦克斯霍尔维瓦斯牌廉价汽车。甚至巴西人庆祝进球的方式——跑四大步，跳起来撞在一起，跑四大步，跳起来撞在一起——都同样富有异域趣味，有趣而令人羡慕。

奇怪的是这算不了什么，因为英格兰队能应付过来。第二轮比赛我们对阵巴西，只是因运气不好以 0－1 失利；在这场比赛里诞生了一大批最佳纪录——最佳球队，最佳球员，甚至是最好的两次失误（都属于贝利）——我们的不少表现也能跻身其中，最佳扑救（当然是班克斯扑出了贝利的头球），还有最完美的断球（穆尔断下雅伊尔金霍的球）。显然在这份最佳荟萃的清单中，我们贡献的都是优秀的防守，但没有关系——在九十分钟里英格兰队表现得和这支世界最佳球队一样好。尽管如此，在比赛之后我还是忍不住哭了（主要是因为我误解了比赛的方式——我以为我们被淘汰了，而妈妈还得为我解释变化莫测的分组规则）。

在某种意义上，巴西队毁灭了我们所有人的期望。他们展示了一种柏拉图式的理想足球，没有人，即使是巴西人，能再次找回这种理想；贝利退役了，随后五届世界杯中，他们仅仅展示了一点点弹射座椅的火花，仿佛 1970 年只是他们做过的一场似是而非的幻梦。在学校里我们只剩下了埃索世界杯硬币的收藏，以及试着去踢出那一两个花样，但我们差得太远，最终只好作罢。

被暴揍

阿森纳 v 德比

1970 年 10 月 31 日

1970 年父亲移居海外，一种新的阿森纳模式形成了，我的例行活动不再依赖于他日渐稀少的探望。通过我同班同学“青蛙”的哥哥介绍，我结识了学校里另一个老资格的阿森纳球迷，大家都称他“耗子”。我们俩结伴去海布里。我们一起看的前三场比赛都是辉煌的大胜：6－2 打败西布朗，4－0 击败诺丁汉森林，4－0 战胜埃弗顿，而且是连续的主场，这个秋天真可谓是收获累累。

只有愚蠢和不可理喻的老顽固才会去算计 1970 年的物价，不过我还是想计算一下：到帕丁顿的儿童来回票需要 30 便士；帕丁顿到海布里的地铁来回要 10 便士；想进入球场需要 15 便士（大人要 25

便士)。即使你再买一份赛程表,你仍然可以用不超过60便士的价钱坐三十英里的车去看一场甲级联赛。

(也许这种比较有一点点迂腐。现在如果我坐火车去看我母亲,当日往返票价是2.7英镑,比1970年的成人票价上涨了十倍;但现在91/92赛季看一场阿森纳的比赛需要花费8英镑,上涨了三十二倍。有史以来第一次,去西区看一场伍迪·艾伦或者阿诺·施瓦辛格的新电影,而且有座位,竟然比在海布里站着看一场0-0打平的阿森纳对阵巴恩斯利的拉姆布鲁斯杯还要来得便宜。如果我年轻二十岁,我一定不会去支持阿森纳达二十年之久:对于大部分孩子来说,每隔一周的星期六都找出10到15英镑来简直没有可能,而如果在十多岁时,我没有钱去定期看球赛的话,我对足球的兴趣根本不会维持到今天。)

没有父亲殷实的钱包,那装饰华丽的西看台是遥不可及的,所以耗子和我站在学生区,费力地从前排大人的腿缝之间看比赛。那时候俱乐部不赞成在球场四周设置广告牌和在比赛前播放音乐,所以我们什么也看不到听不到;切尔西的球迷也许早已在听披头士或者滚石乐队的歌了,而在海布里,半场休息时提供的仍然是大都会警察乐队主唱、一级警员阿莱士·摩根的歌曲。摩根警员(他的警衔在他漫长的海布里演唱生涯中从未改变)唱的是轻歌剧或者好莱坞音乐剧的精彩片断:我的德比比赛赛程表上介绍说他那个下午演唱的是弗朗兹·莱哈尔①的《女孩天生要被爱,要被吻》。

这真是一个奇异的仪式。在比赛开场之前他会用一个特别的高音来达到表演的高潮:在他身后的东看台下层,观众们会站起来,同

① Franz Lehar(1870—1948),匈牙利作曲家,代表作有轻歌剧《风流寡妇》等。

时北看台会发出一阵口哨和倒彩试图淹没他的声音。学生区这个绝妙的名称也只有阿森纳想得出来，和它那仿冒的歌剧、老伊顿公学出身的主席以及曲折沉重的历史一样，仿佛它是一个提供给詹尼斯和达比夏尔①以及威廉·布朗②的安全避风港，好让他们管束好自己：歪歪扭扭的帽子、肮脏的外套、口袋里的青蛙以及果子露包装袋——其实，对于两个特意进城来看"大阵仗"的市郊重点学校的男孩来说，这是一个相当理想的地点。

但1970年，就是在光头党发型和马丁靴开始第一次出现在看台上之后，学生区的现状就已经有所改变。那狭小的看台实际上成了未来足球流氓的温床，被来自芬斯伯里公园以及哈洛威的顽劣少年所占据，他们不是因为太小就是太穷，无法去北看台和他们的兄长站在一起。耗子和我在头几个星期并没有在意他们；毕竟，我们都是阿森纳球迷，有什么好担心呢？然而有些什么东西把我们区分开来。不是口音——我们都不能说得非常纯正。但很可能是我们的衣服，或者我们的发型，或者我们干净整洁、折痕宛然的围巾，要不就是我们在比赛开始前，会热烈地讨论那份完好无损地放在内兜或帆布提袋里的赛程表。

在对阵德比的比赛结束前几分钟我们离开了，当时阿森纳以2－0领先（柯里以及雷德福德上下半场各入一球）。一群黑皮肤的男孩（见鬼！黑人小男孩），也许和我们同龄，但显然比我们高多了，而且来自不同的星球——"真实生活"的星球，"中等技校"的星球，"旧城区"的星球——在我们经过时推挤我们；我的心跳得厉害，加紧

① Jennings and Darbishire，英国作家安东尼·巴克里奇（Anthony Buckeridge）创作的系列童书中的两个主角，是世界儿童文学中经典的顽童形象。

② William Brown，英国作家瑞奇摩尔·克朗普顿（Richmal Crompton）于上世纪20年代创作的系列童书的主角，也是一个顽皮的男学童形象。

脚步奔向出口。他们跟上来了。我们小跑起来，焦急地穿过迷宫般的窄道走出球场的旋转门。我跑到大街上，相信置身于正从球场蜂拥而出的大人们中间，那群孩子总不至于再来骚扰我们。

但是看起来，成群的大人一点儿也没有让他们感到不安。我们撒腿跑向地铁站台；他们也跟了上来。耗子跑掉了，他们抓住了我，把我推到球场的墙根，给了我好几巴掌，抢走了我的红白条纹围巾，把我丢在人行道上蜷缩成一团。人们——那些举止像父亲一样让人安心的大人——远远停下脚步或避开我身，就像我在球场外遇到被殴打的人也远远走开一样。我曾经在学校被人打得更惨过（我不仅个头矮小而且喜欢恶作剧，一种特别不幸的组合），但那通常都是我认识的人，在某种程度上还比较能够接受。但这次不同。这次更悲惨：我不知道底线在哪里——我到底是幸运还是不幸？——尽管我知道出于对球队深深的迷恋我仍然会回到相同的座位，但每隔两周的4点40分都要被人暴打一顿也未免太凄凉了。

我真的不认为当时的我意识到阶级差异的存在。几年之后，当我开始了解政治，我会感到身为一个有特权的中产阶级白人男性被人打了一嘴巴实属活该，在我十五岁以后，当我被冲击乐队①的首张唱片灌输了主导意识形态之后，我可能也会打自己一巴掌——只不过当时我所感到的只有深深的失望和羞耻。失望是因为我终于开始怀疑有些人去球场并不是真的为了什么正当理由（对“枪手”忠心耿耿，或者至少对一点边锋战术的渴望）；羞耻是因为，尽管我矮小而年幼，我仍然是一个男人，男人拥有某种东西，某种愚蠢、守旧但力量强大的东西，完全拒绝忍受任何可能被理解为软弱的事。（上面对那个

---

① Clash，英国20世纪70—80年代最成功的朋克摇滚乐队。他们的歌词充满了狂热的政治理想主义。

下午事件的描述就是男人气概作祟的典型:他们两个打我一个;他们强大而我弱小等等。也有可能我当时是被一个独臂瞎眼的七岁男孩攻击,但我的记忆恰到好处地保护了我,以免让我怀疑自己是个从乡下来的懦夫。)

也许最坏的是,我不能把我所经历的向母亲坦白。如果我告诉了她,除非等到父亲几年一次的探望,我将再不会被允许去球场;所以我守口如瓶,只承认我把围巾——那是我祖父送给我的礼物——丢在了地铁上,然后忍受着对我的不小心和不负责任没有尽头的抱怨,也被取消了在星期六晚上例行的去买炸薯条的资格。那一夜,对我讲任何城乡贫富不均的理论都属于浪费时间;我只对城郊贫困感兴趣,对我来说那才是最残酷的。

你在电视上看到我了吗?

南安普敦 v 阿森纳

1971 年 4 月 10 日

我在伯恩茅斯度假,我的祖母和外祖母都住在那里,附近的南安普敦恰好有一场阿森纳队的客场比赛。于是我订了一张长途汽车票,沿着海岸线赶到那里,在人头攒动的山谷球场钻来钻去,一直挤到看台远端的球场边缘;第二天,南方电视台播放赛事集锦,每当出现发角球的画面时(麦克林托克凭借其中一个破门得分,射入 2－1 取胜的关键一球),都能看到我在屏幕的左下方:一个老成稳重的青涩少年,离我十四岁的生日不到七天,显然还没有进入青春期……我没有招手或看镜头,也没有猛摇坐在我旁边的男孩,只是站在那里,在周围所有极度活跃的少年当中就像一个静止的点。

我为什么如此不苟言笑？其实我在任何其他地方都是个正常的孩子：在家里；在学校，我用习惯性的突然傻笑让自己在入学的第六个年头过得很好；我和伙伴们一起出游，他们中的一两个已经有女朋友了，那是我们其他人所见过的最为搞笑、笑破肚皮、笑出鼻涕的荒谬发展了。[象征性地，一些人的绰号被改掉了。拉里，我们这么叫他是因为他的身材和性格都酷似利物浦的中卫拉里·洛伊德，如今被称作卡兹（Caz），因为他现在和那位意大利情圣卡萨诺瓦（Casanova）一样性趣勃勃。我们非常喜欢弄这种俏皮话。]但是在进入二十岁之前，每当我看阿森纳的比赛，我从不认为自己可以轻松地开怀大笑；如果在1968年到1981年间的任何时候在角旗附近拍到我，我的表情都会是一样的。

这个简单的真理是说，痴迷并不好笑，痴迷症患者也从不去笑。但另一个复杂的真相是：我认为我很不开心。一个十三岁的悲观主义者的问题在于，无论生命的其他时刻如何躁动喧闹，却始终没有适合忧郁的环境。当人们让你每时每刻都暗自发笑时，你怎么表达痛苦？然而阿森纳的比赛却不会让人发笑——至少我不会。尽管有几个朋友乐意陪我去看比赛，但耐人寻味的是，过不了多久就会变成我一个人还在坚持孤独行动。接下来的赛季我看了不下二十五场比赛，有十七八场都是我一个人独自去看。我并不想在足球上寻找乐趣。我在其他方面已经乐趣多多，让我腻烦透顶。我最需要的，是有一个可以让没有理由的不开心茁壮生长的地方，一个我能够沉默、苦恼和郁闷的地方；我有许多的伤感，在观看我的球队比赛时，我可以释放这些伤感，让它们稍微透口气。

我怎样赢得双冠王

阿森纳 v 纽卡斯尔

1971 年 4 月 17 日

一年多以后,转机终于到来。球队仍然没有球星,士气消沉,但是突然间变得难以击败。1970 年,对奖杯十七年的苦苦追逐终于宣告结束,阿森纳以令人惊叹的风格赢下了欧洲博览会杯[1]。在半决赛击败约翰·克鲁伊夫率领的阿贾克斯队之后,他们后来居上,在决赛中以 4 - 3 打败了比利时的安德莱赫特队。他们在海布里以 3 - 0 赢得第二回合,大人们在看台上跳起舞来,为胜利带来的安慰而放声痛哭。我不在现场。我没有被允许在第二天还要上学的情况下去看周中的比赛。

1971 年是阿森纳的神奇之年。他们在一个赛季里同时赢得了联赛冠军和足总杯冠军，这著名的双冠王在这个世纪只有三支球队做到过。事实上，他们在同一周内赢得两项桂冠：星期一晚上他们在托特纳姆赢得联赛冠军，星期六他们在温布利举行的杯赛上打败了利物浦。我都不在现场。我不在托特纳姆是因为我仍然不被允许在第二天上学的情况下去看周中的比赛；我没去温布利是因为父亲没有给我搞到票，他没有实现自己的承诺，没错，二十多年后我仍然记恨在心。

所以我哪儿都没去成。（甚至星期天足总杯决赛后在伊斯林顿进行的庆祝游行我也没去成，我不得不去达尔维奇看望我的薇姑妈。）我错过了一切。尽管这本书的主题是关于足球消费而非足球本身，但双冠王那年——阿森纳在这个世纪最好的一个赛季——在我的故事中竟然没有占据太多位置，会给人带来什么印象呢？当然，在托特纳姆终场哨音响起的时候，我兴奋地将收音机砸到了卧室的墙上；当查理·乔治在足总杯决赛打入制胜进球，然后双臂展开仰倒在场地上时，我简直快乐得发晕；我昂首阔步走在校园里，心里盘算着如何羞辱我的同学们，就像他们两年前羞辱我的那样，不过最终我还是代之以幸福的微笑，那是老师和男孩子们都心领神会的微笑。他们都清楚，我是个阿森纳球迷，我有资格享受这胜利的欢愉。

但我不这么想，真的。我在对斯文顿的比赛中为阿森纳饱尝痛苦，但在双冠王的胜利中却没有任何贡献，除非你把那十几场联赛、校服外套翻领上叮当作响的徽章以及贴满了杂志照片的卧室也算作一种贡献。其他人，那些为买到一张决赛球票在托特纳姆排了五小时长队的人，他们比我对双冠王更有发言权。

我现在试图抓住在这些荣耀之前的个把星期中发生的事，以这

---

① The European Fairs Cup，欧洲联盟杯的前身。

种方式把自己也放到双冠王故事的中心。在我生日那天，老爸和我去看了阿森纳对阵纽卡斯尔的比赛（又一场糟糕的比赛）；我坐在座位上，紧紧抱着他送给我的小收音机（事实上，就是我在5月3日砸到墙上的那一台），那收音机只有口袋大小，专为收听星期六下午的比赛设计。当时利兹联队排在甲级联赛榜首，那天下午他们在主场对阵西布朗——后者排名倒数第五，并且整个赛季还没有一场客场胜利。以前有本滑稽的连环漫画叫做《比利的靴子》，讲的是一个拥有魔法靴子的男孩，靴子把它平凡的主人变成了超级巨星；我就像突然有了一台神奇收音机，把最没用的球队的比赛结果变成了戏剧性的客场胜利。我在半场结束时短暂打开它，西布朗进球了；当我再次这么做时，他们又得了一分。这时海布里的高音喇叭宣布了这个消息，球迷们都陷入了疯狂；而在现场，查理·乔治射进了比赛唯一的进球，于是阿森纳整个赛季第一次排名联赛第一。

我在那个下午得到的礼物真是无价之宝，就像世界和平和第三世界结束贫穷一样，那是你花一百万镑也买不来的——除非老爸花费一百万英镑买通了在利兹的裁判，那是对那个下午他的某些判罚的唯一可能的解释。西布朗的一个进球被公认为越位了好几百码，恼怒的观众们疯狂地冲入球场，结果导致利兹联队在下赛季的头几场比赛中被取消了主场资格。“观众们都疯了，他们完全有权利那么做”，巴利·戴维斯在当晚《今日赛场》中令人难忘地如此宣告；在那个年代，电视评论员鼓励暴动远比为恢复国家秩序的辩解来得积极。老爸，如果你真的塞给过裁判什么东西，那么谢谢啦，这招真漂亮！如果那天不是我生日，利兹联队会在家门口输给西布朗吗？阿森纳会不会在海布里又以0－0收场，就像以往对阵纽卡斯尔时经常发生的一样？那我们还能一鼓作气赢得联赛冠军吗？我表示怀疑。

另一座城市

切尔西 v 托特纳姆

1972 年 1 月

说真的，我就像是一个天生的阿森纳支持者——我也总是脸色阴沉、充满戒心、喜好争辩、抑郁寡欢——而我爸则属于斯坦福桥。切尔西光彩四溢、变化莫测，而且，不得不承认，不怎么靠得住；我爸喜欢粉红色的衬衫和夸张的领带，也许我是一个苛刻的道德家，我总觉得他做什么事都有点虎头蛇尾。（乔治·格拉汉姆[①]会说，做父母的就像是在跑一场马拉松，而不是短跑。）不管是什么原因吧，父亲显然更乐意去切尔西而不是我俩常去的海布里，原因很容易看出来。我们有次看到托米·斯蒂尔（也可能是约翰·阿德顿）[②]正从切尔西北看台的男厕走出来，而在比赛开始前我们也可以在国王路上某家意大利餐厅吃饭。有一次我们在切尔西药房③里瞎逛,我在那里买了"齐柏林飞船"的第二张专辑,还有些怀疑地闻着空气中的烟味。(我就像一个阿森纳中卫一样刻板而毫无想象力。)

切尔西拥有奥斯古德、库克以及哈德逊,个个光彩夺目、才华横溢,他们的足球风格与阿森纳截然不同(这场联赛杯半决赛是我看过的最好的比赛之一,以 2-2 收场)。但更重要的是,斯坦福桥以及它周边地区,让我看到了一种迥然不同但依然熟悉的伦敦版本:熟悉是因为郊区的中产阶级男孩早都知道它,那里和我们在去看戏剧、电影和去博物馆时所经过的伦敦别无二致,伦敦这座熙攘繁忙、灯火通明的大都会自居为世界的中心;那个年代我在切尔西看到的人们就是位居世界中心的人。足球是一项时髦的运动,切尔西也是一支时髦的球队;那些为蓝军欢呼的模特、演员以及年轻主管看起来非常漂亮,这让斯坦福桥(至少,那些座席)成为一处精巧的充满新鲜和奇妙的所在。

但这并不是我喜欢足球的原因。阿森纳和它的周遭地区比我在国王路附近所看到的任何东西都更新奇——国王路那里充满了腐朽、沉闷的华丽;而足球正是因为不同于此的其他方面抓住了我的心。所有那些围绕在海布里和芬斯伯里公园周围的静谧的阶梯式街道,所有那些满腹牢骚但仍然对二手车销售忠心不贰的商人……这

---

① George Graham,阿森纳历史上最伟大的传奇球员之一。作为中场球员,这个苏格兰人在 1971 年足总杯决赛打入一球,为阿森纳首次夺得"双冠王"立下殊勋。1985 年,他重返阿森纳出任主教练。在他执教阿森纳的十年里,阿森纳三夺联赛冠军,进入前所未有的辉煌时期。

② Tommy Steele,英国第一位真正"国产"的流行乐歌星,曾出演多部音乐剧和歌舞片。John Alderton,英国演员,曾在《埃及艳后》《007 勇闯未来城》等多部影片中出镜。

③ Chelsea Drugstore,原为切尔西区女王路上的一家药店,后改为酒吧,现已不存在。它之所以著名,主要是因为它的名字曾出现在滚石乐队的名曲"*You Can't Always Get What You Want*"的歌词中。

才是真正的奇妙呢;那是一个来自泰晤士河河谷重点中学的男孩,绝对无法看到的伦敦,无论他去赌城影院看过多少场宽银幕立体电影。我爸和我,我们想要的东西不一样。正如他开始想成为切尔西所代表的那部分(刚好有生以来第一次,他能够负担起),我只想赶快奔往另一个方向。

伊斯林顿小男孩

雷丁 v 阿森纳

1972 年 2 月 5 日

英格兰南部的中产阶级白人男女是地球上最漂浮无根的生物；我们不属于世界上任何其他的社会群体。约克郡人，兰开斯特人，苏格兰人，爱尔兰人，黑人，富人，穷人，甚至美国人和澳大利亚人都有一些可以让他们坐在酒馆或酒吧里哭诉的事情，有歌可唱，当他们觉得需要的时候，可以抓住某种东西不放，但我们什么也没有，至少没有我们想要的。于是产生了一种“仿归属”的现象，通过凭空捏造和篡改过去与背景，以得到某种可被接纳的文化认同。那首《我要当黑人》是谁唱的？歌名就说尽了一切，而且这样做的人到处可见：在 70 年代中期，年轻、聪颖、在其他方面颇有自知之明的伦敦白人男女开始采用一种牙买加方言说话，坦白讲，那根本不合适他们。我们干吗都巴不得自己出身于芝加哥规划区、金斯顿犹太区，或者北伦敦或格拉斯哥简陋的小巷里！还有那些明明受过正规学校教育，却故意省略 H 音、把元音搞得残缺不全的朋克摇滚歌手！那些明明有祖父母在利物浦或伯明翰的汉普郡女孩！那些明明来自赫特福德郡，却高唱爱尔兰反叛歌曲的“棒克”乐迷①！那些告诉你尽管他们的妈妈住在伦敦的雷吉特，但他们的感情却属于罗马的欧洲人！

自从我的年龄允许我去理解一个城郊富人意味着什么，我就希望自己出身于另外一个地方，最好是北伦敦。我已经尽可能地丢掉了那些 H 发音——我发音中剩下的 H 只是那些已经深深陷入某些定冠词中而无法剥离的了——而且只要一有机会我就会用复数动词去搭配单数名词。这个变化过程从我第一次去海布里后不久就开始了，贯穿我整个城郊重点中学的求学生涯，并在进入大学后令人惊讶地突飞猛进。另一方面，我妹妹也同样为她的城郊出身而困扰，当她进入大学后采取了另一种方式，突然开始用德文郡公爵夫人的口吻说话；当我们向各自的朋友介绍彼此时，他们会感觉到极度的困惑。他们肯定在猜疑，我们中的哪一个是被收养的？是她太不幸了还是我太幸运了？而我们的母亲，在伦敦东南出生并长大，但是在家乡郡住了近四十年，口音恰好介于两者之间。

某种程度上，没有人能够指责我们中的任何一个，不论是伪伦敦人还是假爱尔兰人，扮成黑人的人还是冒牌的斯隆街②居民。1944 年教育法案、第一个工党政府、猫王、垮掉的一代、披头士和滚石，60

① “棒克”（The Pogues）是一支爱尔兰乐队，他们将爱尔兰民乐与朋克乐风糅合在一起，形成一种独特的非主流混合风格。

② Sloane 街是伦敦一条著名的高档精品商业街。

年代……统统与我们无关。我诅咒升学会考。要是在战前，我们的父母或许会凑一点钱把我们送进低级公立学校，我们会接受一堆狗屁不值的三手传统教育，然后在银行谋份工作；但升学会考，这个专为创造精英而设计的考试，让公立学校再度成为富有家庭的安全选择。战后，公立重点中学的男孩和女孩仿佛一脚踏入了虚空；没有任何现成的文化属于我们，我们不得不赶紧抓一个。究竟什么算是战后英国郊区中产阶级文化？是杰弗里·阿彻尔还是《艾薇塔》①？是"弗兰德与斯旺"还是"笨蛋秀"②？是少年阿莫还是梅尔昌特-艾弗瑞的电影③？是《德布里奇秀》……还是约翰·克里斯愚蠢的走路姿势④？怪不得我们都想成为马蒂·沃特斯或查理·乔治⑤。

1972年杯赛第四轮淘汰赛雷丁对阿森纳的比赛，是我的许多类似遭遇中最早也是最痛苦的一次。雷丁是离我最近的联赛球队，海布里远在三十英里之外，而雷丁的主场榆树公园离我只有八英里，这个地理上的阴差阳错让人很不爽，我情愿为改变它做任何事。雷丁球迷有波克郡口音，难以置信的是他们对此毫不介意；他们甚至从不尝试像伦敦人那样说话。我和主场球迷们站在一起——这场比赛是开放售票，去雷丁买一张球票比跑到北伦敦容易得多——而当我习

① Jeffrey Archer，英国著名作家、政客，曾因伪证罪入狱。*Evita*，麦当娜主演的庇隆夫人传记歌舞片。

② Flanders and Swann，英国二重唱乐队，擅长演唱滑稽、幽默的喜剧歌曲。*The Goons* 是一档20世纪50年代在英国大受欢迎的广播喜剧节目。

③ Adrian Mole 是畅销小说《少年阿莫的秘密日记》的主人公。Merchant-Ivory，著名电影制作公司。导演 James Ivory 生于美国，制片 Ismail Merchant 是印度人。1961年两人开始长达44年的合作，成为国际知名的电影制作品牌。Merchant-Ivory 以拍摄文学作品著称，著名的三部曲是《看得见风景的房间》《霍华德庄园》和《告别有情天》。

④ *Francis Durbridge Presents*，英国一部热播三十年的侦探系列广播剧。John Cleese，英国著名喜剧演员，经典喜剧《蒙蒂蟒蛇》的主演。

⑤ Muddy Waters，美国蓝调大师，摇滚乐发展初期阶段的标志性人物之一。Charlie George，阿森纳球星。

惯性地在开赛前九十分钟就进场等待时,整整一家人(一家人!),妈妈、爸爸,还有儿子,都戴着蓝白横条的围巾和玫瑰形的队徽(玫瑰形的!),开始和我攀谈起来。

他们问我一些关于我的球队和球场的问题,开着查理·乔治头发的玩笑——这群乡巴佬!——还给我小点心吃,把他们的赛程表和报纸借给我看。我开始享受这种闲聊。与他们讨厌的粗喉音相比,我装出来的伦敦工人阶级的腔调在我听来简直完美无瑕,我们之间的关系开始呈现一种开心的城市骗子遇见小镇乡巴佬的调调。

当他们问起我学校的情况时,一切开始变得糟糕起来:他们听说过许多伦敦的事,并希望弄清楚那些是不是都是真的,于是我凭借几个学校里的小混混的业绩编造出一些故事,似乎花费了几个小时,但那些精心编造的幻象变得漏洞百出。我只能假定我已经说服了自己,此时在我脑海里,我的家乡已经变成了北伦敦哈洛威与伊斯林顿之间的一个区;因此当那位父亲问我住在哪里时,我把实话说了出来。

"梅登赫德?"他怀疑地重复着,"梅登赫德? 那儿离这里不到四英里!"

"将近十英里。"我回答说,但是他似乎不相信多出来六英里会有多大差别,我可以看出他的意思。我脸红了。

接下来他让我无地自容。"这个下午你不应该支持阿森纳,"他说,"你应该支持你当地的球队。"

这是我青少年时代最丢脸的时刻。一个完整、精细、完美的想象世界在我周围彻底粉碎,一块一块地掉落在我的脚边。我希望阿森纳为我复仇,击败这支三流球队,把他们自命不凡、愚蠢乏味的球迷打成一堆烂酱;但是,帕特·莱斯在下半场的折射进网让我们仅仅赢了一个 2-1,比赛结束后那位雷丁父亲拍拍我的头,对我说至少我回家不用花太多时间。

但这阻止不了我。仅仅几周之后,我就重建了梅登赫德这个伦敦自治区。但是我确定下一次我去的客场比赛一定一定要足够遥远,那里的人可能会相信我位于泰晤士河谷的家附近,有自己的地铁站和西印度人社区,以及许许多多糟糕而棘手的社会问题。

快乐

阿森纳 v 德比

1972 年 2 月 12 日

一场真正难以忘怀的比赛，那种能让我带着陶醉和满足回家的比赛，必须同时具备以下条件：我爸必须和我一起去；我们必须在炸鱼和薯条小吃店[1]吃午饭（而且要坐着吃，不和别人拼桌）；我们必须在西看台上层有座位（因为在西看台你可以俯瞰球员通道，能在全场其他观众之前抢先欢呼球队的到来），在中场线和北看台之间；阿森纳必须踢得漂亮，并以净胜两球获胜；球场必须坐满，或接近坐满，那通常能代表对手的重要程度；比赛必须录播，最好是在星期天下午 ITV 的《大竞赛》，而不是 BBC 的《今日赛场》（我想，那是因为我当时比较喜欢期盼这种感觉）；还有我爸必须穿很暖和的衣服。他经常不穿大衣就从法国跑回来，忘记了星期六下午可能会在接近零度的气温中度过，而他那种强烈的不舒服让我觉得坐在那里坚持到终场哨响简直是一种罪过。（但是我往往还是坚持到底，当我们回到车上，他经常已经冷得说不出话来；这让我感觉很糟，但还没有糟到甘愿错过一个进球的程度。）

这是很高的要求，所有条件都碰巧凑齐简直是不可能的奇迹，在我的记忆里，这样的情景只出现过一次，那就是 1972 年对德比郡队的比赛。受阿兰-鲍尔加盟鼓舞的阿森纳队凭借查理·乔治的两粒进球打了最终的联赛冠军一个 2－0，其中一个是点球，另一个是漂亮的鱼跃冲顶。还因为我们在炸鱼和薯条小吃店里有一张自己的餐桌，也因为裁判在博尔被绊倒时指向了点球点而不是判罚继续比赛，更因为我爸记得带着他的大衣，我赋予这场球赛它原本没有的意义：它现在对我来说是代表了所有的一切，是代表了一个整体，但这是错误的。阿森纳那次是过于杰出，查理的进球是不一般的华丽，球迷的人数大大超过了平常，而且他们对球队的表演过分欣赏……2 月 12 日的确存在，和我描绘的一模一样，不过现在它的重要性只在于它的非典型性。而生活不是，生活从来都不是一顿炸鱼和炸薯条午餐后的一场 2－0 击败联赛领头羊的比赛。

---

① Fish and Chips 是英国最流行的便利快餐和外卖店。在海布里外面，有一家非常著名的 Fish and Chips。

我妈和查理·乔治

德比郡队 v 阿森纳

1972 年 2 月 26 日

我乞求、恳求、不停地念叨，最终我妈投降了，允许我搭车去客场看比赛。当时我欢呼雀跃，而现在我怒不可遏。她知道她在做什么吗？她难道不看报纸或电视吗？她从来都没听说过足球流氓吗？她真的不知道“足球专列”，那种载着球迷全国到处乱跑的臭名昭著的火车是什么样子吗？我会被杀死的。

现在想起来，我妈在所有这一切中扮演的角色实在相当费解。她不喜欢我把钱花在“齐柏林飞船”的唱片上，可以理解，还有电影票上，甚至她看到我买书时也是那么不开心。但不知为什么，对我几乎每周都要去伦敦、德比或南安普敦，冒着随时会碰到一群疯子的危险，却一路放行。她从来不干涉我对足球的痴狂；事实上，当我在学校上课时，开车穿过结冰积雪的 A4 公路，排队给我买来对雷丁的杯赛淘汰赛门票的就是她。大约八年之后，我回家时在餐桌上发现一张不可思议、令人难忘的西汉姆对阵阿森纳的足总杯决赛球票（足足 20 英镑，她实际上根本没有那么多钱），那是她通过一个同事买来的。

好吧，是的，这些当然都是与男子汉气概相关的事，但我并不认为她通常默许、偶尔积极支持足球的态度是为我好；那都是为她自己。每到星期六，现在看来，我们就像是在一部情景喜剧中扮演一对怪异滑稽的已婚夫妇：她会送我去车站，我搭上火车去伦敦，做我男人该做的事儿，而当我回来时，就会在车站前的公用电话亭给她打电话接我回家。然后她会把我的茶放在桌上，我一边吃饭一边讲述今天的经历，非常温馨的是，有时她会问一些她自己根本不太了解，但为了我的缘故而试图对其产生兴趣的问题。如果事情不太妙，她会小心翼翼一笔带过；而在一些顺利的日子里，整个客厅会洋溢着我心满意足的气氛。在梅登赫德，从星期一到星期五的每个工作日的晚上，完全都是这个样子。唯一的不同是，在我们家，只在周末时才会这样。

我知道，有一种观点认为，在母亲面前扮演父亲的角色并不是确保未来心灵健康的最好方式。但是，我们都会这样做，不是这时候就是别的时候，不是吗，伙计们？

客场比赛对我来说如同熬夜加班一样，在德比进行的第五轮足总杯淘汰赛，我第一次不得不完全独自处理。在那个年代，坐火车去看比赛并没有现在的限制（英国铁路公司最终取消了足球专列，由俱乐部自己组织他们的球迷行程):我们可以到圣潘克拉斯车站买一张极其便宜的火车票,挤入一辆破旧的列车,每节车厢的过道上都有牵着警犬来回巡逻的警察。大多数的行程都在黑暗中——隔不多远就有灯泡被打碎——这使阅读相当困难,尽管我总是在阅读,拿着一本书,然后花上好长时间去寻找一节客车车厢,一节坐满了那些不想引起阿尔萨斯狼狗注意的中年男人的车厢。

到了目的地,我们会碰到成百上千的警察,他们会护送我们通过避开城市中心的迂回路线到达球场;在这段路程里,我那关于城市足球流氓的白日梦能够自由地驰骋。我非常安全,保护我的不仅是法律,还有我身后的同伴们,因此我可以用我尚未完全发育的声音跟着其他人一起大声地唱着挑衅的歌。事实上,我看上去一点儿也不强壮:我距我应该长成的强壮身材还差得很远,而且还戴着国家保健局专为书呆子配发的黑边近视眼镜,尽管我在路途中把它藏了起来,以使我的样子看起来多少凶恶一点。然而那些咕咕哝哝抱怨球迷个性丧失的人都没有明白一个重点:正是这种个性的丧失反而加快了转变的进程。有谁希望自己一生一成不变?我希望自己能有那么一段时间,不再是那个长着招风耳、戴着眼镜的城郊废物;我也希望成为能在德比、诺维奇或南安普敦区的商店里吓唬顾客的人(他们真被吓着了——你能看出来)。不过迄今为止,我能吓唬人的机会屈指可数,而且我知道,让大人拖着他们的孩子飞快地跑向路的另一边的不是我,而是**我们**;我只是其中一分子,足球流氓身体上的一个器官。事实上我就是盲肠——小而无用,藏在中间的某个地方——无足轻重。

如果说走进球场时充满着荣耀和原始力量,那么站在球场内,以及此后走回车站的时候,精神就没有那么抖擞了。球场内的暴力现在几乎已经消失了，原因有很多：球迷们被严格地分开了（回到那个年代，如果你想走到对方球迷阵营里，只需要穿过那个十字转门就行了），客队球迷赛后通常要呆到球场清空之后再出去，警察也越来越老练等等。但是在70年代的头五年里，我看的每一场阿森纳比赛都会有一场打斗。在海布里他们大多发生在钟楼看台，因为对方球迷也站在那里；通常只是短暂的混乱，阿森纳球迷冲入敌方阵营，敌人四散逃开，警方控制局势。这些只是仪式性的攻击，暴力通常包含在拥挤当中而不是拳脚之间（拥挤造成了海瑟尔惨案，而不是任何人身攻击）。但偶尔地，特别是对阵西汉姆、托特纳姆、切尔西或者曼联时，问题也可能在最为喧闹的北看台发生：当客队球迷聚集到足够多时，他们会试图侵入主队球迷的地盘，仿佛那里是具有军事战略价值的岛屿。

所以要在客场安全观看一场球赛非常困难。站在为客队球迷设置的“保护区”没有任何保护可言；事实上，它不过是宣布了你的敌对球迷身份。站在对方的看台也很危险（如果阿森纳球迷正准备侵入主队看台的话）而且毫无意义——凭什么劳师动众地穿过大半个国家，却不得不假装支持对方呢？如果可能的话，我会在边上看台找个地方，那里比较安静；如果没可能，我会到“客队”一端，但要靠近一个角落，离那些狂热的阿森纳远征团越远越好。但我对客场比赛从来都不喜欢。我会持续感到神经紧张，通常都有很好的理由：不定在那个下午的某个时刻，战斗就会爆发，往往以庆祝进球的怒吼作为开场白；但是，吼叫声也可能发生在球离哪一端都相当远的时候，极其让人疑惑。我亲眼看到过球员们四下张望，为他们奋力抛一个界外球就赢得如此狂热的声浪而感到不知所措。

在德比的那个下午比大多数时候来得糟糕。在赛前就有一些麻烦，比赛中零星的摩擦不断发生，尽管我在那些看台的下方，藏在小孩子们和他们的父亲当中，我仍然被吓坏了——吓到我对阿森纳的胜利产生了极为矛盾的心情。一场平局也许对我更合适，而且如果我能平安无事地返回德比车站，甚至失败和被淘汰出杯赛的结果我也能接受。在这种时候，球员们理应承担起比他们平常能够觉察和意识到的更多的责任；可惜，这种觉察力并不是查理·乔治最为明显的特质。

查理·乔治是为数不多的至今仍能够竭力避免破坏形象的70年代偶像之一，可能是因为他给人的第一印象如同乔治·贝斯特、罗德里·马西和斯坦·布尔斯的混合版，长发飘逸，任性风流，这二者在二十年前都是非常新鲜的。的确，他非凡的天赋足以和同辈中最优秀的球员并驾齐驱，但那些天赋却在他的整个职业生涯中被白白荒废掉了（他只代表英格兰出场过一次，他在阿森纳的最后岁月甚至无法获得一个首发位置）；除此之外还有——他的脾气，他跟教练的矛盾，年轻球迷的狂热崇拜以及他吸引女性的魅力——也都是其中的原因。在那个时候，足球无论在表演和消费上，都已经开始向流行音乐看齐。

查理·乔治在两方面与那些叛逆样板有少许不同。首先，他在十几岁时真的曾将大把时间花费在他后来效力的俱乐部的看台上；虽然这种事本身并非多么不同寻常——许多利物浦和纽卡斯尔的球员从小就支持他们的俱乐部——乔治是少数直接翻过球场栅栏就穿上俱乐部球衣球裤的天才之一，而他始终没有适应这种转变。贝斯特是爱尔兰人，布尔斯和马西效力过很多球队……但乔治不仅仅是在阿森纳的北看台和青年队成长起来的，他的表现看上去仍然像个阿森纳球迷：似乎穿得像个球员在场上跑来跑去，是避免被赶出体育场的最简便的方法。在身材上，他与样板也不相符：他长得很壮，身高超过六英尺，比乔治·贝斯特高大多了。在1971年我的生日那天，就在他打入纽卡斯尔的那个进球前不久，那种时常折磨他的血性突然发作，他抓住一个强壮的纽卡斯尔防守队员的喉咙，把他从地上提了起来。这不是不合时宜的暴躁卤莽，这是硬汉的威慑，在看台上的年轻人眼里，再也没有比他更令人信服的代表人物了。

其次，他也并不是反叛媒体的人。他是因为没法接受采访（他的口齿不清不仅是传说也是事实）；他稀疏的长发就像没拔干净的羽毛，毫无层次可言。当他在69/70赛季第一次为球队出场的时候，人们还猜测他是否准备留成一个光头党发型，但到70年代中期，他竟愚蠢地决定去烫了一个该死的爆炸头；他看起来对玩女人也没什么兴趣——苏珊·法吉，那个我还记得名字的未婚妻，在大多数场外照片中都极具威慑力地占据着突出位置。他是个大明星，媒体非常感兴趣，但不知道拿他怎么办好。蛋类市场委员会尝试过一次，但他们的口号“给孩子和查理·乔治的蛋”非常令人费解。不知什么缘故，他让自己无法被包装，对媒体绝缘——可能是偶像当中最后一个这样做的。（然而令人莫名其妙的是，在他退役好几年后，他的形象仍然存留在我的那个记忆力如同漏勺的祖母心中。大约在1983年，当我告诉她我要去海布里看一场比赛时，“查理·乔治！”她不以为然而且令人难解地吐了一口口水。在她的意识里查理意味着什么，我恐怕永远不会真正理解。）

在德比那令肌肉冻结的冬季赛场上，查理的表现让人惊叹（那些球场！德比棒球场，白鹿巷，还有温布利……莫非冬季草坪真的是80

年代的新生事物，就像录像机和冷冻酸奶）。他两度进球，两度引发惊叫，我们用安德鲁·罗伊德·韦伯①那刚刚创造畅销纪录的歌曲曲调唱着："查理·乔治！超级明星！你目前已经得了多少分？"（而德比的球迷，则像之前全国其他地方的球迷做过的那样，反击地高唱："查理·乔治！超级明星！戴着个乳罩，走路像个女人！"当人们想起六七十年代看台妙语的黄金时代，很难不笑出声来。）尽管查理进了两个球，但比赛随后仍然被德比扳平并以2-2结束，因此我得到了那个胆怯的理想平局，按我假定的逻辑，接下来可以平安地走回车站了，但是结果并非如此。

那全是查理的错。进球本身已经是一种挑衅的表示——其中缘由需要另外写一本书来解释——尤其是当那个下午，看台上已经翻涌着暴力的潜流。我理解，查理是一个职业球员，如果有一个射门机会摆在面前，我们微不足道的安全根本不在他的考虑之列。这非常清楚。但完全没必要冲向德比的球迷去庆祝——我们下午的其余时间还要和那些狂吼乱叫，那些南方同性恋者的仇恨，那些伦敦人的骚扰，那些剃着光头、穿着钢头鞋的家伙混在一起，还得在终场哨响之后穿过他们充满敌意、小巷纵横的地盘——而查理还毫不含糊地做出了"去你丫乡巴佬"的V字形手势……这简直太愚蠢了。在我看来，是查理一时的缺乏责任心和道义感让他做出了这些举动。

他被嘘出了球场，还受到足总杯的追加处罚；我们则在回火车站的途中被一路追逐，瓶瓶罐罐像瀑布一般在我耳边落下。干杯，查理。

① Andrew Lloyd Webber，当代最负盛名的音乐剧大师，代表作有音乐剧《剧院魅影》《猫》《艾薇塔》等。

社会史

阿森纳 v 德比

1972 年 2 月 29 日

重赛以 0 - 0 结束，一场没有任何价值的比赛。但它仍然是我的阿森纳时代唯一一次周中下午在海布里进行的一线队比赛：1972 年 2 月是电力工人大罢工的日子。对我们所有人来说，这意味着零星的电力供应、烛光下的黄昏，以及临时的冷晚餐，但对一个三年球龄的球迷来说，则意味着要去走访张贴停电时段表的电力公告室，以确认我们当中有谁能收看到星期天下午的《大竞赛》节目。对于阿森纳来说，停电意味着没有灯光照明，因此才有了星期二下午的重赛。

我去看了那场比赛，把上学的事抛到一边。虽然我猜想观众可能包括我、一些和我一样逃学的半大孩子，以及零星几个领养老金的人，但事实上，那天有超过六万三千人到了现场，是那个赛季观众最多的一次。我感到非常反感。难怪这个国家越来越堕落！我的逃课行为让我无法和母亲分享我的不安（这是我那时没有领会到的一个讽刺），但**这到底算怎么回事**？

对三十多岁的人而言，那个周中下午的杯赛淘汰赛（西汉姆和巨人杀手赫尔福德也在那个周二下午比赛，吸引了四万两千多观众）现在看来充满了70年代早期令人惊叹的光辉，就像一集《芬街帮》①或一包六号香烟一样；也许在厄普顿公园和海布里的每个人，所有十万六千名观众，都想走在社会历史几百万条小路中的同一条小路上。

---

① *The Fenn Street Gang*，一部描写青少年校园生活的英国电视剧集。

我和鲍勃·麦克纳布

斯托克城 v 阿森纳

1972 年 4 月 15 日（维拉公园球场）

71/72 赛季的足总杯是一串爆竹，一连串显然无止无尽的惊奇和疑难问题的根源。有哪两支球队花了十一个小时才在第四轮资格淘汰赛中分出胜负？哪个球员在他的球队 11－0 狂胜马格特队的首轮比赛中打进九个球？他当时效力于哪队？他后来转会去了哪里？在南方联赛的赫尔福德令人惊奇地以 2－1 战胜甲级队纽卡斯尔的比赛中，他们进球的是哪两位球员？（提示：他们的名字在阿森纳球迷当中会引起特殊的共鸣。）

牛津城队和阿尔维乔奇；特德·马克杜格尔；伯恩茅斯；曼联；罗尼·雷福德和里基·乔治：一个答案一分，答对七分你就能赢得一撮麦肯·麦克唐纳的鬓角。

然后就是那场下午的杯赛重赛和查理·乔治的V字手势，以及接下来在维拉公园对阵斯托克城队的半决赛，我们的守门员鲍勃·威尔逊在1-1平局时被抬下（约翰·雷德福德不得不替换出场），而我跟鲍勃·麦克纳布，那位阿森纳左后卫，在开球前几个小时说过话。

和我一起去维拉公园的是西斯拉姆，一个来自梅登赫德的足球流氓崇拜者，我时常会在火车上碰到他。我对他相当敬畏。他穿着一件白色的屠夫外套，上面潦草地写着红色的阿森纳标语，这是球迷表达自己看球立场的惯用方式。在从赛场回家途中，在5点35分从帕丁顿开来的火车上，他常会坐到我旁边，问我比分，解释说他被拘留在球场下的警察所里，因此对在他头顶上发生的一切毫无所知。延金斯，那位似乎颇具传奇的北看台领袖（毫无疑问，我从没听说过他），是他的好朋友。

可想而知，我很快就发现，这些都是胡扯，即使在最好的日子里，西斯拉姆与现实的关联也非常脆弱。如果真有延金斯那样的人（那个被神话的领袖，足智多谋的流氓战略家，势力遍及城区乃至郊区），西斯拉姆也不会认识他；就连像我这样拼命想把自己认识的人都想象成真实的罪犯的家伙，也不禁开始怀疑，一个外表看上去毫无危害的十四岁男孩，怎么会在每个星期六，都因为那种一直含糊不清的罪名而被捕呢？

足球文化是如此无形，如此笨拙，如此**庞大**（当我听西斯拉姆说起在国王十字街、尤斯顿路以及帕丁顿后街发生的事件，整个伦敦似乎都在足球文化触角的掌握之下），不可避免地吸引了大量的妄想狂。如果你希望自己参与过一场和托特纳姆球迷之间的可怕争斗，根本没有必要让它在球场内进行，那会很容易被查证。它可以发生在某个车站、某条通往球场的路上，或者任何一间敌对阵营的酒吧里：在这种地方，关于足球的谣言总是像烟雾一样浓烈且难以穿透。西斯拉姆懂得这里的诀窍，而且就像拉里捏造他那可怕而不大可信的谎言一样乐此不疲；足球完美地满足了他自欺欺人的贪婪欲望，就像它能满足我的一样。有那么一段时间，我们形成了一种令人满意的共生关系。他愿意相信自己是一个足球流氓，我也如此，因此有好一阵子他什么都跟我讲。

老爸帮我弄到两张那场比赛的看台票（我还没有向他解释我在看足球时已经孤立到什么程度），西斯拉姆慷慨地同意用掉多余的那张。当我们到达维拉公园，我们必须找到售票处把票取出来。那时候是 1 点 30 分，有几个球员正在那里，给妻子、家人和朋友分发球票。鲍勃·麦克纳布，那个左后卫，是其中之一；他从 1 月份以来就一直没进入过首发阵容，我对看到他深感惊讶。我无法相信波尔蒂·梅会在足总杯半决赛上让他三个月来第一次首发。最终，我的好奇心战胜了羞怯。

“你会上场吗，鲍勃？”

“当然。”

自传中的对白读起来自然总有一点令人可疑。作家怎么可能对发生在十五、二十甚至五十年前的对话记得一字不差？但“你会上场吗，鲍勃？”是我对所有阿森纳球员曾说出口的仅有的四句对白之一（顺便提一下，其他的是“你的腿怎么样了，鲍勃？”，对在下赛季伤愈复出的鲍勃·威尔逊；“请问能给我签名吗？”对查理·乔治、帕特·莱斯、阿兰·鲍尔和波尔蒂·梅；以及，“你的腿怎么样了，布瑞恩？”，在阿森纳俱乐部商店门外对布瑞恩·马伍德说的，在我大到应该更懂事的时候），所以我能保证每一句都绝对真实。

当然，我也有想象的交谈。甚至现在，我时常会想象带阿兰·史密斯和大卫·奥利莱去酒馆，请他们喝一杯低酒精度的啤酒，坐在那里闲谈到酒馆打烊，聊聊乔治·格拉汉姆传言中的吝啬，查理·尼古拉斯的健康以及约翰·卢基奇的转会。但事实的本质是，对我们来说，俱乐部的意义比对他们重要得多。二十年前他们在哪儿？二十年后他们又会在哪儿？两年内他们中的一些人又会在哪儿？（在维拉公园或者老特拉福德，带球冲向阿森纳的球门，就是在那儿。）

我想，还是算了吧，我很高兴事情就是现在这个样子。他们是球员而我是球迷，我不想混淆界线。男人往往嘲笑那些追星少女有失常态的过分举止，但想和明星一夜风流是完全可以理解的，而且有着它独特的权衡和逻辑。（如果我二十来岁、正当婚姻年龄，我也可能去训练场，把我的内裤扔向大卫·罗卡斯特，尽管这种来自男人的表白，不管他有多前卫，也遗憾地不可能被接受。）然而我们当中的许多人都有过和球员们说话的机会，在新鞋发布会或体育商店开张典礼上，在夜总会或饭馆里，而且我们中的大多数都抓住了机会。（“你的腿怎么样了，鲍勃？”“托尼，你周六真是闪耀全场。”“嗨，下周你们一定会打败热刺，对吧？”）如果他们不是在夜晚路过这里喝上一杯，这些笨拙、尴尬、误打误撞的会面会成为什么样子？我们不是年轻迷人的性感少女，我们是腆着大肚腩的成年人，我们对他们一点儿没有吸引力。职业球员就像模特儿一样美丽而遥不可及，何况我也不想当一个到处乱摸屁股的中年人。

当我看见穿着赛前队服的鲍勃·麦克纳布时，我还完全不懂这些。当我走进球场时，两个走在我前面的小子正在议论球队阵容的变化，我告诉他们麦克纳布将要上场，因为他亲口告诉了我，而他们看了看我，再看看彼此，摇了摇头（尽管他们在大喇叭里播出了这个改变之后再次看了看我）。这时西斯拉姆已经让自己站在了维拉公园巨大的霍特看台上，和小流氓们一起，正忙着告诉那些乐意听他说话的人，他是如何闯过十字转门进入球场的（我们一踏进球场，他就对任何一个认识或不认识的人如此宣称了）。我们俩哪一个是妄想狂？显然是我。没有人能在赛前和球员说话，至于不花钱就进场……如果你有一张球票存根放在口袋里，你撒这样的谎干吗？

温布利Ⅱ——噩梦继续

利兹 v 阿森纳

1972年5月5日

一个经典的焦虑的梦,就是那种显而易见老一套的。我尝试着去温布利,在我的口袋里有一张决赛球票。我离开家时时间还很充裕,但是每次想走向球场却都坐错了方向。一开始只是个可笑的刺激,但最终变成了恐慌;差2分到3点的时候,我还在伦敦市中心招呼出租车,并开始相信我将看不成比赛了。尽管有几分好笑,可我喜欢这个梦。我已经六次做过这个梦了,从1972年以来阿森纳的每次杯赛决赛之前,(所以这是一个绝对)与成功连接在一起的噩梦。醒来时我大汗淋漓,但这些汗成为了那天第一个值得期待的时刻。

我的决赛门票直接从俱乐部获得，而不是通过黄牛党和老爸，我可笑地为此骄傲不已。（更加古怪的是，我对随球票附送的问候卡片非常开心，后来还把它收藏了很多年。）杯赛球票按照赛程手册后面的号码凭证来分配。如果你有所有的赛程手册，像我一样，你几乎可以肯定会被分配到一张票；因此这个系统是设计来奖励忠诚的球迷的，尽管实际上它奖励到的只是那些有足够精力，在球场外的小摊上收集他们所需要的赛程手册的人（这个费力的过程本身就包含了某种形式的忠诚）。我去过大多数主场比赛和一些客场比赛；我和其他人一样有资格，也许比大多数人更有资格，去温布利的看台上看球，所以我的骄傲来自早些年缺少的那种归属感。

（这种归属感对于理解人们为什么会在星期三晚上跑到普利茅茨去看一场无关紧要的比赛至关重要，没有这种归属感，足球将会堕落到仅仅是一种生意。但它的极限在哪里？那些每个星期都纵贯横穿整个国家去看球的球迷，俱乐部“归属于”他们会比“归属于”我更多吗？还有那个一个赛季只看十场的古怪老头，从 1938 年就开始去海布里了……俱乐部不也属于他，而他也属于俱乐部吗？当然如此。但好几年之后我才明白这些，在当时，是没有付出就没有收获的。除非我曾经痛苦和颤栗，捧着围巾落泪，付出超过了所有，否则就不可能置身欢乐当中，享受那美好一刻。）

这场比赛本身就和其他所有阿森纳对阵利兹的比赛一样乏味：这两支球队创造了某种历史，他们的相遇总是充满暴力、得分很少。我的朋友鲍勃·麦克纳布开场刚刚两分钟就领到黄牌，从那一刻开始比赛就充斥了任意球和争吵、踢打脚踝和戳点手指，以及吼叫咆哮。让一切更糟的是，这是足总杯百年的决赛；我肯定足总的高层官员如果有权自由挑选两支决赛球队的话，阿森纳和利兹在他们的排位中一定非常低下。赛前的一百周年庆典(和我习惯的一样,我在开场前九十分钟就坐在座位上了),包括所有进入过足总杯决赛的球队的代表随着旗帜绕行球场,这种仪式突然显得颇有讽刺意味。你还记得1953年马休决赛吗?伯特·特劳特曼在1956年扭断脖子打进的进球?托特纳姆在1961年成为第一支双冠王球队?埃弗顿在1966年卷土重来?奥斯古德1970年的鱼跃头球?眼前看到的只是斯托里和布雷姆纳拼命想从对方的大腿上剜下一块肉来。这种恶心的比赛加剧了我胃部的紧张,完完全全像三年前的斯文顿比赛中那样让人疲惫。如果没有人在乎比赛的细节(甚至发展到似乎没有人在乎那粒进球),那么,赢得奖杯就变得格外重要:此外已经没有什么可考虑的事情了。

在下半场一开始,米克·琼斯左突右晃冲到底线然后传球给阿兰·克拉克,后者用头毫不费力地一顶就为利兹得分了。命中注定它成为全场比赛唯一进球。我们曾击中过门柱或横梁或者什么东西,还有一脚射门从门线被踢了出来,但这就是足总杯决赛的特点,不必看得太认真;你能够看到,阿森纳的球员们都明白,他们的努力毫无意义。

当比赛逐渐接近尾声,我强迫自己振作起来,因为我知道悲伤将把我整个吞没,就像和斯文顿的比赛之后发生的一样。我已经十五岁了,选择像1969年那样潸然落泪没有任何用处;当比赛结束哨音响起时,我记得我的膝盖已经发软。我不为球队和其他球迷感到遗憾,而是为我自己。尽管现在我已知道,所有有关足球的悲伤都是以这种方式出现。当我们的球队在温布利输球,我们想到的是在星期一早上必须面对的同事和同学,以及铺天盖地而来的冷嘲热讽;看起来难以置信,我们将允许自己再一次成为攻击目标。我觉得自己失去了继续做一个球迷的勇气。我怎能想象可以再次经历这一切？难道在我的余生中，还要每隔三四年来一次温布利，就为了重温这种感觉吗？

我感觉到一只手臂搂住我的肩膀，这才第一次发现我站在三个利兹球迷旁边，一个老人、他的儿子和他的孙子。“不要介意，孩子，”老人说，“他们会卷土重来的。”那一刻感觉他在扶我直立，直到最初最重的剧烈发作的悲伤过去，我的双腿重新恢复了力量。几乎与此同时，一伙阿森纳绒头仔带着明确而不祥的愤怒眼神冲过人群向我们四个人走来。我退后了，他们拿走了那个小男孩脖子上的利兹围巾。“请把围巾还给他。”他的父亲说，但只是因为他知道如果什么都不说他会被视为一个软弱的父亲，而并非对成功抱任何希望。一阵疾风暴雨般的拳头之后，两个大人踉跄着后退；我没有留在附近去看他们被打成什么样子。满怀惊吓和厌恶，我跑向通道然后直奔回家。说实在的，这可能是唯一的方式，百年足总杯决赛也就只能这样结束。

一个新家庭

阿森纳 v 狼队

1972 年 8 月 15 日

1972 年夏天，许多事情发生了变化。阿森纳，你能想到的最不列颠式的球队（也就是说，最阴沉和最好斗的），为我们展示了全新的欧陆风格，在 72/73 赛季起初的半打比赛中决定开踢全攻全守。（在这里，要对那些仅对足球战术略知皮毛的人介绍一下，这种战术是荷兰人发明的，它要求球场上的每名球员都有必要的机动性。防守队员需要参与进攻，进攻队员也需要在中场接应；它就是足球的后现代版本，深受知识分子的喜爱。）那一年 8 月在海布里，文雅和有鉴赏力的掌声，就像几年前六万人一起跺脚的声音一样常见。想象一下撒切尔夫人从布鲁塞尔回来，对我们发表有关大国沙文主义危害性的演讲,你就会对这种转变是多么不可思议有个大致的概念。

赛季揭幕的那个星期六,在莱切斯特城,球队以一场毁灭性的胜利打得狼队溃不成军(5－2,防守队员麦克纳布和辛普森进球)。"我从未对阿森纳的表现如此兴奋",第二天一早的《每日邮报》上有人这样评价:"比起双冠王那年的许多比赛,他们现在踢着更好的足球。""阿森纳已经发自内心地改变了他们的风格,"《电讯报》说,"那种强硬而过时的、一味消极防守对方前锋的战术消失了。取而代之的,正如倒霉的狼队所发现的,是一支富有创造力和即兴表演的全新球队。"

生平头一次,但当然不会是最后一次,我开始相信阿森纳的状态和命运以某种方式与我个人的命运联系在一起。关键并不在于我们都玩出精彩并获得胜利(尽管最近顺利通过的两次初中学力测试①足以提供我所需要的证据,证明我是人生竞争中真正的冠军);更重要的是,在1972年夏天,我的生活看上去似乎突然之间具有了令人困惑的异国情调,和我的球队对华丽的欧陆式进攻的神秘吸收形成一种完美而令人费解的神似。对狼队比赛的每个细节都让人不可思议——五粒进球,传球的质量(阿兰·鲍尔表现最棒),观众们的惊呼声,平常充满敌意的报纸的由衷赞美。我在东看台下层看到了所有这些,和我的父亲以及我的继母一起,那个我以前时常揣想,但只在几个星期前才见到的女人,以前我每次想到她,都只把她当作敌人。

在我父母分开后的四五年里,我从没过问过父亲的私人生活。一部分原因不难理解:像大多数孩子一样,我不知道怎样,也没有勇气去谈论这个话题。另外一部分原因则不太容易解释,事实上我们

① O－level,英国中学学制六年,中间要经过两次学力测试,即初级 O－level 和高级 A－level,相当于我们的初中和高中毕业考试。

都不愿意提及发生了什么,如果我们能够避免那么做的话。尽管我清楚父亲是因为另外一个女人离开,我却从未向他问起过她;我对父亲的印象因此古怪而不完整。我知道他在国外工作,也住在国外,但我从来没有尝试去想象他的生活方式:他带我去看足球,问我学习情况,然后又好几个月无影无踪,消失在不可思议的遗忘之地。

或早或晚,我都不可避免地要去面对这样的事实,父亲和我们一样拥有了另一段更加完满的关系。这种面对,终于在 1972 年的初夏发生了,当时我发现我的父亲和他的第二任妻子已经是两个小孩的父母。7 月,这个令人惊愕的消息还未被完全消化,我就去法国,拜访了那个做梦也没想到过的他们的家。事实上我一直被蒙在鼓里,这意味着没有通常类似事例中细节逐渐积累的过程:就像米娅·法罗在《开罗紫玫瑰》中①,被男主角从观众当中拉进银幕上的电影画面中一般,我被一把推入一个没有我的参与就已设想完成的世界里,完全陌生,但又依稀似曾相识。我同父异母的弟弟又小又黑,再看看比他小十八个月的小妹妹,金发碧眼、聪明伶俐,充满自信……我以前在哪里见到过他们俩?在我们的家庭录像里。但是如果他们就是我们,我和吉尔,为什么他们说话时一半法语一半英语?对他们来说我算个什么角色?一个哥哥,还是父母之外的又一个家长?要不就是介于两者之间,一个来自成人世界的实习调解员?而且那里怎么会有一个游泳池,以及一个永不缺乏可乐供应的电冰箱?我对此又爱又恨,我想立刻坐下一班飞机回家但又希望在那儿度过剩余的夏天。

当我真的回来后,我不得不创造出一种在接下来几年里都要奉行的生活方式,一项我觉得最好要完成的工作,以保证新的世界永远

---

① *The Purple Rose of Cairo*,伍迪·艾伦 1985 年导演的电影,当时还是他妻子的 Mia Farrow 在片中饰演一名迷恋电影的家庭主妇。

不会在旧世界当中被提及，尽管单是不抱怨我家狭小的后院没有游泳池这件事就很难做到；就这样，我生活中巨大而重要的一部分被完整而平静地与另外一部分区隔开来，在一个已然困惑不安的半大孩子身上，这种安排相当完美地导致了虚伪、自欺和精神分裂的后果。

当我的继母坐在我身边，在海布里观看对狼队的比赛时，那情形就像埃尔希·坦纳走进了十字汽车旅馆[1]；一个世界的居民在另一个世界的中心出现，不知怎的竟将两个世界的真实性都耗竭殆尽。接下来阿森纳开始在球场的每个角落一寸寸推进，而且我们的防守队员居然冲进对方的后场，以克鲁伊夫般的脚法精准而巧妙地洞穿了对方守门员，我那关于这个世界已经疯狂的怀疑被证实了。我和故人坐在了一起，阿森纳觉得自己是荷兰人，如果我仔细观察，我肯定会看到小猪安详地飘过钟楼看台的上方。[2]

几个月后，我们在德比郡队主场被 5－0 痛击，立刻恢复到我们旧有的、保守而令人安心的老路上；事实上这如此短暂的变革实验，似乎只是为了增强那种印象：那是一种独特而巧妙的隐喻，特意为我创造出来，并在被我领悟了的那一刻蓦然消失。

---

① Elsie Tanner，是英国最长的情景喜剧《加冕街》（*Coronation Street*）中的人物，而十字汽车旅馆则是另一部热播情景喜剧《十字街》（*Crossroads*）的主要场景。

② 谚语“看见飞翔的小猪”，意即异想天开。

生死攸关

水晶宫 v 利物浦

1972 年 10 月

我从球赛中学到了很多东西。我对大不列颠以及欧洲很多地方的认知并非来源于学校，而是来源于客场比赛或者体育版面，足球流氓给了我社会学的尝试以及一些实地工作的体验。我懂得了把时间和情绪投资在我不能控制的事情上的代价，以及属于某个团体，完全不加批判地分享激情的代价。在我和我的朋友青蛙首次造访塞尔霍斯特公园时，我看见了一个死人，这仍然是我的第一次，我学到了点什么，当然是关于生命本身的。

在赛后我们走回火车站的路途中，我们看见一个男人躺在路上，部分身体被雨衣遮盖着，一条紫蓝相间的水晶宫围巾围在他的脖子上。另一个年轻一点的男人蹲在他身边，于是我们两个穿过马路去看看究竟。

“他还好吗？”青蛙问。

那个男人摇了摇脑袋。“不。死了。我刚才在他身后走着，他突然就倒下了。”

他看上去的确死了。他面色发灰，而且，至少在我们看来，难以想象地一动不动。我们都被震住了。

青蛙意识到这是个不止四年级、连五年级的学生也会感兴趣的故事。“谁干了他？利物浦人？”

这时那个男人失去了耐心。“不。他心脏病突发，你们这些小屁孩。快滚开。”

我们照做了，那就是事情的结局。但从那以后，它就从未离开过我，我的第一个也是唯一一个对于死亡的印象；这个印象指出了某些东西。水晶宫围巾，一个平凡朴实的细节；时间（比赛之后，赛季之中），露出些许悲伤但很快不再关心的陌生人。当然还有两个白痴样的少年，带着丝毫不觉尴尬的好奇，甚至兴奋，凝视着这一小小的惨案。

像那样在赛季中期死去的前景让我害怕，但是当然，我完全可能死于8月至次年5月间的某个时间。我们总抱有天真的期望，在我们离开人世的时候，不会留下任何未完成的事情：我们将和我们的孩子共享天伦之乐，留给他们幸福和安定，而我们也会在有生之年或多或少地达成我们想要的所有事情。然而，这都是胡说八道，球迷只要注意他们各种死亡的可能性就知道这全是胡说八道。来不及完成的事情会有许多许多。也许我们会死在我们的球队出现在温布利的前夜，或在欧洲杯第一轮比赛当天，或在升级或保级战役进行当中，每一种都有可能，按照许多关于来世的理论，我们注定不能看到最终结局的到来。有关死亡的全部意义，用隐喻的说法，就是总会在大奖颁发前发生。那个在人行道上躺着的男人，不会像青蛙在回家路上评论的那样，知道水晶宫那个赛季是否能够成功保级；也不会知道接下来的二十年里他们仍然要在各级别之间起起落落，他们将多次改变球衣颜色，他们终将抵达他们的首次足总杯决赛，以及他们终将结束穿着带有“处女”标志的球衣到处乱跑的历史。不过，这就是人生。

我不想在赛季中死去，但是从另一方面来说，我想，我也是那些乐意把自己的骨灰撒在海布里球场上的人中的一员（尽管我明白有很多限制：太多未亡人联系俱乐部，让人们担心草皮在一片片骨灰当中无法良好地生长）。这是非常美妙的想法，我将以某种形态留在球场上四处闲逛，这个周六看看一队的比赛，下一周看看预备队；我会对我的孩子和孙子继续是阿森纳球迷感到欣慰，我会和他们一起看球。这看起来真是度过来世的好方法，我当然乐意被抛撒在东看台，而不是被倒入大西洋或者扔在某座山上。

然而，我并不想在一场比赛后立即死去（像约克·斯特恩，他在苏格兰战胜威尔士获得世界杯资格之后几秒钟就猝然弃世，或者像一个朋友的父亲，在几年前凯尔特人对流浪者的德比战之中死去）。那太过分了，某种程度上，好像球赛是一个球迷唯一适合的归宿。（当然，我并不是在谈论海瑟尔、希尔斯堡、伊布洛克斯、布拉德福德的死者们；那些都是非正常情况下的惨剧。）我不想在别人的记忆里成为一个摇着脑袋面露微笑试图暗示别人“这就是我会选择的那种离开方式”的人；任何时候，请给我尊严而不是廉价的和谐。

所以让我们在此明确一下。我不想在某场比赛后的吉莱斯皮路上死去，因为那样我将会被看成是一个怪人；但是，虽然有些荒诞，我却想作为一个幽灵飘荡在海布里周围，有空闲时间就去看看预备队比赛。某种程度上这两个愿望——我能想象到，对于那些没有同等痴迷症的人来说，第一眼看上去就有无法理解的自相矛盾——具有偏执狂的特征，囊括了他们进退两难的窘境。我们痛恨被另眼相看（有一些人认为我仅仅是个偏执狂，他们在转身和别人探讨人生之前，缓慢而有耐心地用单音节的字眼来问我阿森纳的比赛结果——好像作为一个球迷就被排除了拥有家庭、工作、药品选择的观点的可能性），但我们乖张错乱的行径让他人不得不经常装作领情的样子。这一切我都明白，但我还是要用利亚姆·查尔斯·乔治·迈克尔·托马斯这个名字拖累儿子。我想，我是自作自受。

毕业的日子

阿森纳 v 伊普斯维奇

1972 年 10 月 14 日

到十五岁的时候，我已经不再那么矮小了——事实上，许多和我同龄的男孩都比我矮小。很大意义上这真是一个安慰，但同时也带来一个问题，这个问题持续纠缠了我好几个星期：如果我还想保持一点自尊的话，我就再不能拖延从学生区转移到北看台的时间——那个在球门后方有顶棚的看台，是阿森纳最忠诚的支持者站的地方。

我小心翼翼地谋划着我的初次登场。那个赛季的大多数场次，我都将大半时间花费在观望我右方那片嘈杂喧闹的人群、而不是看向前方的球场；我试图精确地算出我应该站在哪里，而哪些人我需要避开。和伊普斯维奇的比赛看起来是我的理想机会：伊普斯维奇的球迷们没有足够力量去攻占北看台,而且观众也不会超过三万人,仅仅是满场容量的一半。我准备好离开学生区了。

现在很难清楚地回想起是什么让我如此忧心。毕竟,当我去德比或维拉看球时,我经常站在客队看台上,那就是北看台的翻版,所以应该不会有什么麻烦(一般麻烦总是出现在客场比赛或者阿森纳球场的另一端),也不必对跟我站在一起的人们感到畏惧。我猜想自己是害怕被揭露,就像那一年早些时候在雷丁一样。假如身边的人发现我并非来自伊斯林顿?假如我被发现是一个郊区闯入者,一个上着重点中学、正在准备拉丁文水平测试的学生?最终我还是决定必须冒险。如果,看起来是有这种可能的,我引发整个看台用《轰炸水坝进行曲》[1]的调子震耳欲聋地高唱"霍恩比是个人渣"或者"我们都痛恨书呆子,痛恨书呆子,痛恨书呆子",那就由他去吧;至少我已经试过了。

我在两点钟刚过就到了看台上。它似乎比我在平常的位置上看它时更加巨大:陡峭的灰色阶梯向外扩张,中间散布着一堆同一模样的金属防挤栏杆。我选定的位置,在正中央,从上往下都是一半的地方——既象征着某种狂热(大多数足球场上的声音从主队看台的中心开始发出并扩散开去;另一面和座位区只在高度兴奋时才加入进来),也有一定程度的谨慎("中后场"不是一个胆小的新人该站的地方)。

"成人礼"通常出现在文艺小说中,或者自以为是的主流好莱坞电影里,而不是真实生活,特别是郊区生活中。所有假定会改变我的事情——第一次接吻,失去处子身,第一次打架,第一次喝醉,第一次

① *Dambusters' March*,1954 年电影《轰炸水坝》的主题曲,电影描述的是二战期间英国空军轰炸德国鲁尔水坝的真实事件。

嗑药——该发生时就发生了;无关个人意愿,当然也没有痛苦的决定过程(同龄人的压力、坏脾气以及在性方面相对早熟的适龄少女们替我做了这些决定),其结果是,我还没有完全成熟,就超越了这些成长的经验。穿过北看台的十字转门,是我直到二十多岁能记得的唯一一次有意识地迎难而上的事情(的确,这里不是解决那些应该早已解决的所有难题的地方,但对此我不在乎):因为我想那么做;不过同时,惭愧地说,我还真有一点点害怕。虽然我唯一的成人礼,就是站到水泥板上与另一端遥遥对峙;但我强迫自己做了一件并不完全情愿的事,而且结果一切顺利这个事实……对我非常重要。

在球赛开始前一小时,从我站立的地方一眼望去,场面极其壮观。没有任何一个角落被遮蔽,甚至是另一端的球门都很清楚,我原以为它看起来会很小。然而,在3点钟时,我所能看到就只是一窄条的球场,一条狭窄的草皮从近端的点球点延伸到另一端的底线。角球区的旗帜完全消失,在我下方的球门只有在至关紧要的时刻跳起来才能看到。每当我们这端有几乎失球的状况,观众们都争先恐后地向前拥;我被一口气挤下七八个阶梯,回头看时,原本放在脚边、装着赛程手册和《每日快报》的袋子似乎离我已有数英里之遥,就像在波涛翻涌的海面上眺望海滩上的毛巾一样。我确实看见了比赛中的那个进球,乔治·格拉汉姆在二十五码外远射得手,只是因为那是在钟楼看台一端的进球。

当然,我热爱那里。我热爱那些五花八门的噪音:球员出场时正式的、礼仪般的欢呼(轮流呼喊每个球员的名字,从最喜欢的开始,直到他挥手回应);当球场上出现某个令人兴奋的场面时自然形成的无定形的怒吼;一个进球或者一段持续进攻之后鼓舞士气的歌唱。(在这里,在年轻人中间,甚至最随和的人在形势开始变糟时也会脱口抱怨。）在最初的惊恐过后，我就爱上了这种律动——这种把我抛向球场然后又重新吸回来的方式。而且我爱那种隐匿于众生的感觉：毕竟，我去那里不是为了引人注目。在接下来的十七年里我一直呆在那儿。

现在已经没有（站立的）北看台了。在希尔斯堡惨案之后发布的《泰勒报告》建议，足球场馆应该改成全座席，而所有足球俱乐部全都决定服从这个建议。1973 年 3 月，我曾置身于六万三千名观众当中，观看阿森纳对阵切尔西的足总杯重赛；现在，不管是在海布里，还是在温布利之外的任何一个英国球场，那种密度的观众已经不可能再出现了。即使在 1988 年，希尔斯堡惨案之前的那一年，阿森纳还能在同一周内两次达到五万五千名观众，其中的第二次，小森林杯半决赛对阵埃弗顿，现在看起来就像是老式看台的最后一场比赛，它是记忆里的那种足球经历的总代表：探照灯，瓢泼大雨，以及比赛中巨大的、持续不断的怒吼。所以，是的，那当然令人伤感；足球观众也许依然可以创造出新的令人震撼的球场环境，但他们永远都不可能再造出昔日的那种氛围，因为那需要庞大的数目和环境，在那种环境中数目本身就足以聚合成一个巨大的活跃的整体。

然而，更令人伤感的是阿森纳选择重建球场的方式。观看对伊普斯维奇的比赛花费了我二十五便士；而阿森纳债券计划显示，从 1993 年开始，进入北看台的季票至少要花费一千一百英镑，即使考虑到通货膨胀的因素，那对我来说听上去仍然有些过分。债券计划或许可以使俱乐部保持合理的财务状况，但令人无法接受的是，在海布里举行的球赛将再也不会和过去一样了。

大俱乐部似乎已经对他们的球迷基础感到厌烦，从某种意义上来说，谁能够指责他们？年轻的工薪阶层和中产阶级下层男子带给他们一堆复杂的，有时甚至很头痛的问题；俱乐部主席和董事们或许会辩解说，是他们自己把机会搞砸了，而那些中产阶级家庭——新的目标观众——不仅举止得体，而且愿意为此付出更多。

这种论点忽视了中心问题，即关于责任、公平，以及足球俱乐部是否应当在本地社区承担某种义务的问题。但即使没有这些问题，在我看来在推理上也有一个致命的漏洞。因为在宽阔的足球站台上享受到的快乐，有一部分是间接且依赖于其他因素的，因为除非你是站在北看台，或 KOP 看台，或斯特雷德福德看台①，否则你就要依靠其他观众提供某种气氛；而气氛恰恰是足球体验中至关重要的因素。对俱乐部而言，这庞大的看台观众和他们的球员一样重要，不仅仅因为他们会发出声音来支持球队，不仅仅因为他们为俱乐部提供了大量的金钱(尽管这些并不是无关紧要的因素)，而是因为没有了他们，根本没有人会想来现场。

阿森纳、曼联以及其他俱乐部看来似乎以为，人们花钱是来看保罗·默森和瑞恩·吉格斯的，没错，他们是这样。但其中许多人——那些花二十英镑买一个座位的人，那些坐在主管包厢里的家伙——花钱也是为了去看那些看保罗·默森的人(或者去听人们对保罗的大声咆哮)。如果球场里全都是主管，谁会花钱去买主管包厢的位子？俱乐部卖那些包厢是因为他们明白球场气氛是免费的，所以北看台产生的收益和场上任何一个球员一样多。而现在谁会去制造声浪？如果必须自己制造声浪，那些城郊中产阶级孩子和他们的爸爸

① The Kop 在利物浦安菲尔德球场，the Stretford End 在曼联的老特拉福德球场，都曾是最忠实的主队球迷聚集的看台；和海布里的北看台一样，在《泰勒报告》实施后相继被改造，这种站着的看台如今已不复存在。

妈妈们还会来球场吗？他们会不会感觉被骗了？因为本来俱乐部卖给他们的票是用来看一场表演秀的，但为了让他们去看球赛，却把其中最具吸引力的部分给移走了。

关于俱乐部决定究竟想要哪种观众，还有一个问题：俱乐部必须保证自己非常棒，而且没有任何滑坡的年头，因为这些新观众对失败不会谅解。这些不是那种会在3月份来看你和温布尔登的比赛，而你当时在甲级联赛排名十一，并已在所有杯赛中出局的人。他们有何必要？他们有许多其他事情可以做。所以，阿森纳……不要再有十七年的连续败北，就像1953年到1970年之间那样，好吗？不要再在降级边缘徘徊，就像75/76赛季那样，或者十年中大半数年头都诡异地无法进入任何一场决赛，就像我们在1981年到1987年那样。我们这些傻到家的赌徒能容忍这些，我们当中至少有两万人，无论你们多糟糕，都会亲临现场（有时你们真的非常非常糟）；但是这些新人……我就说不好了。

照单全收

阿森纳 v 考文垂

1972 年 11 月 4 日

北看台唯一的麻烦是我要对那里发生的一切照单全收。我在那儿的第三场比赛的下半时(之前的那场和曼城的比赛值得回味,仅仅因为我们新签入的杰夫·布洛克利,一个与伊恩-乌尔的无能不相上下的家伙,用手将一个曼城的角球在横梁下挡住,球滚过了门线,但是裁判没有给他们点球或者判进球有效——我们都高兴坏了!),考文垂队的托米·哈德孙单枪匹马打进了一个令人目瞪口呆的球。他在离球门足有四十码的左翼拿球,甩开了所有阿森纳防守队员,然后晃过出击的戈夫·巴内特从远端门柱打入。当考文垂球迷像海豚一样在钟楼看台上跳跃时,北看台沉默了一秒钟,然后开始了猛烈、一致、发自内心的歌声:“你们的傻脑瓜迟早要被踢进去。”

显然,在此之前我听过这个。整整十五年,这是在这个国家任何球场对任何客队打入任何进球的标准回应(在海布里还有其他变种:“你们会搭伦敦的救护车回家。”“我们球场外见。”“钟楼看台的伙计们,动手吧。”钟楼看台的阿森纳球迷离对方球迷最近,因此被赋予复仇的重任)。这种场合的唯一不同是我第一次跟着他们一起诅咒地咆哮。我被这个进球激怒了,和看台上的每个人一样,感觉遭到冒犯和打击;幸亏我和考文垂球迷之间隔了整整一个球场,否则,否则……否则我一定会做出那种事来。我说不好是什么事,但肯定会是震惊 N5[①] 的大恐怖。

当然,某种程度上,这很可笑,大多数十儿岁的足球流氓的狂妄自负都很可笑,然而时至今日,我发现很难嘲笑自己:对人生前一半的那个自己,我依然感到羞愧不安。我喜欢这么想,在那个愤怒的十五岁男孩身上,没有我这个成年男人的存在,但我怀疑这太过乐观。不可避免地,那个十五岁男孩的许多东西留了下来(就像数百万男人一样),其中肯定有许多叫人脸红的部分;其他部分则源于一个男孩对成人的认知。无论从哪一面看,都不怎么光彩。

当然最终我还是明白了。我知道我对任何人的威胁都是荒谬的——我还不如就去对那些考文垂球迷保证,我会对他们的孩子宽容——还有,无论如何,暴力以及与其相伴的文化都是粗野的(没有一个我想和她上床的女人对我那个下午的表现很欣赏)。然而,最大的教训是,足球只是一场游戏,如果你的球队输了,没有必要变得狂躁……我相信自己已经学到这个教训了。但我仍然能够在心里感觉

① 海布里球场所在地的邮政区号。

到它，有时，在客场，我们四周都是对方球迷，裁判一点儿也不照顾我们，我们强撑着、强撑着，就在这时亚当斯滑倒了，他们的中锋进球，然后那可怕的挑衅的咆哮从四面八方向你涌来……这时我至多能够想起三个教训中的两个，这在有些情况下够用，但在另一些情况下就不够用了。

比起女性温顺的气质，男子气概不知何故更加明确，少了抽象的含义。许多人将女性的温顺看作一种美好的品质；但是根据许多男人和女人的观点，男子气概是一种自负感和价值观的混合体，身为男人你要么接受要么拒绝。你喜爱足球？那你也会喜欢灵魂乐、啤酒、争强好胜、抓女人胸脯和金钱。你喜爱橄榄球或板球？那你也喜欢"恐怖海峡"[①]或莫扎特、酒精、摸女人屁股和金钱。你不符合任何阵营？Macho，nein danke？（猛男？对不起）那你一定是一个素食和平主义者，一心一意地迷失在米歇尔·菲佛的魅力下，认为只有乱抛媚眼的小痞子才会听卢瑟·范德洛斯[②]。

这很容易让人忘记其实我们可以挑挑拣拣。举例来说，理论上一个人可能同时喜欢足球、灵魂乐和啤酒，但憎恨抓胸摸屁股（或者，你不得不承认，反之亦然）；一个人可以同时喜欢穆里尔·斯帕克和布莱恩·罗布森[③]。有趣的是男人看起来比女人更能注意到混搭的机会：我的一个女权主义同事毫不夸张地拒绝相信我看过阿森纳比赛，她的怀疑显然事出有因，我们曾一起探讨过女性主义小说。我怎么能读过那种书还去过海布里？告诉一个理性的女人你喜欢足球，

---

① Dire Straits，20 世纪 80 年代红极一时的英国摇滚乐队。

② Michelle Pfeiffer，美国女影星。Luther Vandross（1951—2005），美国黑人男歌手，有"R&B 天王"之称。

③ Muriel Spark（1918—2006），英国女作家，代表作《布罗迪小姐的青春》（*The Prime of Miss Jean Brodie*）。Bryan Robson，英格兰著名球星，曾代表英格兰三次出征世界杯，并作为队长率领球队打入 1986 年墨西哥世界杯八强。

接着你就能非常清楚地看到女人心中对于男性的看法。

然而我不得不承认，我在对考文垂比赛中的满腔愤怒，是一个在四年之前就开始的合乎逻辑的结果。在我十五岁时，我没有能力挑挑拣拣，也没有能力分辨出这种文化并不是必然分离的。如果我想在星期六去海布里看球，我就不得不鼓起所有能够集中的恶意晃动长矛。如果，可能由于我偶尔处于缺失父爱的状态，我对阿森纳的狂热，给了我一条捷径去填满男性气概的原本空荡荡的超市推车，那么，也许就好理解，为什么后来，直到很晚我才能分辨出什么是垃圾，什么才值得保存。当时我只是将我看到的一切，包括愚蠢、盲目和暴怒，一起扔到了我的超市推车之中。

幸运的是（而且这种幸运，并不是因为我的原因），我很快就让自己厌恶了这一切；更幸运的是，我迷恋上的女人，我愿意去交朋友的男人（这个阶段，那两个动词准确地放在了我让它们所在的地方），如果我不对这些厌恶的话，他们就不会理睬我。如果我遇上的是那种接受、甚至鼓励男人好斗性的女孩的话，我也没有必要担忧。（那个反越战的口号是怎么说的？“女人对说 NO 的男人说 YES”？）但这里还有成千上万的足球迷，既没有需要也没有愿望要靠他们自己的好斗性得到未来。我担心他们，我藐视他们，而且我害怕他们；他们中的一些人，已经是三十多岁有孩子的成年人，已经到了不该再去威胁要打碎别人脑壳的年龄，但他们照旧在如此行事。

卡罗尔·布莱克本

阿森纳 v 德比

1973 年 3 月 31 日

在这里我觉得有必要为自己——或许也包括所有球迷——记忆的精确度做出辩护。我从未写过足球日记，我也完全忘掉了数以百计的比赛；但是我用阿森纳的比赛时间来测量我的人生，每件重要事情中都有足球的影子。我第一次在婚礼上当伴郎是什么时候？那时我们在足总杯第三轮 0－1 输给了热刺，我在康沃尔一个强风劲吹的停车场里，听到了帕特·詹宁斯糟糕失误的报道。我第一次真正恋爱在何时终结？在 1981 年对阵考文垂那场令人失望的 2－2 平局之后。这些事件被纪念多半容易理解，但我无法解释为什么我对其他一些事也记忆犹新。比方说，我的妹妹，能记得她去过海布里两次，但她也就只记得这么多;我却知道她看了1973年对阵伯明翰那场1－0的胜利(罗伊·肯尼迪进球,那个下午利亚姆·布拉迪初次登场)和1980年2－0赢下斯托克城的那一场(进球的是霍林斯和桑森)。我同父异母的弟弟第一次来是在1973年1月,看了一场和莱切斯特打成2－2的杯赛淘汰赛,但为什么是我而不是他记得这些?当有人告诉我他或者她在1976年到海布里看了一场5－2打败纽卡斯尔的比赛,为什么我感觉忍不住要告诉他们那场的比分实际上是5－3?为什么我不能礼貌地笑笑并表示同意:是的,那是一场很棒的比赛?

我知道我们多么令人讨厌,我们看起来多么怪僻,但我们现在对此无能为力。(我的父亲在20世纪40年代对伯恩茅斯足球和汉普夏尔板球大概也是如此。)这些进球和进球者以及进球场合是连在一起的:当然,帕特对阵托特纳姆时的滑倒并不像史蒂夫的婚礼那样重要,但对我来说,这两件事情现在已成为某个全新的、性质不同却能相互补充的整体。也许因为这个原因,一个痴迷症患者的回忆比普通人更具创造性;并不是我们虚构事实,而是我们像巴洛克式电影一样的记忆,充满了跳跃剪辑和多画面的创新。除了球迷还会有谁凭借三百英里外的一块泥泞球场去回忆一场婚礼?痴迷症需要的是一种值得赞美的敏捷心智。

正是这种敏捷让我能够清楚地记忆我青春期到来的日子:1972年11月30日星期四,那天父亲带我去伦敦买了一些新衣服。我选了一条法兰绒长裤、一件黑色的翻领套头外衣、一件黑雨衣和一双黑色的厚底鞋;我记得那个日子是因为,在那个星期六阿森纳在海布里以2－1击败利兹联队的比赛中,我穿上了所有的装备,感觉比以前任何时刻都要好。我理了一个新发型来搭配衣服(那发型应该是罗德·斯图尔特①那样的，但我没有勇气去把发梢搞得尖尖的像钉子一样）；而且随着发型的改变，我对女孩子产生了兴趣。正是这三个创新中的一个改变了一切。

和德比的比赛是一场真正的重大比赛。在那冷漠的魔咒之后，全攻全守足球的实验宣告结束，阿森纳凭借他们以往的一贯作风——保守，凶狠，好斗，顽强——重新回到了冠军争夺行列。如果他们赢下这场比赛（打败卫冕冠军），他们就有机会在双冠王赛季之后第一次占据甲级联赛榜首的位置；他们和利物浦同分，利物浦那个下午在主场对阵托特纳姆。看着和德比比赛的赛程表，你能想到足球的运气是多么非比寻常而又合理公平地分配着。如果我们打败德比，我们就有再次赢得冠军的机会；但事实上，我们输掉了三分，我们让差距拉大了。接下来的那个星期六我们和乙级的桑德兰打足总杯半决赛，也失利了。两次失败促使波尔蒂·梅下决心重建球队，但他再也没有建立起一支新球队，三年之后他下课了。假如我们赢得了两场比赛中的任意一场——我们照理能够两场全赢——那么阿森纳俱乐部的当代史也许就会完全不同。

所以，阿森纳接下来十年的历程在那个下午被定格了，但我一点儿也不在意。就在前一天晚上，卡罗尔·布莱克本，我交往了三四个星期的女朋友（两星期前，在一个朋友家里，我记得和她一起看了切尔西和阿森纳在斯坦福桥进行的足总杯四分之一决赛的电视集锦——她是个切尔西球迷）把我甩了。我觉得她很漂亮，有一头又长又亮、中分发型的直发，有着像奥莉薇娅·纽顿-

---

① Rod Stewart，英国著名摇滚乐手，自 20 世纪 60 年代以来，以其独特的沙哑歌喉、情感充沛的演绎风格驰骋歌坛三十年，被称为“不老的摇滚公鸡”。

约翰[①]那样令人陶醉的鹿眼；她的美丽减少了我们交往期间的紧张和可怜的沉默，所以当她转而投向一个叫达兹的男孩的怀抱时，其实并不太出人意料，达兹比我大一岁，而且难以置信的是，他已经工作了。

我在比赛中非常不开心（我是在钟楼看台上看的，尽管我不知道为什么；也许我感到北看台聚集的能量与我并不相称），但我并不是因为在我面前发生的事不开心：破天荒头一次，我觉得将近五年来追看阿森纳比赛的岁月毫无意义，而且很难把这归咎于我们以 0－1 输掉了比赛，失去了登顶的机会。阿森纳在失球后竭力试图扳平比分，但我本能地知道，我们不会再得分，即使德比的中后卫拿起球砸向裁判，我们也会射飞现成的点球。如果我感觉这么糟，我们怎么可能取胜或扳平？又一次，足球成为现实生活的隐喻。

当然，我为我们对德比的失利感到遗憾，尽管没有被卡罗尔·布莱克本甩掉那么遗憾。但让我最遗憾的是——这种遗憾很晚之后才出现——我和俱乐部之间出现的裂痕。在 1968 到 1973 年间，星期六是我整整一周的重心，无论在学校和家中发生什么事都无关紧要，那不过是两场重大比赛之间的插曲罢了。在那个时候，足球就是生活，我说的可不是隐喻：我经历过的那些重大事件——失利的痛苦（68 年和 72 年在温布利），开心（双冠王那年），雄心万丈（欧洲冠军杯四分之一比赛对阵阿贾克斯），挚爱（查理·乔治）以及厌倦（真的，大多数星期六）——都发生在海布里。我甚至通过青年队和转会

① Olivia Newton-John，著名女歌星，曾四获格莱美奖，九获音乐奖。曾在 2000 年悉尼奥运会开幕式上演唱主题曲。

市场结识了一些新朋友。但卡罗尔·布莱克本给我带来了另外一种生活，那种发生在我身上而不是俱乐部的真实的、无法重现的生活，而且就像我们都知道的那样，那是一份奇特的礼物。

再见，那一切

阿森纳 v 曼城

1975 年 10 月 4 日

我有 73/74 赛季的赛程手册，所以那年我肯定去看过一些比赛，但我一场都记不起来了。我肯定接下来的赛季我一次也没去过，而再后来的赛季，75/76 赛季，在叔叔布赖恩和堂弟迈克尔的陪伴下，我仅仅去过一次。

我停下来的原因部分是阿森纳死气沉沉：乔治、麦克林托克以及肯尼迪都走了，而且再没有找到合适的替补，雷德福德和阿姆斯特朗也已经过了巅峰期，鲍尔毫无指望，可想而知，单凭几个年轻队员的努力奋斗很难改变一切（布拉迪、斯塔勒顿和奥利莱都开始上场了），而一些新买进的球员名不副实。（举例来说，特里·曼奇尼，一个光头、乐呵而且不难对付的中卫，似乎是专为在所难免地跌入乙级联赛作准备而买的。）有七年时间，海布里再次成为一支闷蛋球队阴郁寡欢的老家，就像我第一次爱上它时的那样。

可是，这一次我不想去理会（其他上万人也不愿意理会）。这些此前我全都见识过了。我以前没见识过的，是那些周末在梅登赫德大街上的博姿分店[①]打工的高中女生和修道院的女孩；这意味着，1974 年有段时间，我在课余打的一份清仓进货的工（我做这份工作原本是因为我需要筹钱去看球赛）变成了放学后和星期六的工作。

1975 年我仍然在上学，但只是应付差事而已。那年夏天我通过了高中会考，三门中有两门都属于涉险过关；然后，出乎所有人意料，我决定再读一学期，专攻剑桥入学考试——我想，不是因为我想去剑桥，而是我不想立刻去上大学，而且我也不想全世界到处乱逛或者去教残疾儿童，或者在一家农场工作，或者去做任何一件让我看起来很奇怪的事。所以我每周在博姿店里工作两三天，偶尔去上上学，还有就是和几个我认识的没有上大学的人混在一起。

我没太想念足球。我在六年级时换了一茬朋友：那些陪我度过中学前五个年头的球迷，青蛙，绰号卡兹的拉里以及其他人，和我英文班上的那些郁郁寡欢而又优雅简洁的年轻人相比，开始看上去不那么有趣了，而且突然间生活里充斥着酒精和药品，以及欧洲文学和范莫里森[②]。我的新伙伴们围绕在亨利的周围，他是一个刚入学的新生，在学校选举时以疯癫不羁的左派形象亮相（并且赢得了选举），他曾在酒吧里裸奔，最后因为偷窃当地火车站的邮包并扔到一棵树

---

① Boots，一个超过一百五十年历史的英国美容及护肤品牌，在英国拥有超过 1400 多家分店，深受大众、名人，甚至王室贵族的喜爱。

② Van Morrison，爱尔兰摇滚巨星。

上而被送入了收容所。相比之下,可想而知,凯文·基冈和他令人赞叹的假动作似乎变得寡然无趣。我在电视上看球赛,还在皇家园林巡游者即将夺得赛季冠军时去看了两三场他们的比赛,他们有斯坦·鲍尔斯、格里·弗朗西斯,还有那种阿森纳从不感兴趣的虚张声势的球风。我现在是个知识分子了,布赖恩·戈兰维尔①在《星期日泰晤士报》上已经教育我,知识分子有义务去欣赏足球的艺术而非它的灵魂。

我的母亲没有兄弟姐妹——我所有的亲戚都来自父亲一方——父母的离婚让我的母亲、妹妹和我在这个枝叶繁茂的大家庭里被孤立了,部分出于我们自己的选择,部分由于地理上的距离。这让我不禁想到,阿森纳在我的青少年时期实际替代了一个大家庭的位置,然而这不过是我为自己所找的借口,即使连我也很难解释,足球怎么能在我生活里扮演着类似于喧闹的堂兄堂妹、善良的姑妈以及慈祥的叔父的角色?但其中还是多少有些关联之处,所以,我叔叔布赖恩打电话说要带他热爱阿森纳的十三岁儿子来海布里,问我是否愿意陪伴他们:也许当足球不再是我生命中最重要的力量之后,大家庭生活的快乐就即将开始显露出来。

看着迈克尔感觉真是怪异,一个我年轻时代的翻版,为他的球队0-3落后在赛场上还是那么暴躁而苦恼(阿森纳最终以2-3失利,真看不出他们能扳回到只差一分)。我能从他脸上看到他心中的烦乱,并开始能理解足球为何对那个年龄的男孩有那么重大的意义:当读书开始成为繁重的负担,而女孩子们还没有像我现在发现的那样

① Brian Glanville,《星期日泰晤士报》资深足球记者,《世界足球》杂志专栏作家。是阿森纳俱乐部官方历史《1993:改革、热情与自豪》的作者。

引人注目之前，还有什么能让我们沉迷其中无法自拔的？当我坐在那儿，我知道对我来说，海布里这一幕已经结束了，我再也不需要它了。这当然令人悲伤，因为这六七年对我至关重要，并在很多方面挽救了我的生活；不过到该继续往前走的时候了，去完成我的学业，发挥我浪漫的潜能，而把足球留给那些未经世故或品味还不成熟的人。也许迈克尔会接管几年，直到把它传递到另一个接替者的身上。想到足球不会在这个大家庭里完全消失，着实令人高兴，也许有一天我还会回来，带着我自己的儿子，一起回来。

我没有和叔叔或迈克尔谈起过这个——我不想摆出高人一等的样子，把热爱足球说得好像是一种只会让小孩子备受折磨的疾病——不过在我们走出球场的时候，我以一种隐秘而感伤的方式向它告别。我已经阅读过足够多的诗篇，所以当看见一个强化的瞬间，我就能够清楚地意识到。我的孩童时期结束了，干净而体面，如果你不能用合适的共鸣来哀悼那种消失，那么你还能哀悼些什么呢？在十八岁时，我终于长大了。成年期不再能容纳那种我曾拥有的痴迷了，如果我不得不牺牲特里·曼奇尼和彼得·辛普森，才能真正地理解加缪，并和许多大胆、贪婪、神经质的艺术系学生上床的话，那么就这样吧。生活将要开始，所以阿森纳必须离开了。

1976 — 1986

我的第二个孩童时代

阿森纳 v 布里斯托尔城

1976 年 8 月 21 日

随之而来的结果是，我对阿森纳发生的一切冷眼旁观，和成人礼、女孩、让-保罗·萨特、范莫里森毫无关系，而是和基德以及斯塔普尔顿不称职的进攻能力有很大关系。当波尔蒂·梅在 1976 年挂印而去，他的继任者特里·尼尔用 333333 英镑从纽卡斯尔买来了麦肯·麦克唐纳，我的忠诚神秘地复活了，在新赛季开始时我回到了海布里，带着对俱乐部愚蠢的乐观，带着对比赛热切的渴望，就像 70 年代早期一样，我的痴迷重新达到了极度狂热的地步。如果像我以前所假设的，对球赛的漠视标志着个性成熟的开始，那么这种成熟仅仅持续了十个月，在我十九岁那年，我已经迈入我的第二个童年时代了。

说真的，没有人指望特里·尼尔成为救世主。他从托特纳姆直接跳槽过来，一些阿森纳观众并不喜欢他，甚至他在那儿也没有什么惊天伟业：他不过是带领球队避免滑落到乙级联赛而已（尽管大家都认为他们铁定降级）。但至少他是一把新扫帚，而且在我们的球队里有很多布满蛛网的角落；从他第一场比赛前来的观众数量来看，我并不是唯一一个被新曙光的承诺引诱归来的人。

事实上，麦克唐纳、尼尔和新时代对我回到信徒们中间仅仅负有部分责任。几个月前，我曾下决心让自己再当一回学生，我做到了，但荒谬的是，我还是离开了学校，找到一份工作。在大学入学考试之后，我去市里一家大保险公司上班了；我认为，这是我对伦敦这座城市痴迷已久的必然结果，我想成为这个地方的一分子，但事实证明，这比我想象的要困难得多。我负担不起那里的住宿，所以我从家里乘车上下班（我的薪水都花在了火车票和下班后的酒钱上），我甚至没机会遇到多少伦敦人（尽管在我根深蒂固的概念里，真正的伦敦人只住在吉莱斯皮路、阿文尔路或海布里丘①，N5，要碰到他们也着实不容易）。我的同事大多数和我一样，是从家乡郡乘车来上班的年轻人。

所以，既然成不了大都会的成年人，最终我还是重新拾起我的郊区青少年时代。大部分时间里，我是个无聊的蠢蛋，就像我在学校时一样（公司正准备搬迁到布里斯托尔，我们都不幸地成为了无事可做的闲人）；我们一大帮人，都坐在一排排办公桌前，做出看起来很忙碌的样子，而与此同时，那些招人恨的主管，连比他们老板提供的工作

① 吉莱斯皮路（Gillespie Road）、阿文尔路（Avenell Road）和海布里丘（Highbury Hill）都是环绕阿森纳海布里球场周边的街道和区域名称。

间还要小得多的个人尊严也拒绝给予我们，像老鹰一样对我们虎视眈眈，在我们因闲极无聊而太过张扬或喧哗时，厉声呵斥我们。在这种气氛下，关于足球的话题像繁花一样盛开起来：我把1976年那个漫长而炎热的夏季里的大多数时间，都花在和一个同事讨论查理·乔治、双冠王和博比·古尔德上。基兰是一个忠诚到甚至有些变态的同道球迷，正准备去当一个警察，就像我准备成为一个大学生一样。没过多久我就能感觉到，我的那些往昔的热忱开始竭尽全力重新发挥出它强烈的吸引力。

同一个俱乐部的真正球迷总会在某个地方重逢——在排队时，在一家炸薯条店里，或在高速公路服务站的厕所里——所以我再次遇见基兰是不可避免的。两年后我又见到他，在1978年的足总杯决赛后：他坐在温布利的外墙上等几个朋友，正沉浸在赛后的沮丧中，他手中的旗帜凄惨地下垂着。那实在不是一个好时机，去告诉他如果不是那个夏天我们在办公室的闲聊，我可能根本不会在那个下午出现在那里，而且感觉像他一样凄惨。

但这是另外一回事了。在我回归的第一场对布里斯托尔城的比赛之后，我回到家，感觉被人欺骗了。尽管在开赛前麦肯·麦克唐纳被隆重推介出场，而他本人也在对球队前景几近绝望的观众面前像帝王般挥动双手，阿森纳看起来依旧比前几年好不了多少；事实上，他们在主场0-1输给了布里斯托尔城，那支跌落到乙级花费了四年时间才重返甲级的球队，足以说明他们有多差劲。我在8月的阳光下汗流浃背，我咒骂着，在幸福地生活了一段没有它——那种古老而锥心的沮丧——的日子之后，我又一次感觉到了它。就觉得自己像已经坚强到可以再喝一小杯的酒鬼一样，我已然犯下了致命的错误。

超级麦克

阿森纳 v 埃弗顿

1976 年 9 月 18 日

在我的一盘录影带里(如果谁感兴趣,它的名字是《乔治·格拉汉姆最伟大的阿森纳队》),有一段完美的麦肯·麦克唐纳时刻。特雷弗·罗斯在右侧得到了球,在曼联左后卫有机会上抢之前传了出去,弗兰克·斯塔勒顿跳起来甩头一点,皮球越过门线进入球网。为什么这是经典的超级麦克时刻,而他根本没有参与进球的任何环节?因为此前他在球过线之前拼命地向前冲去碰球,显然他根本没有碰到,然而在画面右边他高举双臂,不是祝贺进球者而是在宣告进球应算在他头上。(当他明白他的队友们没有兴趣冲过来拥抱他时,还曾焦急地回头一瞥。)

关于他那令人尴尬的嗜好，那场对曼联的比赛并不是唯一的例证。对发生在他附近的任何事情，他都要声称属于他。接下来的赛季对东方队的足总杯半决赛，记录显示他打进了两球。实际上，两次射门的结果都好像是会踢出边线，让对方掷边线球——也就是说，那球怎么看也不是朝着球门的方向——如果不是打到东方队防守队员身上（而且两次都打中了同一个人），以一种荒谬的弧线绕过了守门员的话，球根本不会进网。然而，这些根本不在麦肯的考虑范围之列，他庆祝两个进球的方式，就仿佛他在把球打进左侧门柱之前，已经穿越了整个球场并晃过了每一名防守队员。他不太是那种会自我反省的人。

在我们以 3－1 打败埃弗顿的比赛中（这个结果让我们再次相信，时来运转了，特里·尼尔建立了一支有能力再次夺冠的队伍），还有另一段精彩画面。麦克唐纳对对方中卫紧逼不舍，中卫起脚回传，结果球越过正在出击的门将进了自家大门；但麦克唐纳的手臂立马在空中举了起来，他向北看台振臂欢呼，然后转身接受其他队员喜出望外的祝贺。众所周知，一般防守队员都会尽可能迅速地否认乌龙球，但那个埃弗顿的中卫，为对手的厚颜无耻所震惊，对报纸说我们的九号球员离皮球还差得老远。即便如此，这一分还是算在了麦克唐纳头上。

实际上，他在阿森纳的足球生涯并不长。他只陪伴了我们三个赛季，就因为严重的膝伤而退役，而且在最后一个赛季里他也仅仅出场四次。可是，他仍然试图把自己变成一段传奇。在他如日中天的日子里，他是一个好球员，但在海布里这样的日子并不多；他最好的表现是在纽卡斯尔，一支习惯性乏味的球队，但他的野心真不小，而且看上去他似乎已经成功地打开了通往阿森纳名人堂的大门。（由菲尔·索尔和马丁·泰勒合著的俱乐部官方历史《阿森纳 1886—1986》,把他醒目地放在封面上,而威尔逊、布拉迪、德拉克和康普敦却在全书中无处可见。)

我们为什么会用这种方式接受他?为什么一个为阿森纳出场不到一百次的球员,比那些踢了六七百场的其他球员更容易地和俱乐部联系在一起?麦克唐纳,不管怎么说,至少是一个**有魅力**的球员,而我们从来都不是一支有魅力的球队;所以在海布里我们假装他比他真正的样子要重要得多,当我们把他放在我们闪亮的封面上时,我们希望没有人能记起他仅仅为我们踢了两年,而且还因此把我们错认为是曼联、托特纳姆或者利物浦。尽管阿森纳拥有财富和名望,但我们从不是那个模样——我们总是太过阴沉、对自负的人太过怀疑——不过我们不愿意承认。超级麦克神话是俱乐部自欺欺人的骗人把戏,而我们乐于沉溺其中。

丁级联赛小镇

剑桥联队 v 达林顿

1977 年 1 月 29 日

我在正确的时间、正确的地点申请进入剑桥。学院正在积极寻找接受过公立学校系统教育的学生，所以即便是我那可怜的高级学力测试成绩、半通不通的入学考试答案、令人绝望的结结巴巴的面试都未能阻止我被录取。就连我那刻意模仿的 H 发音也拿到了红利，尽管不是以我曾预期的那种方式。它没有让我被北看台接受，却让我被剑桥神学院接受。显然在我们这所相当古老的学院里，这种受过家乡郡中学教育的口音才会带有某种街头色彩。

不错，大多数球迷都没有牛津和剑桥学位（球迷也是人，不管媒体让我们相信什么，大多数人也都不会有牛津剑桥学位）；但话说回来，大多数球迷也没有犯罪记录，携带匕首，随地小便，或做过任何一件他们被假定做过的事情。在一本关于足球的书中，总有一种强烈的想要道歉的冲动（因为上了剑桥，因为没有在十六岁离开学校去领失业救济金、或下矿井，或被送入教养院），但那样做是完全错误的。

谁的比赛是那个样子？随意摘取一些马丁·阿米斯对比尔·巴福德的《在暴徒之中》①的评论中的胡言乱语："对丑陋的爱"；"斗牛犬般的眼睛"；"面色和身体散发出掺杂着奶酪洋葱的薯条味道"。这些句子故意去制造出一种典型球迷的合成图像，然而典型球迷知道这图像是错的。我清楚按照我的教育、兴趣和职业，我不能代表看台上的大多数人；但当关系到我热爱并了解的比赛时，无论在任何情况下，我谈论的方式，以及我对球队的忠诚，与寻常人没有区别。

众所周知，足球是一项全民运动，但同时也让那些不喜欢的人感到苦恼。有人喜欢是因为他们是多愁善感的社会主义者；有人是因为他们在公立学校上学，并为此后悔不迭；有人是因为他们的职业——作家、评论家、广告从业人员——让他们感觉自己远离了所属之地，或者他们的出身之地，而对他们来说足球是一条能回到那里的迅捷而无痛苦的路。正是这些人有最大的需要去把足球场描绘成一个腐烂、堕落的下层阶级的避难所：归根结底，他们对于告诉人们事实毫无兴趣——那种"斗牛犬般的眼睛"非常稀少，而且是经常隐藏在眼镜之后，而且站着的观众满是艺术家、公关女孩、教师、会计师、医生和护士，还有那些戴着帽子大声喧哗的泥腿子工人阶级。没有数不清的足球妖魔论，那些被现代社会排斥在外的人该如何去证明

① Bill Buford，出生于美国，长期担任英国最重要的文学杂志 *Granta* 的主编。*Among the Thugs* 是他 1992 年所著的非小说作品，以描述英国足球流氓的球场暴力为主题。

他们理解它？

“我认为把足球支持者们当成‘打嗝的低能儿’那样去对待，使我们更容易被人们以这样的标准来对待，因此也就容易造成像希尔斯堡那样的惨案发生，”一个叫埃德·霍顿的哲人在读过阿米斯的评论后，在球迷刊物《当周六到来》写道。“我们欢迎作家来看足球——这项运动没有得到文学应有的关注。但自视清高的人走访贫民窟的‘哥儿们’——我们一点儿也不需要。”说得好。所以我能为足球所做的最糟糕的事，就是提议赎罪、否认、或原谅我受过的教育；阿森纳在剑桥很早之前来到我身边，陪伴我也更加久远，至少在我看来，剑桥三年对我没造成什么改变。

不管怎么说，当我迈进学院大门的时候，我很清楚自己并不孤独：我们有很多人，从诺丁汉、纽卡斯尔、埃塞克斯来的男孩，通过了公立学校的教育并被这所急于孕育优秀人才的大学校园所欢迎；而我们都踢足球，并且支持某个足球队，几天之内我们就发现了彼此，除了没有足球明星贴纸，一切都像再次从中学开始一样。

在假日里我从梅登赫德去海布里，有重大比赛则从剑桥直接过去，但经常这么做我负担不起——这正是我为什么和剑桥联队结缘的原因。我不是有意的——剑桥联队原本只是用来打发球痒难耐的周六下午时光，但最终他们却以从来没有人想到的方式赢得了关注。

我没有对阿森纳不忠，因为两支球队并非存在于同一个世界。如果两个我爱慕的对象相逢在一次聚会、婚礼，或其他人尽力试图避免的尴尬的社交场合，彼此将非常困惑烦恼：如果他爱**我们**，那他还要在**他们**身上发现什么？阿森纳拥有海布里、大明星、庞大的观众以及在身后壮观的历史；剑桥只有一个微型的摇摇欲坠的小球场，阿比球场（他们与钟楼看台相对应的是阿罗蒙斯看台，偶尔，顽皮的来访球迷会绕到它的后面，把寄宿生吃的卷心菜扔过墙头），大多数比赛观众都不足四千人，也没有任何历史可言——他们加入足球联赛仅仅六年。每当他们赢得一场比赛，扩音器里都会大声播放“我得到了一串可爱的椰子”，这真是一种没有人能够解释的古怪感觉。无法不让人感到一种对他们温暖、呵护的喜爱。

仅仅看了几场比赛，他们的战绩就开始对我变得重要了。这要得益于他们是一支一流的丁级联赛球队——主教练朗·阿特金森要求他们踢漂亮的、快速的、脚下传球的风格，这让他们在主场经常能打进三四个进球（他们在我观看的第一场比赛中以4-0击败达林顿），也得益于他们的守门员韦伯斯特和后卫巴特森与阿森纳的关联。我曾经在1969年看过韦伯斯特在他为阿森纳为数不多的出场中独中两元；还有巴特森，是70年代初期足球联赛中第一批黑人球员之一，离开海布里后从一个蹩脚的中场球员转变成了一名出色的后卫。

然而让我立刻最欣赏的，是球员们展现自我的方式，他们的性格和缺点。现代顶级联赛球员大多是没有特性的年轻男子：他和他的队友有不相上下的体型，类似的技术，类似的速度，类似的气质。丁级联赛的生活却完全不同。剑桥有胖球员和瘦球员，年轻球员和老球员，速度快的和速度慢的球员，正在准备退役的球员和正处在上升期的球员。中锋吉姆·霍尔，看上去和移动起来都像有四十五岁了；他的搭档阿兰·比利，后来为埃弗顿和德比踢过球，有一头罗德·斯图尔特那样可笑的发型和猎犬一般的速度；中场发动机史蒂夫·斯普瑞格，矮小强悍，拥有一双短粗的小腿。（令我震惊的是，我在这个城市期间经常被误认为是他。有一次，我正面对一面墙，吸着一根乐福门香烟、吃着肉饼，一个男人向他的孩子指出了我，就在有斯普瑞格出场的比赛开始之前十分钟——虽然只是一场误会，却足以说明剑桥人对他们的球队寄予多大的期望；还有一次，在当地一间酒吧的男厕所里，我卷入了一场可笑的争论，一个人拒绝接受我不是我说不是的那个人。）最令人难忘的是汤姆·芬利，一个狡黠而好斗的边锋，他不可置信地代表北爱尔兰参加了1982年世界杯决赛圈的比赛，尽管他自始至终只是坐在板凳上，他在球场上假摔和失误之后往往会向观众席肆无忌惮地挤眉弄眼。

我曾经相信，尽管我现在不再相信了，成长和成熟一样，都是必然而且无法控制的历程。现在对我来说，成熟由意志所支配，一个人可以选择成为一个大人，但仅仅是在特定的时刻。这种时刻相当罕见——举例说，在人际关系的危急关头，或当某个人有机会在某个地方重新开始——而你可以忽略或者抓住它们。在剑桥，如果我足够聪明，我可以彻底改造自己，我能抛弃那个小男孩，那个借助对阿森纳的狂热度过了他的孩童时期和青少年初期艰难历程的人，然后成为一个完全不同的人，一个对他行走世界的路程非常明确、傲慢、自信、富有野心的年轻人。由于某些原因，我不顾死活地紧紧抓住童年的自己，并让他来引导我度过整个大学生涯；因而足球，不是第一次也不是最后一次，而且完全不是它的错，同时成为了我的支柱和阻碍。

真的，那就是大学。没有"脚灯"，没有为《大报》或《新讯》①写文章，没有校队，没有学联的任期、没有学生政治、没有聚餐俱乐部、没有奖学金或展览会，没有一切。我一个星期看好多场电影，我彻夜

① "脚灯"（Footlights）是剑桥一家著名的学生剧团。《大报》（*Broadsheet*）和《新讯》（*Stop Press*）都是由剑桥学生自己创办的独立报纸。

通宵狂饮啤酒，我遇见许多很好的人，直到现在我还经常和他们见面，我连买带借搞来格拉汉姆·帕克、电视乐队、巴蒂·史密斯、布鲁斯·斯普林斯汀和冲击乐队的唱片，在我第一个完整的学年我只上了一堂大课，我每周为学院的第二梯队或第三梯队踢两场比赛……然后我期待着在阿比球场的主场比赛或海布里举行的足总杯淘汰赛。事实上，我打定主意让剑桥教育提供给受惠人的一切特权完全从身边掠过。我真的害怕那个地方，而足球，我孩提时代的安慰者，我的安全毯，是应付所有这一切的方式。

男孩女孩

阿森纳 v 莱切斯特城

1977 年 4 月 2 日

那些年除了看足球、聊天和听音乐，我还做了点儿其他的事：我被一个聪明、漂亮、活泼的师范学院女孩深深迷住了。我们开诚布公（她在刚开始的几个星期里已经吸引了许多追求者，而我在家乡有一个女朋友），并在接下来的三四年里相依相伴。

我想，从很多方面来讲，她都是这个故事的一部分。首先，她是第一个陪我去海布里的女朋友（在我们第二学期结束后的复活节假日里）。赛季之初新教练的许诺早已消失得无影无踪；事实上，阿森纳刚刚打破了俱乐部历史上连续失球的纪录——他们想方设法地输球，接二连三地输，连续输给曼城、米德尔斯堡、西汉姆、埃弗顿、伊普斯维奇、西布朗和皇家园林巡游者。然而，她为这支球队施了魔法，就像她对我一样，在球赛开场四分之一的时间内我们已经三次进球。首次登场的格拉汉姆·瑞克斯打进第一球，而大卫·奥利莱，这个在接下来的十个赛季里仅仅打进不到半打进球的家伙，却在那场比赛十分钟内梅开二度。再一次，阿森纳善解人意的奇异表演，使那场比赛，而不仅仅是那种场合，让我永难忘怀。

有她在场，感觉非常奇怪。基于对献殷勤的错误理解——我相信她宁愿站着——我坚持买下在西看台底层的座席；现在我唯一记得的是每当阿森纳得分时她的反应。除她之外，同排的每个人都站了起来（在座位区，站起来欢呼进球是一个下意识的举动，就像打喷嚏）；三次我都低头看见她笑得心花怒放。“太好玩了。”她解释说，而我能理解她指的是什么。在那场球赛之前，我真的从没想过，足球，真的是一种好好玩的比赛，就像大多数事情一样，只有你相信，它才会发生，而从背后望过去的风景（因为她一直坐着，所以能看到背后的风景，她面前正是一整排奇形怪状的男人屁股）的确非常好笑，就像好莱坞电影场景的背后一样。

我们的关系——第一次认真、长期、一起过夜、见过家人、讨论未来要生的小孩诸如此类的事情——有部分时间花在第一次发现我们的异性伴侣的神秘上。当然，在此之前我有过女朋友；但她和我有相同的背景、相同的自负、相同的兴趣和态度。我们之间的差别，巨大的差别，大半是因为我们的性别而起；如果我生为女子，她就是那种我相信和希望成为的女孩。可能是这个原因，我为她的品味、喜好和异想天开的念头深深吸引了，她所拥有的东西引发了我对女孩房间的强烈迷恋，这种迷恋持续到女孩们还拥有自己的房间为止。（现在我已经三十多岁了,她们不再拥有自己的房间——她们有公寓或住宅,但大部分都和一个男人分享。这种失去真令人伤感。)

她的房间帮助我理解了,女孩要比男孩古怪得多,这个认识刺痛了我。她有一本叶夫图申科①的诗集(这个该死的叶夫图申科是什么人?),还对安妮·博林②和勃朗特姐妹有着让人难以理解的痴迷;她喜欢所有多愁善感的歌手和写歌词的人,对杰曼·格里尔③的观点如数家珍;她也懂一点绘画和古典音乐,这些知识都是从高中学力测试教学大纲之外,一点点积累起来的。她是怎么做到的?为什么我只能靠几本钱德勒的平装小说和拉蒙斯的首张专辑④,才能赢得几分认同?女孩的房间里提供了数不清的线索,关于她们的性格、背景、品味等等;相比之下,男孩简直就是可随意转换的尚未成形的胚胎,他们的房间里,除了五花八门的雅典娜海报(我的墙上是一张罗德·斯图尔特的海报,我乐意把它想象成积极、纯正、具有自我意识的低消费)之外,就跟子宫一样空白。

实话说,单凭数字和兴趣范围就可以界定我们大多数人。有些男孩比别人多一些唱片,有些对足球知道得多一点;有些喜欢汽车,有些喜欢橄榄球。我们拥有的是热情而不是个性,这种热情既平庸无趣又乏善可陈,根本不能反映和说明我们的个性,而我的女友却能……这就是男人和女人之间最无法言表的差别。

我遇见过一些热爱足球的女人,那种一个赛季会去看很多场比

① Yevtushenko(1933—2017),俄罗斯著名诗人。
② Anne Boleyn,英王亨利八世的第二任妻子,后被投入监狱。她的女儿即为后来的伊丽莎白一世。
③ Germaine Greer,澳大利亚女作家,激进的女权主义者。她最有名的作品即后文提到的《女太监》(*The Female Eunuch*)。
④ Chandler,美国著名硬汉派侦探小说家。Ramones,美国第一支朋克摇滚流行乐队,1974 年成立于纽约。乐队的所有成员全都改姓雷蒙(Ramone),尽管他们并非亲戚关系。

赛的人，但我从没遇见过一个会在星期三晚上跑去普利茅茨看球的女人。我也遇见过热爱音乐的女人，能从雪莉·布朗一直侃到梅维斯·斯塔布①，但我没碰到一个女人拥有那种数量庞大且不断扩充的，神经质地按照字母顺序排列的唱片收藏。她们似乎总是弄丢她们的唱片，或者得依靠同住的某个人——男友、兄弟、室友，通常是个男人——来提供她们喜好的具体细节。男人无法允许这种事情发生。（有时，我注意到在我支持阿森纳的朋友们中间，有一种心照不宣但显而易见的现象：我们都不喜欢被人告知一些俱乐部里我们还不知道的事情——比如预备队里哪个球员受伤了，或者球衣款式即将改变，诸如此类至关紧要的大事——无论是谁。）我不是说没有那种死心眼儿一根筋的女人，但她们与男人相比数目要少得多；即使那些有痴迷症的女人，我想，也往往是对人痴迷，要不就是她们痴迷的焦点不停在改变。

记得我二十来岁上大学的时候，许多男孩就像自来水一样乏味，很容易想象，那时候一切都刚刚起步，男人必须发掘他们的潜质，去收藏资料、唱片、赛程手册，以弥补他们没有与众不同的皱纹的缺憾；但这不能解释为什么，仅仅因为性别上的优势，一个平凡、开朗的十几岁的年轻人会比另一个同样平凡、开朗的十几岁年轻人更有趣。

也许这就难怪我的女友会想到去海布里：我实在没有别的什么了（她已经听过我的拉蒙斯唱片），或者至少我还没发现和提炼出别的什么东西。的确有一些东西属于我——我的朋友、我和父亲母亲以及妹妹的关系、我的音乐、我对电影的热爱、我的幽默感——但我

---

① Shirley Brown，美国灵魂乐女歌手。Mavis Staples，美国女歌手，有“节奏蓝调天后”之称。

看不出这些能让我与众不同，不像她的东西那么个性化；但我对阿森纳孤独而强烈的忠诚，以及伴随而来的不可或缺的（我消失的元音现在几乎成了一种无可救药的痼疾）……呃，至少还有点优势，给我附着了一点点特色，让我不再只是一个鼻子、两只眼睛和一张嘴。

女人就是这样

剑桥联队 v 埃克塞特城

1978 年 4 月 29 日

我一到剑桥，就赶上了剑桥联队短暂历史上最好的两个赛季。在我第一学年里，他们以巨大的优势赢得丁级联赛冠军；第二年，他们在丙级联赛有一点吃力，一直等到那个赛季的最后一周才能知道是否晋级。他们在阿比球场一个星期内打了两场比赛：一场是星期二晚上对雷克斯汉姆，联赛中最好的球队，他们以 1－0 获得胜利；另外一场是星期六对埃克塞特城队，一支他们必须赢下以确保晋级的球队。

比赛还剩下二十分钟时，埃克塞特城领先，这时我的女友（她和她的女友、她女友的男朋友都想来第一时间体验晋级的炫目荣耀）迅速做出了我经常假定女人在危险时刻容易去做的事:她晕倒了。她的女友带她去找圣约翰的救护人员;而我,在这个时候,什么也没做,只顾一心祈祷球队能追平比分,他们做到了,又过了几分钟,他们胜利了。直到球员们对着欢呼的观众打开最后一个香槟木塞后,我才开始对我先前的漠不关心感到惭愧。

最近我读了《女太监》,一本给我留下深刻而持久印象的书。可是如果她们连在一场比分非常接近的晋级比赛中坚持到最后几分钟都不能保证做到,叫我怎么能对女性受到的压迫感同身受?而话说回来,如果一个男人对他非常爱的女子的关心,还比不上对打进丙级联赛球队埃克塞特城的一个进球的话,这个男人还有什么指望?看起来一切都无可救药了。

十三年过去了,我仍然为我的不情愿、我的无力伸出援手感到羞愧,羞愧的原因部分源于我知道自己一点儿也没有改变。当我看比赛的时候,我不想照顾任何人;我也没有能力在一场比赛中照顾任何人。我已经写了九个小时了,接下来我要去看阿森纳对本菲卡的欧洲冠军联赛——这场近年来在海布里最重要的比赛,而我的伴侣会陪我去:如果她突然倒下会发生什么?我会得体、老练、符合常理地保证她受到恰当的照顾吗?还是我会把她软弱的身体推到一边,继续对着巡边员大声吼叫,并且希望在九十分钟比赛(当然,假设不需要加时和点球决胜)结束之后她仍然有呼吸?

我知道这些烦恼都是我身体里的那个小男孩造成的,一遇到足球他就被允许胡作非为:这个小男孩觉得女人经常在足球比赛中昏倒,她们很脆弱,她们的到场不可避免地会导致分心和灾难,即使我现在的伴侣去过海布里不下四五十次,而且丝毫没有出现过要昏厥的迹象。(事实上有时候更接近于昏厥的是我,在一场杯决赛的最后五分钟，高度的紧张会压迫我的胸口，导致大脑里的血液大量溢出，如果这在生理学上行得通的话；而且有时候，当阿森纳破门得分，我会看见星星，真的——好吧，小光点，真的——这可不是生理正常的信号。）不过，这正是足球给我带来的一方面。是它让我成了那种人——那种就算我的女友在比赛关键时刻即将分娩，也可能无动于衷的人（我常常在想，如果我恰巧在阿森纳足总杯决赛那一天成为一个父亲，会是怎样一番情景）；在球赛进行期间，我就是一个十一岁的男孩。当我将足球描述成阻滞剂时，我是真的。

温布利Ⅲ——噩梦归来

阿森纳 v 伊普斯维奇

1978 年 5 月 6 日(温布利)

众人皆知,足总杯决赛的球票分配是一场闹剧:就像所有的球迷知道的那样,两个俱乐部总共才获得不超过一半的球票,这就是说,另外一半球票被三四万没有直接倾向的人拿走了。足总的基本观念是,足总杯决赛是为每一个与足球有关的人进行的,而不仅仅是为球迷,这理由并不坏:照我看,在足球一年当中最重要的一天,邀请裁判、巡边员、业余足球运动员和本地的联赛部长是合情合理的。毕竟,并不是只有一种方法能看到比赛,在这种盛大的场合,热心的中立者也应该拥有一席之地。

这个系统的唯一缺陷是,这些热心的中立者,这些无可挑剔的足球公仆,总是决定对他们努力的最好回报不是到伦敦来看这场重大比赛,而是打电话给当地的票贩子:他们中间超过百分之九十的人把他们得到的球票卖掉了,这些票最终还是落到了一开始没分到票的球迷手上。这是一个滑稽的过程,是对足总白痴行为的一记耳光:每个人都知道会发生什么,但每个人都不会有所作为。

父亲通过工作关系为我搞到了一张对伊普斯维奇的决赛门票,但即使在大学里,也还有其他途径可以拿到票,因为校队照例会分到五六张票。(接下来的那年,阿森纳再次打入决赛,我拿到了两张票。一张来自隔壁邻居,他和英格兰西北的一家大俱乐部有交情,那家俱乐部因一向藐视足总杯决赛门票分配方案而和足总关系紧张:他写信给他们请求得到一张门票,他们就给了他一张。)毫无疑问,有许多人比我有资格得到一个座位,那些整个赛季走遍全国去看阿森纳比赛的人,而不是像我这样在大学浪费光阴的家伙,但至少,我是一支决赛球队的真正球迷,比呆在那儿的许多人更有资格。

那个下午我的邻座是一群和蔼可亲的、讨人喜欢的中年男人,年纪都在三四十岁之间,那个下午对于我们其他人意义多么重大,他们全无概念。对他们来说就是消磨一个下午,一件周六下午做的有趣的事儿;如果我再次遇见他们,我相信,他们说不出那个下午的比分,或是进球者(中场休息时他们在谈论办公室政治),某种程度上我羡慕他们的漠不关心。也许有一种观点认为,决赛球票耗费在球迷手里,就像青春耗费在年轻人身上;这些男人们,只知道足球能够带他们度过那个下午,积极享受那场盛事的戏剧性、喧闹和气势,然而我却痛恨在那里的每一分钟,就像我痛恨阿森纳参加的所有杯决赛一样。

此时我已经支持阿森纳十个赛季了——恰好接近我生命的一半。这十个赛季中仅有两个赛季阿森纳赢得了奖杯；还有另外两次进入了决赛，但都败得很惨。不过这些胜利和失败都发生在我最初的四年，从我十五岁开始这一切都离我而去了，随后我过着同一种生活，直到二十一岁，才有了完全不同的新生活。就像煤气灯和马拉的客车——或许像运动呼吸计数器和玩具枪——温布利和冠军对于我，早已恍如隔世。

当我们最终抵达这里，赢下1978年足总杯半决赛，感觉就像久违数年的11月午后的阳光终于出来了一样。对阿森纳怀恨在心的人肯定会忘记，或者拒绝相信，这支阿森纳球队能够踢出赏心悦目，甚至是迷人的足球：瑞克斯和布拉迪，斯塔勒顿和麦克唐纳，桑德兰，以及最棒的、只为阿森纳踢了一个赛季的阿兰·赫德森……有三四个月的时间，它看起来仿佛是一支能给我们制造快乐的球队，以足球能给人带来欢乐的所有方式。

如果我是在写一部小说，阿森纳将会赢得1978年足总杯决赛。一场胜利能对全书的节奏和主题体现更大的意义；此时此刻，再来一场温布利的失利会让读者失去耐心和判断力。我能对我拙劣的故事情节所做的唯一辩解是，布拉迪明显不在状态而且不应该出场，还有超级麦克，他在报纸上发表的那一番他将如何对付伊普斯维奇四名后卫的言论，堪称愚蠢的典型。（四年前他在为纽卡斯尔踢球时就曾犯过同样的错误，他大夸海口但最后没能做到；在对伊普斯维奇的惨败之后不久，《卫报》出了一道足总杯智力问答：什么是每年都带到足总杯决赛，但从来都没用上的东西？他们想要的答案是失利球队的丝带，它们从没能系到优胜奖杯的手柄上，但一些自作聪明的家伙回信提议答案应该是麦肯·麦克唐纳。）那是一场一边倒的决赛，即使伊普斯维奇直到下半场开始前还未得分；我们看起来一点儿不像能追回比分的样子，最后以 0－1 失利。

就这样，至今我已在温布利连失三场，我开始相信，我将永远看不到阿森纳在温布利赢得任何东西。但是 1978 年也许是痛苦最少的一次失败，因为我和那些一点儿也不感到痛苦的人坐在一起，即使其中有些人戴着红白条纹的围巾（干净得令人起疑，就像他刚从球场外买来似的）。这真是一个奇怪的悖论，球迷们的悲伤（真正的悲伤）是私人的——我们每个人都与我们的俱乐部有一种私人的关系，而且我想我们背地里相信，没有其他球迷能够理解，为什么我们会比其他球迷感受到多得多的沉重打击——但我们被迫在公开场合表达我们的悲伤，周围围满了以和我们不一样的形式表达哀伤的人。

很多球迷表达了愤怒，对自己的俱乐部或对方的球迷——真正的、满嘴脏话的狂怒，让我不安和悲哀。我从没有这样做的愿望；我仅仅想自己去思考，去沉溺一会儿，然后恢复必要的精力，以便回到原处，重新开始。这些人，这些生意人，表现得相当惋惜，却不真正地关心。他们要请我喝一杯，我不想喝，于是他们握握我的手表示同情，然后我就消失了；对他们而言，那真的只不过是一场球赛，或许花些时间和他们在一起对我真的有好处，无论如何，他们表现得仿佛足球只是一种有趣的娱乐，就像橄榄球、高尔夫或者板球一样。当然，事实并非这样，但是花一个下午和一些抱有如此看法的人聚一聚，也不失为一件有趣而有益的事。

糖老鼠和闹鸡公的专辑

剑桥联队 v 东方队

1978 年 11 月 4 日

事情是这样开始的：克里斯·罗伯茨从“糖果王”杰克·雷诺那里买了一只糖老鼠，咬掉了它的头，然后在开始吃掉身子之前把它丢在新市场路，一辆汽车碾过了它。那个下午，那支在乙级联赛迄今为止倍感艰难的剑桥联队（整个赛季赢了两场，一个主场，一个客场），以 3-1 打败了东方队，于是一种仪式诞生了。在每个主场比赛开始之前，我们都成群结队地走进糖果店，买下我们的糖老鼠，走到外面咬掉它的头，就像拉掉手榴弹的引线，然后把残缺不全的糖老鼠扔进飞奔而过的车轮下面；杰克·雷诺站在店门口看着我们，悲哀地摇着头。剑桥联队，因为这种庇护，在阿比球场已经好几个月保持不败了。

我知道我对这种仪式的崇拜特别愚蠢,从我开始看球赛就已经开始了,而且我知道并非只有我一个人这么做。我记得我小时候去海布里一定会带上一块腻子或蓝丁胶,或某种类似的愚蠢东西,整个下午我都紧张地拉着揉着(我是个在不到能吸烟的年龄就开始吸烟的人);我还记得必须从同一个商贩手上买赛程手册,并且从同一个十字转门进入球场。

我还有几百种类似的荒唐规矩,都是为了保证我的两支球队能够获胜而设计的。在 1980 年足总杯半决赛阿森纳对阵利物浦那场久拖不决的战役中,我在最后一场重赛的下半场中间时分关掉了收音机;阿森纳当时以 1－0 领先,而因为利物浦在前几场比赛中都能在最后时刻扳平比分,我无法忍受听到最后。我改放“闹鸡公”乐队的精选辑《稳定关系》,知道放完一面唱片就能让我撑过终场哨响。我们赢得了比赛,于是我坚持让我的室友(他在一家唱片商店工作),必须在足总杯决赛那个下午的 4 点 20 分播放这张唱片,尽管它最终于事无补。(我怀疑那厮一定是忘记了。)

我曾尝试过“抽烟”进球(阿森纳有一次在我们三个人同时点烟的时候得分了),还有在上半场的某个特定时刻吃奶酪洋葱薯片;我也曾试过不去录比赛(过去每当我录下比赛以便回家研究球队表现,结果似乎都非常惨);我还试过幸运袜、幸运衬衫、幸运帽子还有幸运朋友,也曾企图排斥那些我感觉会给球队带来麻烦的人。

没什么管用(除了糖老鼠)。但当球队疲软时我们还能做什么呢!我们每天花费好几个小时,一年好几个月,一生中的很多年在那些我们无法控制的事情上;我们被迫创造一个个古灵怪诞而又异想天开的仪式,用来提供一种证明我们对比赛终究是有影响力的幻觉,就像原始社会中面对深奥复杂、显然难以认知的神秘事件时所做的那样,这有什么可奇怪的呢?

温布利Ⅳ　宣泄

阿森纳 v 曼联

1979 年 5 月 12 日(温布利)

在我二十六七岁之前,当我决定可以也能够以写作为生时,我对自己没有任何野心,我辞了工作,等待着出版商或好莱坞制片人看都不用看就给我打电话,让我为他们工作。大学里的朋友们一定曾经问过我一生有什么打算,特别因为那已经是我在校的最后一个学期了;但未来对我来说仍然无法想象,仍然像我四五岁时一样令人厌倦,所以我不知道如何回答。我可能含糊地说了一些与新闻或出版有关的行业(对漫无目标的大学毕业生而言无异于火车驾驶或太空航天学),但私下里我开始怀疑,我愚蠢地浪费了三年光阴,这些职业都是不可能得到的。我知道一些人,在整个大学生涯里都为大学报纸写东西，都还没有工作，所以我能有什么机会？我决定最好不去管它，因此根本没有去应聘任何工作。

我对自己可能没有什么野心，但对我的球队却有一些伟大的梦想。这些梦想中的两个——剑桥联队从丁级升到丙级，再从丙级升到乙级——已经实现了。但第三个、也是最强烈的野心，亲眼见证阿森纳在温布利赢得足总杯（也许这也可以算是对自己的一个野心吧，因为我的到场观战是其中必不可少的部分），还没有梦想成真。

连续两个赛季闯入足总杯决赛，球队已经做得足够好了。他们用了五场比赛才淘汰丙级联赛的谢菲尔德星期三队（警察部门最近决定，从公共安全的角度出发，那个美妙而奇怪的足总杯马拉松接力传统不允许再继续下去）；接着他们在客场顽强逼平欧洲冠军诺丁汉森林，然后是一轮对阵南安普敦的棘手比赛，在重赛中才依靠阿兰·桑德兰两个才华横溢的进球赢得胜利。半决赛对狼队相对比较顺利，尽管布拉迪因伤缺阵，桑德兰和斯塔勒顿下半场的两个进球确保球队轻松过关。就这样，他们杀回了温布利。

1989 年 5 月，在和曼联队的足总杯决赛之后整整十年，我正在等待我写的一个稿件的回音，在那同时，阿森纳似乎要丢掉一个十八年来，第一次最接近顶级联赛冠军的机会。我的那个稿件，是一个滑稽剧的剧本，看起来比任何一次都有可能被接受；我已经与 4 频道的人见了面，他们很感兴趣，剧本被采用的希望很大。但是，在赛季的最后一个星期六，球队主场被德比郡击败，在这个糟糕的结果之后，情急之下，我决定作一项个人的牺牲而许了个愿（那个剧本如被采用，就有可能拯救我的前程以及那份逐渐遗忘的自尊），要用我剧本的成功来换取阿森纳球队的冠军：如果我们赢了联赛冠军，剧本被回绝也没有关系。但当我真的收到了剧本被回绝的信件时，那种痛彻心扉的失望延续了好几个月！好在，冠军杯随之而来，两年之后的现在，那种失望早已消失，但一想到赢下比赛的迈克尔·托马斯的那个进球，一种欢喜欲狂的感觉至今仍使我浑身战栗，我知道，我许愿做出的牺牲是完全值得的！

而在1979年5月，这类交易的可能性却是多样而复杂的。在足总杯决赛前的那个星期四，撒切尔夫人正试图赢得她的第一次大选；而在下一个星期四，我的结业考试就要开始。三个事件中，足总杯决赛，显然是我最为关心的，尽管我也为撒切尔夫人有可能成为首相感到不安。（也许在下一个安静的星期，我会找到时间和精力为我的考试苦恼，但一个不高不低的分数现在已经无法避免了，何况无论怎样，大不列颠的大学毕业就跟过生日一样容易：只要晃荡一段时间就会发生。）但可怕的事实是，如果能保证阿森纳赢下足总杯决赛，我情愿接受一个保守党政府；我根本没想到撒切尔夫人会一路走下去，成为整个世纪任期最长的首相。（如果我知道这个结果，我还会同意这个交易吗？十一年的撒切尔主义换一座足总杯？当然不。我不会用任何比第二个双冠王还小的东西交换。）

保守党在周四轻松获胜的事实，并不意味着我期盼我们在周六也会赢得轻松。我知道做一笔交易，就像揉捏灰泥、穿同款衬衫一样，都不能确保成功，何况另一支参加决赛的对手，曼联，是一支强队，不是那种不战而降、只是到这里淋淋啤酒雨的球队，就像，呃，就像伊普斯维奇，或斯文顿。曼联完全有可能毫无体育道德地无视大选交易，毫不留情地踢进好多好多的球，打我们个落花流水。

然而，在那场比赛的大部分时间里，曼联踢得就像他们知道我的交易，而且很乐意去履行他们的义务。阿森纳在上半场就进了两球，打破僵局的进球在第十二分钟（在温布利的四场比赛中我第一次看到阿森纳领先），第二个进球则在半场即将结束之前；半场休息是十五分钟幸福而毫无拘束的狂欢庆祝。下半场的大多数时间也用同样的方式过去了，直到比赛还剩下五分钟曼联进球……还剩下两分钟时，在一连串令人煎熬而且杂乱无章的慢动作之后，他们再次进球。球员和球迷都知道，我们已经丢掉了这场比赛。当我看着那些曼联球员在另一端的边线上跳跃庆祝，孩童时代的那种可怕感觉重新占据了我的内心——我痛恨阿森纳，俱乐部是一个沉重的负担，我再也无法承受了，但却永远、永远摆脱不掉。

我在看台的最上方，和其他阿森纳球迷在一起，右下方就是曼联队防守的球门；我坐下来，痛苦、愤怒、沮丧加上自怜自艾的感觉让我头晕目眩，无法再靠双脚站立。还有一些人也是如此，在我背后有两个十几岁的女孩在无声地哭泣，不是半大女孩在"湾城摇滚人"演唱会上那种半真半假的闹剧方式，而是一种深刻的个人的悲伤。

那个下午我负责照顾一个年轻的美国男孩——家里的一个朋友，他表现出来的那种并不是很强烈的同情，使我有些尴尬，而这种尴尬却很明显地缓解了我的悲愤：我知道，这只不过是一场比赛，在大海里曾经发生过比这更惨的事情，而非洲有人正在挨饿，在未来的几个月，也许会发生一场核子浩劫；我知道这时的比分还是 2－2，看在老天爷的分儿上，谁也不敢肯定阿森纳会就此一蹶不振，没准儿球队还能冲出困境，来一个大逆转（尽管我心里清楚，风向已变，球员们士气全无，很难在加时赛时赢回比赛）。但所有这些事实都无法帮助我。我，和实现我的那个愿望之间只有五分钟的距离，那个从十一岁时就梦想着的，一生中唯一完整而清晰的愿望；如果人们允许为他们错过了在工作中被提升的机会而烦恼，或因没能赢得奥斯卡奖而悲哀，或由于他们的小说被伦敦所有出版商拒绝而失望——我们的文化允许他们这样去表现，尽管他们的这些梦想可能只不过刚刚梦了几年，而不是像我一样，一个梦整整做了十年，人生一半的时间——那么我他妈的就当然有资格在水泥看台上坐两分钟，并努力把眼泪眨回去。

而且它真的只用了两分钟。当比赛重新开始，利亚姆·布拉迪带球深入曼联队后场（后来他说他当时已经筋疲力尽，只想避免失掉第三个球）并大脚长传给了瑞克斯。我望着这些，但没有看进去；甚至当瑞克斯突破传中而曼联守门员加里·贝利没有拦到皮球，我也没有太多注意。但当阿兰·桑德兰将脚伸向皮球，捅射破网，就在我们面前的球门右侧，我开始叫喊，并不是“好”或“进球啦”或者其他任何在这种情况下通常从喉咙发出的声响，而只是一种声响，“AAAARRRRGGGGHHHH”，一种由于极度狂喜和难以置信而发出的声响，突然之间看台上的观众都再次出现了，他们彼此拥抱着在地上滚来滚去，瞪大着眼睛，疯狂地吼叫着。布瑞恩，那个美国男孩，看着我，礼貌地笑着，并试图在下面的混乱当中找出自己的双手，以便举起来热烈鼓掌。尽管我怀疑他根本没有真正感觉到他表现出来的那份热情。

我飘飘忽忽地通过了结业考试，就像被用良性的、致人白痴的药物麻醉了一样。我身边的一些同学，因为失眠和忧虑而面色苍白，对我的好心情实在感到困惑；另一些人，那些球迷，则对我理解而且羡慕。（在大学里，就像中学一样，没有其他的阿森纳球迷。）没有太多的麻烦，我就以中等的成绩拿到了学位；两个月之后，当我在足总杯决赛和赛季末的庆祝中缓过劲来，我开始去面对现实：在 5 月 12 日那个下午，我实现了人生想要达到的所有目标，我对剩下的人生该做什么完全没有想法。那年我二十二岁，未来看起来突然一片空白，令人惶恐不安。

填补黑洞

阿森纳 v 利物浦

1980 年 5 月 1 日

对我以及我们中的许多人来说,很难把一年看作是完整独立的,从 1 月 1 日开始,到 365 天后结束。我要说,1980 年对我而言是一个迟缓、空白、毫无方向的一年,但这种表述是错误的;这些事情都发生在 79/80 赛季。足球迷们会这样说:我们的年头,我们的时间单位,是从 8 月到次年 5 月(6 月和 7 月从不曾真正存在过,特别是在奇数的年头,没有世界杯也没有欧洲杯)。如果问我们一生最好或最坏的年份,我们常常会回答四个数字——对曼联球迷来说是 66/67,对曼城球迷来说是 67/68,对埃弗顿球迷则是 69/70,诸如此类——它们中间那道沉默的斜线,是对西方世界到处通用的日历的唯一让步。

我们像其他每个人一样，在新年夜开怀痛饮，但我们的心理时钟真正拨回到起点，则要到5月足总杯决赛之后，然后我们发誓、痛悔、重新开始，就像一般人准许自己在平常年末所做的那样。

也许我们应该在足总杯决赛那天放一天假，这样我们就能聚集在一起庆祝了。毕竟，我们是社区中的一个社会群体；就像中国人有他们自己的春节，那时伦敦莱斯特广场附近的街道都被封锁起来，伦敦的中国人会在那里游行庆祝，品尝传统食品，旅游的人也会来看他们，也许有一种方式，能让我们纪念又一个赛季的流逝，那些令人沮丧的失败，遮遮掩掩的判罚，糟糕的回传，以及不成功的转会交易。我们会再次穿起我们讨厌的新客场队服，载歌载舞；我们会吃"马车轮"——只有足球迷才吃的棉花糖饼干，因为它只有在足球场内才买得到——还有变质的汉堡包，喝从一个塑料桶里舀出来的温温的冒着血红气泡的橙汁饮料，那是一家似乎名叫斯塔夫洛埃德蒙顿的公司专为这种场合特制的人造饮料。而且我们还要让警察来帮忙维持秩序……啊，忘了它吧，这个糟糕而冗长的说明足以让我们明白，这九个月的生活是多么可怕，当它们结束时，我恨不得那短短十二个星期的每一天都可以任由我使用，这样我才觉得自己还是一个人类。

对我来说，在79/80赛季，足球——一直以来我人生的脊柱——为我提供了一套完整的骨骼。整个赛季里除了去酒吧，工作（在剑桥外的一个车库，因为我找不到其他更好的事可做），我无所事事，整天和女朋友黏在一起（她的学业比我长一年），等待着一个个周六和周三的到来。特别的是，阿森纳似乎格外回应我的需要，有了尽可能多的比赛：他们那个赛季共踢了七十场，其中二十八场是各种杯赛淘汰赛。每一次我刚表现出情绪低落的迹象，阿森纳就帮忙献上另一场比赛。

1980年4月,我对工作、我的优柔寡断以及我自己都厌烦到了极点。但就在看起来我生命中的黑洞已经大到再也不能填满的时候,对阿森纳的牵挂让我分散了心神:从4月9日到5月1日,他们踢了六场半决赛,四场是对利物浦的足总杯,两场是对尤文图斯的优胜者杯。其中只有一场——对尤文图斯淘汰赛的第一回合——是在伦敦,所以一切都围绕在收音机周围。对那整个月份我所有能回想起来的就是:工作,睡觉,然后收听彼得·琼斯和拜恩·巴特勒从维拉公园、希尔斯堡或安菲尔德球场发回的现场报道。

我不是一个好的收音机收听者,但那时很多球迷都是如此。观众比讲解员们快得多——怒吼和叹息在事件被描述出之前的好几秒钟就出现了——我无法亲临现场让我比在现场或看电视更加紧张。在收音机里,似乎每一脚对我们的射门都直奔球网上角,每一脚传球都造成不安,每一次对方的任意球都在禁区边缘;在电视直播出现之前的那些年,广播二台是我和阿森纳在远方的杯赛战绩之间唯一的联系,我常常坐在那里拨弄调钮,从一个电台转到另一个电台,迫切地想知道进展如何,也同样迫切地希望没有听到。收音机里的足球是减少到最低限度的足球,剥夺了球赛的审美乐趣,没有了一群和你抱有同样感受的观众的抚慰,没有了看见你方的防守队员和门将都在他们应该在的位置上所得到的安全感,只剩下赤裸裸的恐惧。那些以前经常在夜晚困扰广播二台的、凄凉的鬼魂般的哀号,完全是事出有因的。

和利物浦的四场半决赛的后两场几乎要了我的命。在第三场比赛中,阿森纳第一分钟就取得领先,并在接下来的八十九分钟一直保持着;整个下半场我坐立不安,抽烟,来回踱步,什么也读不进去,什么也不想说，什么也不想想，直到利物浦在伤停补时阶段扳平比分。扳平的那个进球就像从瞄准我脑袋整整一个小时的枪口中射出的子弹，令人厌恶的差别在于，它不像一颗子弹那样痛快地结束一切——相反，它强迫我重新经历一次。三天后的第四场比赛，阿森纳再次取得领先，我感到心惊肉跳，以至于不得不关掉收音机，并由此发现了“闹鸡公”乐队唱片的神奇魔力。这一次，利物浦没能再追上来，阿森纳连续三年杀入了足总杯决赛；问题是我已经过于疲惫、紧张，而且尼古丁中毒过深，而无力继续关注了。

利亚姆·布拉迪

阿森纳 v 诺丁汉森林

1980 年 5 月 5 日

整整一年,我都生活在利亚姆·布拉迪转会去另一家俱乐部的可能之下,就像 50 年代末 60 年代初美国的年轻人生活在世界末日来临的可能之下一样。我知道它终究会发生,尽管如此,我仍允许自己去希望;我每天都为此烦恼,小心翼翼地阅读所有报纸,寻找他可能续约的迹象,研究他跟俱乐部其他队友的关系,万一那是显示合作牢不可破的标志呢?我从来没有对一个阿森纳球员感觉如此热切:五年来他一直是球队的核心,因此在我心目中占有着非常重要的地位,传闻他想要离开阿森纳的消息一直伴随着我,是我健康 X 光片上的一个小小的阴影。

这种偏执大部分都很容易解释。布拉迪是一个中场球员，一个组织者，阿森纳还没有人能够真正取代他。那些粗略了解足球基本规则的人，或许会对甲级联赛球队竟然可以在没有组织者的情况下比赛感到惊讶，但对我们其他人来说这已不再稀奇：在丝绸围巾过时之后，充气香蕉盛行之前，传球就已退出流行了。因此经理、教练和球员们现在偏爱另一种方式，把球从球场一边直接开到另一边，越过横在中线上的那堵强壮的人肉墙，让皮球大致转到靠近前锋的方向。事实上，几乎所有球迷都对此感到遗憾。我想我能代表我们所有人说，我们一向喜欢传球，我们感觉整体上那是个好东西。那很好看，是足球这项运动最漂亮的附属品（一个好球员能把球传给一个我们都没看到的队友，或找到一个我们都没想到的角度，这当中有美妙的几何学），但经理们似乎觉得那是自找麻烦，因此不再引进任何能这样做的球员。英格兰仍然有不少优秀的组织者，不过，也有更多的“铁匠”。

我们这些三十多岁的人，大多对70年代评价过高。我们回顾从前，仿佛那是个黄金年代，我们买老队服，看旧录影带，带着敬畏和遗憾谈论基冈、托沙克，贝尔和萨梅尔比，赫克托和托德。我们忘了英格兰队甚至两次未能取得世界杯的资格，而且我们忽略了一个事实，大多数甲级球队都有至少一个球员——阿森纳有斯托里，利物浦有史密斯，切尔西有哈里斯——踢得真的不够好。评论员和记者们抱怨今天职业球员们的行为——加扎的暴躁脾气，法沙努的胳膊肘，阿森纳的好斗——但当他们回想起李和亨特在被罚下场之后还在回更衣室的路上相互殴打，或布莱姆纳与基冈在慈善盾杯比赛中打架被逐出场外，他们却露出溺爱的微笑。70年代的球员速度不够快，意识不够到位，或许大部分人甚至球技都算不得出色，但每一支球队都有人能够传球。

利亚姆·布拉迪是过去二十年里两三个最好的中场组织者之一,这也是为什么他深受每一个阿森纳球迷爱戴的原因,但对我来说还不止如此。我崇拜他,因为他伟大;我崇拜他,因为,这么说吧,如果砍掉他,他会让阿森纳流血(和查理·乔治一样,他也是青年队出身);还有第三个原因。他非常有天赋。这天赋首先体现在他的传球上,一箭穿心,充满想象力,而且总是令人惊异。但这天赋在球场外也显示出来:谈吐清晰,冷隽而不失风趣,富有吸引力(1990 年世界杯,他的朋友和阿森纳前队友大卫·奥利莱代表爱尔兰参加与罗马尼亚的淘汰赛,正准备去踢那个决定性的点球时,他在转播席上大叫:"来吧大卫,把它踢进去!");在我逐渐通过学院体系时,越来越多的人似乎刻意要将足球和精神生活完全分开,而布拉迪则好似在两者之间提供了一座桥梁。

球员有天赋当然不是坏事,特别是对一个中场球员,一个进攻组织者来说,尽管这种天赋与那种懂得欣赏,比如说,"深奥的"欧洲小说的天赋不是一码事。保罗·加斯科因拥有无与伦比的足球天赋(那是一种耀眼的天赋,除了球技,还包括令人惊讶的协调性和快如闪电般的形势判断,而那形势往往几秒钟内就会发生改变),然而他缺乏最基本的常识也是显而易见且众所周知的。所有最好的球员都拥有各自的某种智慧:莱因克尔的预判能力、希尔顿的位置感、贝肯鲍尔的意识,都是他们大脑的产物,而非简单的竞技反应。然而只有正统的中场球员,他们的大脑特质才会受到最多的、特别是来自那些严肃报纸的体育评论家和中产阶级球迷的关注。

这不仅仅是因为布拉迪和他的同类拥有的天赋,从足球角度来看很明显,而且因为它与中产阶级文化极力推崇的那种才华不谋而合。看看那些惯用于描述进攻组织者的形容词吧:优雅的、清醒的、精细的、经验丰富的、巧妙的、幻想的……这些词汇同样可以用来描述一个诗人、一个电影导演,或一个画家。好像真正的天才球员对他所处的环境来说好过头了,必须把他放到一个不同的、比较高的平台上。

在我对布拉迪的崇拜中,就的确有一点儿这样的因素。查理·乔治,阿森纳北看台以前的偶像,从来都不像利亚姆那样属于我。利亚姆·布拉迪与众不同(尽管他当然没有那么不同,真的——他的背景和大多数球员几乎一致)是因为他慵懒而且神秘,尽管这两种特质我都没有,但我觉得凭我受过的教育足以让我从别人身上辨认出这些特质。"一个左脚诗人",每当我提起他的名字,我的妹妹经常这么评论,我依然经常提起他的名字,但在她的反讽背后包含着一个事实:有一段时间,我的确希望球员尽可能不像他们自己,尽管这很愚蠢,但还是有人做到了。帕特·内文,特别是他在切尔西那几年,当人们发现他懂得艺术、书和政治的时候,他变成了一个更好的球员。

和诺丁汉森林的比赛,是在一个令人昏昏欲睡的、灰暗的周一银行休假日进行的一场令人昏昏欲睡的0-0平局,也是布拉迪最后一次在海布里出场;他已经决定未来要去国外,去意大利,而且会去好几年。我在那里看着他离开,他和其他队友一起缓慢地、悲伤地绕场一周。在内心深处,我仍希望他能改变主意,或者俱乐部能最终注意到,如果允许他离开,将对俱乐部本身造成不可挽回的打击。有人说钱是关键原因,如果阿森纳肯从腰包里多掏一点,他就会留下来,但我宁愿不相信他们的说法。我宁愿相信是因为意大利本身,它的文化和时尚,引诱他离开,而现在无论他是住在赫特福德还是埃塞克斯,还是其他任何地方,那里有限的乐趣已经不可避免地开始让他对现状充满了倦怠。我知道最多的是，他并不想离开我们，他很苦恼，他像我们爱他一样爱我们，总有一天他会回来。

在利亚姆离开我们去了尤文图斯之后仅仅几个月，我的女友离开了我找到了另外一个男人，这件事突然发生在失去布拉迪后的第一个阴郁的赛季中间，令我猝不及防。尽管我知道失去哪一个对我打击最大——利亚姆转会引起了遗憾与悲伤，但谢天谢地，并不是为此，失眠、恶心，以及无法忍受、无法抚慰的痛苦，是因为一个二十三岁的破碎心灵——我想，在我的意识中，她和利亚姆以一种奇怪的方式混合在一起了。他们两个，布拉迪和失去的女孩，折磨了我很长时间，也许有五六年之久，所以某种程度上可以断定，一个幽灵肯定遇上了另外一个。在布拉迪离开之后，阿森纳试过一长串的中场球员，其中有些胜任，有些则不能，但他们都面对命定的事实，他们永远不是他们试图去替代的那个人：在 1980 年到 1986 年之间，塔尔伯特、瑞克斯、罗林斯、怀斯、加汀、彼得・尼古拉斯、罗布森・佩特罗维奇、查理・尼古拉斯、戴维斯、威利亚姆斯甚至连中锋保罗・玛里纳都踢过中场的位置。

而我在接下来的四五年里也有过一长串的情感关系，有些是认真的，有些则不……这种类比无穷无尽。那些关于布拉迪即将回归的谣传（在意大利的八年里，他为四家不同的俱乐部踢过球，每次转会前，英国小报都会充满不可饶恕的残酷故事，说阿森纳如何如何只差一步就可以重新签回他）渐渐开始带有一种萨满教的特质。我当然知道，那些在 80 年代初期一次次严重发作、将我折磨得疲惫不堪的抑郁，并非由布拉迪或失去的女孩所引起。那些抑郁与另外一些东西有关，一些更加难以理解的东西，一些注定要在我身上存在很久的东西，比这两个无可指责的人中的任何一个都要长久。但在这些可怕的消沉期，我会回想起我最后一次感到快乐、满足、精力充沛、乐观的时光；而她和布拉迪都是那些时光中的一部分。他们完全不必为此负责，但他们在其中非常重要，而那已足以让这两种爱变成一对一个完全不同的、充满魔力的年代的支柱。

在离开大约五六年之后，布拉迪真的回来了，代表阿森纳参加了帕特·詹宁斯的纪念赛。那是一个奇异的夜晚。我们比以往更需要他（阿森纳在80年代的命运曲线肯定就像一个“U”形），在比赛之前我感到格外紧张，但不是那种重大比赛之前我通常会感觉到的紧张——这是一个前任追求者即将面对一次不可避免会带来痛苦但却期盼已久的重逢时的那种紧张。我希望，我设想，一次狂喜而含泪的欢迎会触发布拉迪内心深处的某种东西，让他认识到他的缺席会让他不够完整，就像我们缺了他不再完整一样。但这种情况没有发生。他踢了比赛，朝我们挥挥手，第二天早上就飞回了意大利，我们再一次看到他时，他正穿着一件西汉姆的队服，在禁区边缘拔脚抽射，攻破了我们的守门员约翰·卢基奇把守的大门。

我们一直没有找到足以满意的人选替代他，但我们发现了不同的人，具有不同的特质；我花了很长时间才明白，这是处理失落的最好方式。

阿森纳风格

西汉姆 v 阿森纳

1980 年 5 月 10 日

所有人都知道米尔沃尔球迷以《远航》[1]的旋律唱的那首歌:“没有人喜欢我们/没有人喜欢我们/没有人喜欢我们/但是我们不在乎。”实际上我总觉得这首歌有一点夸张,而且如果有谁要唱它,也应该是阿森纳球迷。

每一个阿森纳球迷,从最小的到最老的,都清楚没人喜欢我们,而且每一天我们都能听到这种厌恶被反复重申。那些已被媒体同化的球迷——就是那些平常只读报纸的体育版,一有转播就会盯着电视,还会读球迷刊物或足球杂志的家伙——每周总会有两三次与轻蔑阿森纳的报道不期而遇(我猜,就和他或她听到一首列侬或者麦卡特尼的歌曲的频率差不多)。我刚看完“圣约翰与格里夫斯”②,吉米·格里夫斯在节目中感谢雷克瑟姆队的经理,率领一支丁级球队在足总杯中击败我们,“让数百万球迷享受到无尽的快乐”。一本在公寓里被踢来踢去的足球杂志封面上,醒目地印着一篇文章的标题:“为什么每个人都恨阿森纳?”上个星期,在一份全国性报纸上刊登了一篇文章,攻击我们的球员缺乏艺术细胞;其中一个被横加指责的球员只有十八岁,甚至当时还从没为一队踢过比赛。

我们无聊,幸运,肮脏,狂妄,富有,吝啬,而且据我所知,打从20世纪30年代我们就是这个形象了。那时,球队历史上最伟大的足球经理,赫伯特·查普曼,首创增加一名防守队员的先例,改变了足球比赛的游戏方式,并由此奠定了阿森纳足球不思进取、缺乏魅力的名声;然而,迄今成功的阿森纳球队,特别是1971年的那支双冠王队伍,无不将胁迫式的有效防守作为成功的基础。(那一年我们在联赛中有十三场比赛以0-0或者1-0收场,平心而论,这些比赛都不够精彩。)我猜那个“幸运的阿森纳”是从“无聊的阿森纳”中脱胎而出的,长达六十年的“1-0胜利”主义,对敌我双方球迷的容忍和耐性而言,都的确是一大考验。

另一方面,西汉姆和托特纳姆一样,以他们富有诗意、才华,以及致力于踢出美好、流畅的足球而闻名(用流行的话说,就是“前卫的”,一个为我们这些三十多岁、感伤地怀念“埃默森、雷科和帕默”以及“猩红之王”乐队的家伙量身定做的词语)。每个人都对彼得斯、摩尔、赫斯特、布鲁金以及所谓的西汉姆“学院派”充满敬意,就像

① *Sailing*,电影《哥伦布》的主题曲,也是歌手罗德·斯图尔特的成名作。
② *Saint and Greavsie*,80年代中期英国的一档周六午间足球节目,由退役球星吉米·格里夫斯和伊恩·圣约翰联袂主持。

每个人都厌恶、鄙视斯托尼、泰伯特、亚当斯以及整个阿森纳的理念和追求一样。他们根本不在意狂暴的马丁·艾伦以及粗野的朱利安·迪克斯眼下正代表铁锤帮比赛，就像范登赫威、芬威克、艾登堡正代表热刺队，不在意才华横溢的默森和表现耀眼夺目的林帕正为阿森纳踢球，也完全无视1989年和1992年，我们在甲级联赛中的进球数比任何其他球队都要多。铁锤帮和热刺队是“激情的守护者”，是“正确道路仅有的追随者”；而当我们的双胞胎中卫高举着双手示意对手越位时，我们却被唤作枪手、希律王时代野蛮的西哥特人、诺丁汉郡长①。

西汉姆，阿森纳在1980年足总杯决赛中的对手，那个赛季混迹于乙级联赛，他们的弱势地位赢得了人们更多的同情。让举国欢腾的是，阿森纳输了。英格兰的“圣徒特雷沃”打进了唯一的球，杀死了讨厌的怪物，野蛮人被击退了，孩子们能够再次在床上安然入梦。所以我们这些阿森纳球迷，一生的大部分时间都允许自己被认定为大反派，最终到底剩下了什么？什么也没有；而我们的压抑和委屈已经强烈到几乎发颤了。

现在人们对那场比赛中唯一记得的，是布鲁金匪夷所思的头球，以及当保罗·艾伦，这位出现在决赛中的最年轻的球员正要起脚打入一个在温布利球场从未见过的最漂亮、最浪漫的进球时，威利·扬对他恐怖的技术犯规。站在温布利看台上沉默、尴尬的阿森纳球迷中间，面对来自西汉姆那端以及中立看台的震耳欲聋的嘘声，我被威利·扬愤世嫉俗的行为完全惊呆了。

但那天晚上，看着电视上重播的比赛集锦，我才意识到有一部分

---

① Sheriff of Nottingham，侠盗罗宾汉传说中的大反派。

的自我实际上很享受那个犯规带来的乐趣——并不是因为它阻止了艾伦进球(比赛结束了,我们已经输了,那已经不重要了),而是因为那是如此滑稽、逼真的阿森纳风格。除了阿森纳的防守队员,还有谁会对一个未出校门的十七岁孩子下这样的黑手?默森或者戴维斯,我记不起是哪一个了,也曾相当厌恶和傲慢地表示过这一点,但对我来说,这种好人如何被坏人欺负的腔调已经听得太多了,他的正义感听起来像是一种挑衅。这其中有些东西让我想起了比尔·格兰迪①,1976 年他把"性手枪"乐队请上了电视,然后却又公开表达他对他们行为的愤怒。阿森纳,是第一个真正的朋克摇滚者:早在约翰·罗顿②出现之前,我们的中卫们就已经完成了公众对于无害的、哑剧般的越轨行为的需求。

---

① Bill Grundy,英国节目主持人。1976 年 12 月 1 日,在他主持的现场节目 *THAMES TODAY* 中,他诱导"性手枪"乐队成员在电视上大爆粗口,在民众中引起轩然大波。"性手枪"则由此一举奠定他们的反叛形象。

② Johnny Rotten,"性手枪"乐队的主唱。

足球之后的生活

阿森纳 v 瓦伦西亚

1980 年 5 月 14 日

足球队特别擅长发明各种各样的方式来引起支持者的悲伤。他们会在温布利取得领先然后丢掉比赛；他们会在甲级联赛冲上榜首然后停下来等死；他们会在客场艰难获得平局却在主场重赛中落败；他们会在某个星期打败利物浦，然后在下一个星期输给斯普索尔；他们会在赛季进行到一半时诱使你相信他们是冠军的有力争夺者，然后就一路走向下坡……总是这样，每当你觉得已经预料到可能发生的最坏状况时，他们又弄出更新鲜的花样。

在搞砸了一场足总杯决赛的四天之后，阿森纳又输掉了另一场赛事——对瓦伦西亚的欧洲优胜者杯，于是这个踢了七十多场比赛的赛季最终颗粒无收。我们的实力胜过西班牙球队,但就是不能得分,比赛进入了点球大战;布拉迪和瑞克斯罚丢了(有人说那一夜的创伤让瑞克斯一蹶不振,的确,他再也没有回到70年代末的那种状态,尽管他依然能代表英格兰出场比赛),就是这样。

据我所知,还没有哪一个英国俱乐部曾在一周内痛失两项决赛,尽管随着时间的推移,在一场决赛中失利已成为大多数阿森纳球迷最容易预料的事,但我仍奇怪为什么我会感觉如此深受打击。但那个星期也产生了一个有益净化的副作用:在整整六个星期的半决赛、决赛、收听转播、搜求去温布利的球票之后,足球带来的混乱终于结束了,而且没有什么东西来替代它。最终,我不得不考虑接下来我该做什么,而不是阿森纳的经理该做什么。于是我回到伦敦,申请进入师范学院,并且发誓——不是最后一次——不管阿森纳在一年里踢多少比赛,我都绝不再让足球完全取代我的生活。

比赛的一部分

阿森纳 v 南安普敦

1980 年 8 月 19 日

赛季的第一场比赛，你总会带着几分迫切的心情希望能够赶上。何况在过去的这个夏天，发生了一桩不寻常的转会交易：我们花一百万英镑签下了克里夫·艾伦，但因不满意他在几场季前友谊赛上的表现，在他还没有正式出场比赛之前，就用他交换了肯尼·桑森（一个前锋换一个左后卫，那就是阿森纳的作风）。所以即使利亚姆·布拉迪已经离开，而且南安普敦也不是最吸引人的对手，仍然有超过四万名观众前来捧场。

有些事情不大对劲——他们没有打开足够多的十字转门，或是警察在控制人流方面蠢得像个猪头，不管什么原因——在阿文尔路的北看台入口产生了剧烈的推挤。我尽力踮起双脚，感觉仍然像长了翅膀一样悬在空中，而且一度，我不得不双手举在空中，腾出那么一点点空间以避免我的拳头被压入我的胸腔和胃部。这不是什么特别的事情，真的，球迷们都经历过这种情况，当偶尔事态变得很糟糕的时候。但我记得当我靠近人潮前端的时候，必须得拼命才能呼吸（我被挤压得无法让我的肺部充气），这意味着此时已比平常还要糟糕了；当我终于穿过十字转门，我在一个台阶上坐了好一会儿，给自己时间来恢复，然后我才发现许多其他人也在做着同样的事情。

但问题在于，我信赖这套体系：我知道我不会被挤压至死，因为那从未在足球比赛中发生过。伊布洛克斯事件？那是意外，是一连串反常情况促成的；而且无论如何，那是在苏超德比上发生的，每个人都知道那尤其会有问题。不，你知道，在英格兰，所有人都知道他们在那里干什么，虽然没有人对我们进行过解释，但这套体系，足以预防这类事故的发生。看起来就像权力机关、俱乐部和警察在这种场合都在撞大运一样，但那是因为我们完全不了解他们是如何组织的。在那个夜晚阿文尔路的混乱中，当空气从人的身体里被挤压出来时，有人还在笑，做出快要憋死的滑稽样子；他们笑是因为他们就站在离满不在乎的警察和骑警仅仅几英尺的地方，他们知道如此接近的距离确保了他们的安全。在帮助者近在咫尺的情况下，你怎么可能死掉？

但九年之后，在希尔斯堡惨案的下午，我想起了那个夜晚，以及许许多多其他的下午和夜晚，想起那些球场上似乎已人满为患，或者观众分布极不均衡的时候。我忽然发现我也可能在那样的一个夜晚死去，而且在其他好几次类似情景中，我离死亡比我想象中更加接近。这一切根本没有经过计划；他们真的一直心存侥幸。

我的弟弟

阿森纳 v 托特纳姆

1980 年 8 月 30 日

在这个国家一定有许多父亲经历过那种最惨痛的、最具毁灭性的背叛：他们的孩子最终选择去支持错误的球队。每当我反省父母与子女的关系问题——这是我那感同身受的生物时钟临近午夜时越来越常做的事——我发觉我由衷地害怕这种背叛发生。如果我的儿子或女儿在他们七八岁时决定，父亲是个疯子，托特纳姆、西汉姆联或者曼联才是他们的球队，我该怎么做？我怎么去应付？我该去做有分寸的父母应该做的事，接受我在海布里的日子已经结束，然后去买两张白鹿巷或者厄普顿公园球场的季票吗？见鬼，决不。我自己在阿森纳的问题上太孩子气，不会屈从于一个孩子的心血来潮；我会对他或她解释，尽管我尊重任何这一类的决定，但显然如果他们想去看自己的球队，他们就必须自己去，花自己的钱，靠自己的力量。这样应该能让这些小家伙清醒了。

我曾不止一次幻想阿森纳与托特纳姆在足总杯决赛相逢；在这个白日梦里，我的儿子，一个热刺球迷，就像我第一次支持阿森纳时那样全神贯注、紧张、不高兴，而且我们没搞到去温布利的球票，不得不在家里看电视直播。在最后时刻老将凯文·坎贝尔进球获胜……接着我疯狂的喜悦爆发了，在起居室里跳来跳去，欢呼着，嘲笑、推搡、弄乱我那遭受创伤的儿子的头发。我担心我真能这么去做，因此我能做的成熟的、有自知之明的事，就是应该在今天下午去做输精管切除手术。如果1969年，在那个糟糕的温布利下午，我的父亲是一个斯文顿队球迷，并且做出了正确的反应，我们也不至于在此后的二十二年里互不答理。

我已经成功地处理过一次这样的事情。在1980年8月，我的父亲和他的家庭在超过十年的法国和美国的国外生活之后，回到了英格兰。我同父异母的弟弟乔纳森十三岁，对足球极其狂热——部分应归于我的感化，部分是因为他在美国时，正是现在已不复存在的北美大联盟足球联赛的巅峰时期。所以很快地，趁他还没有机会了解拥有赫德尔和阿迪尔斯的白鹿巷，比有着怀斯和塔尔伯特的海布里要精彩不知多少之前，我带着他去看阿森纳。

在此之前1973年他已经来过一次，那时他才六岁，从头到尾冻得无法控制地颤抖着，用毫无所知的眼神凝视着一场足总杯第三轮对莱切斯特城队的比赛，但他早已忘记了这一经历，所以这次赛季初的地区德比就是一个全新的起点。那不是一场糟糕的比赛，当然也就没有对日后可能绝望的暗示：帕特·詹宁斯，这个被托特纳姆拒之门外的球员，在上半场的绝大多数时间里抵御了克库克斯和阿奇博尔德的进攻，然后热刺队不知哪个糟糕的替补守门员（丹恩斯？还是肯道尔？）让一记绵软无力的射门滚入网窝，然后斯塔伯顿用一记奇妙无比的吊射终结了他们。

但迷住乔纳森的不是足球，而是暴力。在我们周围，到处都有人在打架——在北看台，在钟楼看台，在东看台的底层，在西看台的上层。每隔几分钟，一道巨大的裂缝就会出现在警察刚刚分开的人头攒动的敌对球迷之间，我的小弟弟简直兴奋得发狂；他转头看向我，脸上闪耀着难以置信的快乐光芒。"这太不可思议了！"他一遍又一遍地重复着。从那之后我和他再也没有问题了：他看了接下来的比赛，一场乏味、安静的联赛杯对斯旺西队的比赛，然后看了那个赛季的绝大部分比赛。现在，我们一起买了季票，他开车带我去看客场比赛，一切都顺理成章。

他成为一个阿森纳球迷仅仅是因为长久以来他就期盼看到人们试图自相残杀吗？或者仅仅因为他以我为榜样，据我所知，当他年幼时的确如此，以至于无法说清他是否因相信我而相信了我选择的球队？不管怎么样，我或许没有权利让他在接下来的人生中饱受威利·扬、约翰·哈里以及阿森纳的越位陷阱的折磨，那是我所得到的结果。所以我感觉有责任，但不是遗憾：如果我不能够保证他对球队的忠心，或者他决定在别处寻找他的足球苦痛，那我们的关系将截然不同，或者会自然冷淡下去。

这里有一件有趣的事，就是：乔纳森和我坐在海布里，一周接着一周，部分是因为那种令人痛苦的氛围让他感觉到自己的存在。我的父亲为了和他的母亲建立家庭而离开了我的母亲，接着我同父异母的兄弟出生,接着不知为何这些事让我成了一个阿森纳球迷;然后,多么出乎意料,我古怪的情结竟被转移到他的身上,就像一个遗传上的瑕疵。

小丑

阿森纳 v 斯托克城

1980 年 9 月 13 日

从布拉迪离开到乔治·格拉汉姆到来之间，我们看了多少场和这一样的比赛？客队是处于挣扎中的毫无奢求的降级区球队；他们的主教练（诺恩·桑德斯，或者戈登·李，或格拉汉姆·泰恩纳，或者，在这个例子里，艾伦·德班）希望在海布里赢得一场平局，于是布置了五名防守队员，四名当作防守队员使的中场，一个毫无希望的中锋孤零零地突在前面，准备接到守门员的开球之后凌空抽射。没有了利亚姆（而且，这个赛季之后，没有了弗兰克·斯塔伯顿），阿森纳毫无打败对手的智慧或想象力，也许我们赢了（靠着一些角球战术，或者是一脚中途变向的远射以及点球），也许我们获得平局（0－0），也许我们最后时刻丢球以0-1输掉了比赛,但无论如何这都毫无关系。阿森纳离赢得联赛冠军还差得远,然而又太够水平而不会降级;一周接着一周,一年接着一年,我们早已心照不宣地发现,我们所能看到的未来,只会给我们带来深深的沮丧。

这场对斯托克城队的比赛也如出一辙——一个没有进球的上半场,接下来,随着不满情绪的高涨,出现了两个迟到的进球(具有讽刺意味的是,斯托克城队拥有身材最高的几个中前卫,却是两个球场上最矮的球员桑森和罗林斯打入了头球)。如果不是赛后新闻发布会上,艾伦·德班被怀有敌意的记者对他的球队和战术的指责所激怒的话,没有人,即使是我这样的人,还能记得那场比赛。当时他对记者吼叫道:"如果你们想找乐了,去看小丑吧!"

这立刻成了十年来最著名的足球名言之一。那些自命高尚的报纸特别喜欢引用它,因为它毫不费力地道出了现代足球文化的本质:这就是决定性的证据,比赛已经成为了斗犬游戏,除了结果没有人在乎任何事情,古希腊的科林斯精神①已经死亡,帽子再也不会被欢呼的球迷扔向空中。你可以看出他们的重点。凭什么足球不同于娱乐产业的其他分支?你不会发现太多的好莱坞制片人或者西伦敦剧院的经理人会嘲笑公众想要娱乐化的要求,凭什么足球经理们就可以例外呢?

但是,最近几年来,我已经开始相信艾伦·德班是对的。提供娱乐表演并不是他的工作。他的工作是照顾好斯托克城队球迷们的兴趣,那就是避免在客场被打败,让这支竭力挣扎的球队保留在甲级联赛的行列,也许还可以赢下一两场杯赛以缓和他们的郁闷。斯托克

---

① Corinthian spirit,意为发自内心热爱运动的精神,业余运动的理想。

城队的球迷们会对一个 0－0 的平局感到高兴，就像阿森纳球迷对于在热刺、利物浦和曼联取得的 0－0 平局感到高兴一样；在主场，我们或多或少希望击败每个对手，而且我们并不特别在乎那是怎么做到的。

这种对结果的承诺意味着球迷和新闻记者不可避免地会以截然不同的方式看待比赛。1969 年我看过乔治·贝斯特的比赛，他在海布里为曼联队进球。这种经历意义深远，就像在看尼金斯基跳舞，或者玛丽亚·卡拉斯歌唱①。虽然有时候我面对年轻的球迷，或者那些因为某种原因错过贝斯特表演的人会这样讲，但我的喜爱根本是装出来的：我痛恨那个下午。每次他拿球都让我惊恐，那时候我希望——就像现在我想我还会希望的那样，他会立马受伤。当我看着丹尼斯·劳、查尔顿、赫德尔、阿德尔斯、达格利什、拉什、霍斯特、彼得斯时，同样的事情也会发生：我从不欣赏这些球员在海布里所作的任何表演（尽管有时候，我会带着不情愿的羡慕看着他们对其他球队的表演）。加扎在温布利对阿森纳的足总杯半决赛上的任意球的确令人惊讶，那是我所见过的最非凡的进球之一……但我愿以所有的心跳祈愿我从未看到它，而且他根本没有打进那个球。甚至，在前几个月我就开始祈祷加斯科因不能上场，这就是足球这项运动自我分裂的重心所在：有谁会买一张昂贵的剧院门票，却希望这场表演的明星不能出场？

当然，中立者会希望在壮丽的舞台上看到属于加斯科因的精彩瞬间，但是在球场里中立者寥寥无几。那里有阿森纳球迷，像我一样惊魂不定，有托特纳姆球迷，正随着第二个进球的到来而激动得发

---

① Nijinsky（1889—1950），俄罗斯著名芭蕾舞艺术家。Maria Callas（1923—1977），20 世纪最伟大的女高音歌唱家，美籍希腊人。

抖——在一场乱战之后莱因克尔在门前两码将球打进——实际上，他们此后变得更加疯狂，因为2-0的比分意味着十分钟后阿森纳就将彻底完蛋。因此，当一些比赛中最精彩的时刻与球迷的关系尚且如此矛盾时，娱乐与球迷之间的关系又在哪里？

的确存在这样的关系，但它离直接的关系差得很远。举例来说，托特纳姆通常被认为是一支更出色的球队，却从没有像阿森纳一样赢得更多球迷无保留的支持；那些拥有娱乐声誉的球队（比如西汉姆、切尔西、诺维奇）也没能引来排队买票的球迷。对我们大多数人来说，我们球队的踢球方式并不是重点，赢得奖杯和冠军也不是重点。我们中很少有人是主动选择我们的俱乐部，他们只是简单地出现在我们面前；如果他们掉落到乙级或者丙级联赛，或者卖掉他们最好的球员，或者买入你知道根本不会踢球的队员，或者七百次将球吊向一个九英尺的中锋，我们只是咒骂，回家，在两星期的焦虑之后，回到那里再次全部承受一遭。

对我来说，我首先是个阿森纳球迷，其次才是个足球迷（而且，是的，再说一遍，我知道所有关于阿森纳的笑话）。我将永远不可能欣赏加扎的进球，而同样的时刻数不胜数。但我理解悦人耳目的足球，而且喜爱阿森纳制造的为数不多的相关时刻；当那些在各方面都无法与阿森纳相比的球队踢出富有才华和活力的足球时，我也能够欣赏。像其他人一样，我多年来一直为英格兰比赛的缺陷，以及我们国家队所踢的一成不变的沉闷丑陋的足球而惋惜、哀叹，但说实话，在心灵深处，那不过是酒吧闲话而已。抱怨沉闷的足球有一点像抱怨《李尔王》的悲惨结局，不知怎么就失去了重点，而这正是艾伦·德班所理解到的东西：足球是一个可选择的世界，像工作一样严肃和充满压力，带着同样的烦恼、希望、失意和偶尔的兴高采烈。我去看足球有诸多的原因，但绝不是为了娱乐，当我在周六环视四周，看到那些惊恐、阴沉的面孔，我想其他人的感觉和我一样。对于全心投入的球迷们来说，娱乐足球就像存在于丛林之中的那些树：你假设它存在，但你不在那个能欣赏到它的地方。体育记者和科林斯精神的信仰者是亚马孙河上的印第安人，他们的确比我们知道得多——但在另一方面，他们又知道得太少太少了。

一成不变的阿森纳

阿森纳 v 布莱顿

1980 年 11 月 1 日

那是两支无关紧要的球队之间进行的一场无关紧要的比赛;我怀疑当时在现场的人还有谁会记得关于那场比赛的任何事情,除非那是他们第一次,或者最后一次看球。而毫无疑问的是,那个下午我的两个同伴,我的父亲和我同父异母的弟弟,转天就完全忘掉了那场比赛。我记得它仅仅因为(仅仅因为!)那是父亲最后一次陪我去海布里,虽然我们以后还可能一起去(最近他已经轻描淡写地提过好几次),但起码到今天为止,那场比赛带有一种标志一个时代结束的氛围。

球队看上去和我们十二年前看到的差不多,我肯定他一定抱怨了寒冷的天气和阿森纳的愚蠢,我同样确信我当时一定觉得该为这两件事情负责，并且想对他道歉。而我在许多重要的方面，也与以前没有什么不同。不知什么原因，我依然同样忧郁，就像我小时候一样，尽管因为此时我已意识到这种忧郁，理解它是什么，它看起来似乎比以前更加阴暗和危险。当然，球队仍在那里，和忧郁混合在一起，是低潮的开始或是随着低潮而来，我并不清楚。

但另外一些事情改变了，永久地改变了并且变得更好，特别是我和我的“另一个”家庭的相处。我的继母早已不再是我的敌人——在我们之间有了一种早先我们都无法预想到的真正的温情——而且和他们的孩子们也没有任何问题；但最重要的是，我父亲和我，差不多同时觉察到，我们之间已经到达了新的阶段，足球不再是我们谈话的主要话题。整个 80/81 赛季，我参加教师培训那年，我和他以及他的家庭一起住在伦敦；这是自孩提时代以来我们第一次有这样的安排，它非常美妙。现在我们有了新的事情可做，就像我们今后要做的那样。我推想，无论怎样，他失败的第一次婚姻仍然会掺杂其中，但我们已经能用新的方式去处理，而且运行良好；尽管仍然有挫折和困难，我想已经不具有毁灭性，起码我们之间的问题不会比我的朋友和他们的父亲之间的问题更严重——事实上，我们相处得比大多数人都要好。

当然，那时我并没有想到这些，因为据我所知，一场主场对布莱顿的 2-0 的胜利没有什么特殊意义，改天我们会有另一个最后一场比赛——但当时，我们的首次阖家登场相当的不顺利。我们三个都巴不得立刻离开那儿——父亲在随身带的长颈瓶子里装满了茶，喃喃抱怨着老是在看一成不变的、该死的阿森纳，我在座位上坐立不安，希望无论如何事情变好一点，而乔纳森，仍然年幼并且冻得苍白，而且，我很清楚，他希望他的哥哥和父亲可以找到一种不同的方式，把 1968 年遗留下的问题做个了断。

微不足道的追求

阿森纳 v 曼城

1981 年 2 月 24 日

在这段时间里我迷失了，并把这种迷失保持了好几年。在对考文垂的主场比赛和下一场与曼城的周中比赛之间，我和女朋友分手了，在我身体里腐烂了不知道多少年的东西第一次泄露出来，我在西伦敦一个很难弄的学校里开始了我的教师实习，而阿森纳在斯托克城打平，接下来又被诺丁汉森林打败。那个晚上，看着同样的球员像三个星期以前一样跑来跑去，感觉真是奇怪：我觉得他们应该庄重地彻底改造自己，接受他们在与考文垂的比赛中的面孔、体形和缺陷已经完全属于另一个时代的事实。

如果每一个周中晚上和周末下午都有比赛的话，我一定场场都去，因为这些比赛在那段惨淡的岁月里扮演了标点符号的角色（只有逗号），那时候我喝酒太多，抽烟太多，体重引人瞩目地快速下降。我如此清楚地记得这场比赛完全是因为，这是这种状态下的第一场比赛——在此之后，它们就有些彼此混淆；除了塔尔伯特和桑德兰打入过一些进球，上帝也不知道球场上到底发生过什么。

但足球现在也有了另外一种涵义，它和我的新工作紧密相连。我想到——我想许多年轻教师都会有同样的想法——我的兴趣（特别是足球和流行音乐）是我在教室里的优势。我可以从“小孩子们”那里获得“认同”，因为我理解珍珠酱乐队和劳里·坎宁安[①]的价值。但我没想到，我和我的兴趣一样都是那么幼稚；而且尽管，是的，我知道我的学生们大部分时间在谈论什么，这让我能选好开场白，但并不能帮助我更好地去教他们。事实上我最主要的问题——在某个不幸的日子我的教室里发生了极度混乱的骚动——真的因为我的党派偏见而加剧了。“我是一个阿森纳球迷”，我用我最为迷人的教师嗓音说道，作为向难以应付的二年级学生介绍自己的方式。“Boo！”他们长时间大声地嘘着我。

第二天或第三天，我让一些三年级学生在一张纸上写下他们最喜欢的书、最喜欢的歌、最喜欢的电影等等，然后在上课时逐一和他们谈话。我用这种方法发现了那个坐在最后一排的坏男孩，那个有着摩登头型和永恒的冷笑的男孩（不可避免地，这个男孩拥有最多的词汇和最好的写作风格），完全被阿森纳的一切吸引住了，于是我热情地扑向他。但当我作出我的告白后，并没有心灵的交流，或是充满深情的缓缓拥抱；取而代之的是，我收到一个完全不屑的白眼。

① Laurie Cunningham，英格兰黑人球星。

“你?”他说,“你? 你知道什么?”

那一瞬间,我从他的眼神里看到了自己,一个系着领带的傻瓜,带着阿谀的微笑,拼命地试图挤进某个我没有权利进入也无法了解的地方。但这时某种别的东西——一种发自十三年海布里地狱生活的愤怒,一种被迫放弃了自我认同中最重要的元素之一、变成一个满身粉笔屑、穿粗花呢服装的毫无个性的人的不满——接管了一切,然后我疯狂了。

这种疯狂采用一种奇怪的方式表现出来。我想抓住那个小子的衣领然后把他撞到墙上,对他一遍又一遍地大吼:“我知道得比你多多了,你这个流鼻涕的小杂种!”但我知道这是不明智的。所以我胡言乱语了几秒钟,接着令我自己都感到震惊(我看着它们喷涌出来),一大串拷问脱口而出。“谁为我们在 69 年的联赛杯决赛中进球? 1972 年的维拉公园,鲍勃·威尔逊被替换下场之后,谁进了球? 我们从热刺那里用大卫·詹金斯换来了谁? 谁……?”我的问题一个接一个;那个男孩坐在那里,这些问题就像雪球一样在他的头顶上弹来跳去,而其他学生则困惑地默默看着这一切。

终于,它起了作用——或者至少,我设法说服了那个男孩,我并不是他所认为的那种人。在和曼城比赛后的那个早晨,在我成串问题爆发后的第一个主场比赛日,我们两个平静而诚恳地谈论着我们迫切需要一个新的中场球员,而在接下来的实习期内我和他之间再没发生任何问题。但令我担心的是,我无法让它离开——足球,那最大的障碍,使我在面对一个少年嘲弄的表情时,无法表现得像个成年人。对我来说,教书是一项定义清晰的成年人的工作,而我看起来似乎仍然停留在大约十四岁左右——停留在三年级,事实上。

教练

我的学校 v 他们的学校

1982 年 1 月

当然，我看过《雏鹰》[1]；看到布赖恩·格罗夫带球绕过小孩子并推倒他们，然后判罚给自己一个点球，还煞有介事地做着自我点评，我也哈哈大笑。而我的朋友瑞恩，是剑桥一所学校的代理校长，我在那里教一年级英文（因为剑桥那儿需要人手，因为我在那儿还有些朋友，更因为我在伦敦的教师实习生涯提醒我应该尽量避免去伦敦的学校）。他有着数不尽的真实故事，例如校长们指定自己担任重要比赛的裁判，然后在开场两分钟就把对手的十五岁明星球员罚出场之类。因此，我清楚地知道，校园足球是如何鼓励教师们用各种古怪愚蠢的方式去获取胜利的。

但当你的五年级球队在一场地区德比(尽管不容否认,校园足球很容易造就一大堆地区德比)中上半场就以 0 - 2 落后,而你在中场休息时机敏地做出了战术上的转变,然后孩子们扳回一分,接着,当你的嗓音已经嘶哑,自认失败无力回天时,他们在九十分钟哨响前追平了比分,这时你该怎么做? 你可能会发现自己,像我一样,双脚踢向空中,双拳举向天空,用一种很不庄重而且绝对有失师道尊严的嚎叫来发泄……而就在你的双脚落回边线之前,你一定会想起你是谁,以及这些孩子才几岁,于是你一定会开始觉得,自己好蠢。

---

① *Kes*,20 世纪 60 年代末英国一部经典的励志电影。

球场之上

阿森纳 v 西汉姆

1982 年 5 月 1 日

回首过去,相当明显,看台上的状况正变得越来越糟,迟早会发生一些事情改变这一切。在我的印象里,70 年代比较暴力——那是说,每个星期都或多或少会发生几起斗殴事件——但在 80 年代的头五个年头,随着米尔沃尔的 F 骑兵连,西汉姆的城际联盟(这些小团体随着留在受害者被打扁的身体上的名片而名声大噪),英格兰球迷以及他们所谓的国民阵线联盟——情况变得无法预测而且更加恶劣。警察成批查没小刀、弯刀以及其他我都不认得的武器,比如某种会从里面射出尖刺的东西;还有那张众所周知的照片,一个球迷的鼻子上戳进了一个飞镖。

1982年春天一个美丽的早晨,我带着瑞恩十几岁的儿子马克,去海布里看与西汉姆的比赛,并以一种讨人厌烦的内行口吻向他解释骚乱是怎么发生的,以及一旦发生骚乱,会从哪里开始。我指向北看台的右上角,告诉他那里可能会有西汉姆球迷,没有明显的颜色区别,他们要么发现自己被警察包围着,只好老老实实看球,要么会试图挤到上方屋顶下,把聚在那里的阿森纳球迷赶走;这就是我们在左边看台底层会比较安全的原因,我已经站在这里好几年了。我觉察到,对于我的指导和保护,他真的很感激。

当时,我用专家的眼光扫过那个区域,向他保证那里没有铁锤帮的球迷,然后我们坐下来看比赛;中线开球刚过了三分钟左右,在我们身后突然爆发出巨大的怒吼,以及牛仔长靴那吓人的、低沉压抑的声响。我们身后的人拼命往前挤,我们发现自己正在被推向球场——这时,另一声吼叫传来,我们四下张望,发现一团浓浓的黄色烟雾正向我们翻涌而来。"该死的催泪瓦斯!"有人大喊,还好,感谢上帝那不是催泪瓦斯,但这种警报不可避免地引起了恐慌。此时有太多的人要冲出北看台,我们被推到了那道把我们和球场隔开的低矮挡板上,最后我们别无选择:马克和我,以及其他数百人,跳过了挡板,站在了神圣的草皮上,当时西汉姆正要发角球。我们在那里站了好一会儿,相当清楚地意识到我们是站在一场甲级联赛比赛的罚球区,这时裁判吹响哨子,把球员带出场。这大致就是那场意外和我们有关的全部。我们一起被护送到球场另一边的钟楼看台,在那儿我们相当压抑,沉默地看完了剩余的比赛。

但这里有一个可怕的令人恐惧的讽刺。在海布里没有铁丝围网。如果那里有这东西,那么那个下午我们这些被推向球场的人就有大麻烦了。几年之后,在阿森纳球场进行的一场足总杯半决赛埃弗顿和南安普敦的比赛中，数百名愚蠢的埃弗顿球迷在他们的球队凭借姗姗来迟的进球获胜之后冲入了球场，于是英足总决定海布里不再作为半决赛的比赛地点（尽管他们现在又再次改变了决定），除非俱乐部用围网把球迷区隔开。虽然会导致收入损失，但为了他们永恒的信誉，俱乐部最终还是拒绝了足总的要求（抛开安全问题不谈，它会阻碍视线）。然而，希尔斯堡有那些围网，因此直到 1989 年之前被认为适合这类比赛；于是在那一场利物浦和诺丁汉森林队的足总杯半决赛中，被挤向铁丝网的人死了。是围网，这个被认为保障比赛顺利进行的东西，杀死了他们，导致他们在那可怕的碾压中无法跑到球场上躲避。

在和西汉姆联队的比赛结束后，一个年轻的阿森纳球迷在球场附近的一条街上被刺，死在了他倒下的地方：一个阴郁的午后令人作呕的结果。当我星期一早上回到学校，面对着一班不知所措的二年级学生，我慷慨激昂、声嘶力竭地抨击了整个暴力文化。我试图说服他们，他们的那些小流氓装备——他们的马丁大夫鞋、绿色飞行夹克以及长钉似的头型——全都助长了那个过程，但他们太年轻了，而且我太语无伦次。然而我当时并没有充分认识到，这件事有些令人作呕，那么多人当中，居然是我来教训这些不懂事的孩子，告诉他们穿成那样，并不代表你就是那样，想要装成小流氓本身就是一种可悲的追求。

怪物家族和昆汀·克里斯普

萨弗瓦尔顿 v 迪普垂

1983 年 5 月

我会在任何时间、任何地点、任何天气下看任何一场足球比赛。在十一岁到二十五岁之间，我偶尔造访约克路，梅登赫德联队的主场，他们起初参加雅典人联赛，后来参加伊斯米安联赛[1]；偶尔我甚至会去看他们的客场比赛。（1969 年他们在决赛中 3－0 打败沃夫顿队赢得伯克·巴克成人杯的那个伟大日子，我就在现场，我想那是在切斯汉姆联队的主场。而有一次在法恩堡，一个男人从俱乐部房间里走出来，告诉远道而来的球迷们声音小一点。）在剑桥，当剑桥联队或阿森纳没有比赛时，我会去米尔顿路，剑桥城队的主场。当我开始教书以后，我会和我的朋友瑞恩一起去看他的女婿莱斯，他为萨弗瓦尔顿踢球，以帅气的外表和得体的举止赢得了“业余联赛的加里·莱因克尔”的美誉。

业余联赛的迷人之处有一部分在于它的观众：尽管没有任何意义，但有些来看比赛的观众仍异常疯狂，也许是被他们看了好几年的足球品质逼成这样的。（在甲级联赛的看台上同样有疯子——我和朋友们在北看台数年来每周都极力避开在我们附近的疯子——但夹在那些偶尔来球场的人中间他们不那么显眼。）在米尔顿路有一个老男人，我们叫他昆汀·克里斯普②，因为他的满头白发和一脸皱纹带有一种让人放松戒心的阴柔特质：他整整九十分钟都戴着头盔，绕着场地一圈圈地走来走去，嘴里还不停地喃喃自语，就像一只老灰狗（你可以看到他独自一人走到球场的远端，那里没有看台，然后小心翼翼地在泥泞和碎石中找路走，不屈不挠地执意完成巡回之旅），每当走到边裁附近，就对他们恶声谩骂：“我会向足总投诉你！”在约克路，曾经有整整一家人（也许现在还在），由于他们怪异而不幸的生理外表，被大家称作芒斯特家族③，他们表现得就像是两百名观众的服务员，尽管这些观众根本不需要他们的服务；还有哈里·泰勒，一个非常老而且有点单纯的人，每周二的周中比赛他都无法看完，因为星期二是受洗夜，每当他入场，大家都会高唱向古老的印度克里须那神致意的圣歌曲调来迎接：“哈里哈里，哈里哈里，哈里哈里，哈里泰勒。”业余联赛的足球，也许正因为它特有的自然本质，吸引了这些人，而当我这么说的时候，我完全知道我也是被吸引过来的人之一。

我一直想要找到一个地方，把我自己完全融入到足球的风格和

---

① 雅典人联赛和伊斯米安联赛都是英格兰较低级别的业余联赛。

② Quentin Crisp，英国作家、演员，著名的同性恋者。

③ *The Munsters*，60 年代美国一部著名的哥特式喜剧电视连续剧。芒斯特一家长相怪异但善良可亲。

节奏中，根本不必在乎比分。我想如果环境正确的话，这种比赛能够成为新世纪治疗抑郁症的一种方法，在我面前疯狂走动的人不管怎样都会吸引我，这样我身上的一切都能消散在其中，但它从来没有起过作用。开始我会因为那些怪癖而分心——球迷们、球员们的叫喊声（“把他扔到茶吧去！”我们的英雄，梅登赫德的米基·查特顿，在一个下午对着他那个正在面对一个特别狡猾的边锋的队友焦急地喊），那特殊的、即兴的娱乐表演（剑桥城队会在《今日赛场》的曲调中步入球场，但是那音乐经常在关键时刻会突然音量变小，发出一阵令人同情的叹息声）。而一旦我对这些产生了兴趣，我就开始在意；然后过不多久梅登赫德、剑桥城队以及萨弗瓦尔顿队就开始对我有了特别的意义，比他们本身应该有的意义更多，于是我再一次深陷其中，于是治疗无法起到效果。

萨弗瓦尔顿那个小小的球场是我见过最好的看球场地之一，而且在那儿的人似乎总是正常得令人惊讶。我去那里是因为瑞恩、马克以及他们的狗狗本恩也去，我去那里也因为莱斯在那儿踢球；然后，没过多久，当我认识了那些球员，我开始关注一个充满天赋却又懒散的前锋，他叫阿尔夫·拉姆齐①，也许这不是他的真名，据说他是一个烟鬼，他用那种经典的格里夫斯式的方式踢球，除了一场比赛进一两个球，其他的什么都不做。

当萨弗瓦尔顿以 3－0 打败迪普垂并且赢得了某个奖项——埃塞克斯成人杯？——在一个温和的 5 月晚上，那里洋溢着一种职业足球里永远不能相比的温情。一群人数少得可怜的观众，一场好比赛，整整一队对他们的俱乐部忠心耿耿的球员（莱斯在他的足球生涯

① 与 1966 年率领英格兰队夺得世界杯冠军的主教练 Alf Ramsey 爵士同名。

里从来没有为别的球队踢过球，就像他那些在小镇里居住的队友一样)……而当比赛结束之后，观众走向了球场，不是要像球场入侵者们经常干的那样寻衅滋事，也不是为了虚张声势或者抢镜头，而是去祝贺球队。绝大多数的队员都是观众的兄弟、儿子或者丈夫。支持大球会的经历会充满辛酸，即使它意味着什么，你也无能为力，只能观望并接受职业体育本身的酸楚。但有时像这样，从中挤出一段小小的假期也挺不错，试想一下，如果阿森纳球员们都来自伦敦的 N4 或 N5 区，都有自己的工作，踢球仅仅因为他们热爱比赛和他们所效力的球队，那将会是怎样一番情景？这种想法很令人伤感，但是像萨弗瓦尔顿这样的球队就是会让人伤感；如果在阿森纳进场时播放的《顶级球队》旋律突然糟糕地音量减小，就像剑桥城队的磁带那样，球员们会彼此对视而开怀大笑，那感觉一定非常美妙。

查理·尼古拉斯

阿森纳 v 卢顿

1983 年 8 月 27 日

你怎能无视那无处不在的预兆？1983 年夏天，在当了两年教书匠之后，我辞掉了工作，去当一个作家；几个星期过后阿森纳击败所有对手，签下了不列颠足球最炙手可热的财产——查理·尼古拉斯，那个“炮弹小子”，上个赛季苏格兰打进了五十多个进球的凯尔特人球员。现在我们充满期待。有了查理的加盟，我预感自己那些诙谐而敏感的剧本绝不可能失败，首当其冲的就是——喔，那深不可测的创造力是如此神秘——关于一个成为作家的教师的故事。

现在很容易看清楚，我不应该将查理的加盟和我自己的前途联系起来，但在当时我发现很难抗拒这么做。在 1983 年夏天，特里·

尼尔、唐·霍尔以及媒体的乐观情绪裹挟着我，而对查理的炒作也变得越来越狂热（实际上，在赛季开始之前，他在众多小报面前表现得近乎白痴），这让我很容易相信报纸上正在谈论的是自己。很有可能，我感觉，自己即将成为电视剧领域的，然后是西区剧院的炮弹小子（虽然我对其中任何一个领域都毫无所知，甚至我还经常表达对舞台剧的蔑视）。

所有这些单纯而明显的吻合一直困扰着我。新近一次出现要回溯到1976年，当时特里·尼尔主持大局而麦肯·麦克唐纳加入俱乐部，恰逢我即将告别大学生活。而这次在查理到来之后，仅仅过了一年（当时我们在甲级联赛中好几个月都排名榜首，踢得前所未有的好），我就离开我在剑桥搞出的种种可怕的混乱，回到伦敦开始新的生活。也许足球队和人一样总是需要新的起点；也许阿森纳和我比大多数人需要得更多，因此我们彼此适合。

在这件事上，查理证明他是我未来命运的相当正确的指示器。我为此而来，他的第一场比赛，当然，还有其他足足四万人，而他表现得差强人意：他没有进球，但他完成了自己的角色，而且我们以2-1获得胜利。尽管他在接下来对狼队的客场比赛中打入两球，但那也是直到圣诞节后他在联赛中的所有收获（11月份他在联赛杯对托特纳姆的比赛中打入一球）。下一个主场比赛对阵曼联，他看上去反应迟缓，全然不在状态，而对手也大大强过我们——我们以2-3失利，但我们一直没有完全投入比赛。（事实上，直到12月27日之前，他在海布里一个球也没打进，而当他在对伯明翰的比赛中打进一粒点球之后，我们像打进了托特纳姆三个球那样热情地庆祝。）他的第一个赛季，简单归结，是一场灾难，就像整个球队所面临的一样，而主教练特里·尼尔，在11月和12月初的一连串糟糕战绩之后就被解雇了。

另外一个炮弹小子，那个文学版的，完成了他充满想象力的剧本，并收到了一封语句亲切、充满勉励的拒绝信；接着开始写另一个，仍然被拒绝了，并且这回一点儿也不亲切。然后他开始做起最凄惨的工作——私人教师、校对以及助教——以支付房租。在圣诞节前他也没有得分的迹象，而在接下来的几个圣诞依然如故；如果他支持利物浦，并将命运和伊恩·拉什联系在一起，他可能在5月就赢得布克图书奖了。

1983年我二十六岁，而查理·尼古拉斯只有二十一；在接下来的几个星期里，当我望着看台上数以百计的查理头型和耳饰，为自己那日渐稀疏的头发已不允许我参与其中而深感惋惜的时候，我突然想到，我的英雄不会像我一样变老。我会变成三十五岁、四十岁、五十岁，但球员们永远不会：保罗·默森，罗基，凯文·坎贝尔……我比我喜爱的现役阿森纳球员大十岁以上。我甚至比大卫·奥利莱，那个老枪手、那个“老爹”，还大一岁，他的速度显然不如以往，而且为了保护他那吱吱作响的关节和日渐衰退的精力，他的首发场次也受到了限制。然而，这并没造成任何不同。从各方面来看，我仍旧比奥利莱年轻二十岁，并且比所有二十四岁的人小十岁。在某个重要的判断上，我的确是：他们已经做到了我永远做不到的事，有时候我甚至觉得，如果我能在北看台下打进一球，然后跑到球门后冲向球迷，我就能最终摆脱那幼稚的一切。

长达七个月的低潮

剑桥联队 v 奥海姆竞技

1983 年 10 月 1 日

这是又一个典型的剑桥赛季的开局。他们赢一场，平两场，输两场，但他们一直像这样开局；在 10 月初，我的朋友们和我一起看着他们以 2－1 击败了奥海姆（顺便提一下，那支球队拥有安迪·格拉姆、马克·沃德、罗吉尔·帕默尔以及马丁·巴克恩）；他们排名到了舒服的中间位置，他们正常该待的地方，然后我们满足而开心地回家，准备迎接又一个一无所获的赛季。

然后事情就这样发生了。在 10 月 1 日到第二年 4 月 28 日之间，他们未能赢得一场比赛，主场对水晶宫，客场对利兹联队，主场对海斯菲尔德，客场对普利茅茨，主场对布莱顿和德比郡，客场对卡迪夫，主场对米德尔斯堡，客场对纽卡斯尔，主场对富勒姆，客场对萨洛普，主场对曼城，客场对巴恩斯利，主场对格利姆斯比，客场对布莱克本，主场对斯旺西和卡莱尔，客场对查尔顿和奥海姆，主场对切尔西，客场对布莱顿，主场对普利茅茨，客场对德比，主场对卡迪夫和谢菲尔德星期三，客场对海斯菲尔德和水晶宫，主场对利兹，客场对米德尔斯堡，主场对巴恩斯利以及客场对格利姆斯比。

三十一场比赛未能获胜，打破了足球联赛的纪录（你可以去查），其中有十七个主场比赛……而我看了全部十七场，还有在海布里的几场比赛。我仅仅错过了足总杯第三轮剑桥联队在主场被德比击败的比赛——作为圣诞礼物，和我同居的女孩带我周末去了巴黎。（当我看到球票上的日期时，我令人羞愧地毫不掩饰失望，而她因此深受伤害。）我的朋友西芒看了十七场比赛中的十六场——在 11 月 28 日对格利姆斯比的比赛之前几个小时，他在伦敦把脑袋撞在了一个书架上；他的女友不得不把他的车钥匙拿走，因为他摇摇晃晃地一直试图开车从富勒姆去阿比球场。

然而，假设我的忠诚受到严峻的考验是非常荒谬的：我从未想过抛弃球队，仅仅因为他们没有能力打败任何对手。事实上这段长时间的不胜（由此带来的不可避免的结果就是降级）本身开始充满了戏剧性，这种戏剧性按照事态正常发展的话是完全看不到的。不久，当赢得比赛似乎成为一种不可能的选择，我们开始调整到一个不同的目标，并寻找可以替代胜利的满足的东西：进球，平局，面对彻底充满敌意的命运时的勇敢表现（球队有时真是非常、非常的不走运，就像一支整整六个月没有赢球的球队注定该有的所有不走运一样）……这些都成为安静的、有时带着自嘲的庆祝的原因。不管怎样，剑桥联队在那一年臭名远扬。不论先前他们的比赛结果看起来多么不值一提,他们现在经常能在《体育报道》上被提及,占据一席之地;即使过了七年之后,当我告诉人们在那段时间,我也曾在那里,在某些场合也还是会得到一些社会声望。

最后,从这段我的足球历史上独一无二的经历中,我学到了:无论事情多么糟糕,对我来说真的不重要,比赛结果和任何事情都毫无关联。就像我之前暗示的那样,我希望成为那种人,把他们家乡的球队当成本地的餐馆,如果他们端上来有毒的垃圾,我会再也不去光顾。但不幸的是,有许多像我一样的球迷(这也是为什么足球让它自己陷入如此众多的混乱当中而不必负责清理的原因之一)。对我们来说,消费就是一切,而产品的质量无关紧要。

椰子

剑桥联队 v 纽卡斯尔联队

1984 年 4 月 28 日

在 4 月尾上，拥有凯文 · 基冈、比尔兹利以及瓦德尔的纽卡斯尔联队驾临阿比球场。他们离乙级联赛的冠军不远，如果他们想确保升级的话，就必须赢得这场胜利，而剑桥联队当时早已注定降级。开场仅仅一分钟，剑桥联就赢得一粒点球并得分，虽然参照他们最近的比赛记录，这比分本身并不牢靠——我们早已从过去的几个月里学到，会有数不清的方式让领先者被逆转击败。但接下来的比赛再没有进球；最后五分钟，当剑桥联把球尽可能地踢向远端，你会以为他们就要赢得欧洲杯了。

随着终场哨声响起，球员们（他们中的大多数是刚买过来或从预备队提拔上来以停止球队溃败的,还从未踢过一场胜利的比赛)彼此拥抱在一起,并且高兴地向狂喜的主场球迷们挥手致意;从10月份以来俱乐部的DJ第一次能够播放《我得到一串可爱的椰子》了。从长远看那场胜利毫无意义,而且下一个赛季他们又降了一级,但在那个漫长、黯淡的冬季之后,那是值得回味的几个小时。

这是我最后一次去阿比球场;那个夏天我决定离开剑桥和剑桥联队,回到伦敦和阿森纳的怀抱。但那个下午——从某种角度来看它古怪、有趣、让人兴高采烈,但从另一角度它则让人心碎,那是一种从未有过的相当私密的足球体验(在对纽卡斯尔比赛的观众中,剑桥联队的球迷大概不到三千人)——是我和这个俱乐部关系的完美结束。而有时,当支持甲级球队对我来说成为一件不讨好并且无法辩解的沉重任务时,我会非常思念他们。

皮特

阿森纳 v 斯托克城

1984 年 9 月 22 日

“你一定要见见我的朋友，”人们常常这样对我说，“他是一个大阿森纳球迷。”于是我去见了那个朋友，但结果往往是，最好的情况下，他会在周日早晨看看报纸上阿森纳的比分，而在最坏的情况下，他除了丹尼斯·康普顿之外说不出任何一个球员的名字。这些盲目的约会没有一次成功；我过于苛求了，而介绍给我的对象们也对继续发展关系根本不感兴趣。

所以当我在对斯托克城队的比赛之前在七姐妹路上被介绍给皮特时，我真的没抱什么期待；但那是一场完美的、改变人生的比赛。对于有关足球的一切他像我一样愚蠢（而且一直如此）——他有同样愚蠢的回忆，同样的倾向，允许他的生活中一年有九个月被固定的赛程表和电视节目单所控制。他在重大比赛之前同样会紧张得胃痉挛，而在糟糕的失利后也同样会陷入可怕的抑郁。有趣的是，我认为他也有同样的倾向——对他的生活有一点放任自流，对将来打算做什么一片迷茫；我想，像我一样，他对让阿森纳填满那个本应由其他东西占据的缝隙也有同样的疑惑，不过我们全都这么做了。

遇见他时我已经二十七岁了，没有他的影响，我想我可能会在接下来的几年里渐渐离开俱乐部。我已经到了开始漂离的年龄了（尽管那些我应该漂往的东西——家庭生活，孩子，我真正在意的工作——还不存在），但和皮特的相识让相反的事情发生了。我们对足球的渴望变得更加迫切，而阿森纳开始重新在我们内心深处扎了根。

也许那个正巧合适的时间帮了忙：84/85 赛季一开始，阿森纳在甲级联赛中领先了好几个星期。尼古拉斯在中场展现了惊人的技艺，玛里纳和伍德科克看起来就像是我们寻找了多年的锋线搭档，防守也固若金汤，于是又一个乐观的小火花点燃了我，让我再次相信，如果事情能够为球队改变，那么他们也能为我改变。（到了圣诞节，在一连串令人失望的结果之后，球队和我都重新回到了绝望的泥沼。）也许如果皮特和我是在下一个凄惨赛季的开始见面，事情就不会同样的发展了——也许我们就不会在那至关紧要的前几场比赛中感受到相同的激励而成为搭档了。

不过，我怀疑，阿森纳赛季初的足球质量对一切无关紧要。这么说吧，有另外一份日程表，包括我们共有的对待海布里之外的事情的无力，以及我们共有的需要——为自己挖出一个小小的冰屋，以在 80 年代中期和我们二十多岁最后几年的冰风暴中保护自己。从我在 1984 年遇见皮特开始，七年当中我错过的阿森纳主场比赛不超过半打（头一年四场，都与我个人生活连续的剧变有关，而有四个赛季一场都没错过），并且去看了比我以前多得多的客场比赛。尽管有球迷几十年里从未错过任何比赛，主场或者客场，但如果你知道在 1975 年，当时正在成长的我连续好几个月没有去看比赛，或是在 1983 年，当时我和俱乐部的关系保持在一种礼貌、友好而疏远的状态，就一定知道我会对目前的纪录感到多么惊奇。皮特把我推过了边界，而我有时不知道是否应该感谢他。

海瑟尔事件

利物浦 v 尤文图斯

1985 年 5 月 29 日

1984 年夏天，我离开剑桥来到伦敦，在苏活区的一所学校找到一份教授外国人英语的工作，一份暂时的工作，却不知为何做了四年，就像我因为倦怠、恐慌或一时机缘所陷入的所有事情一样，比它本应持续的时间要长得多。但我喜欢这份工作，也喜欢学生们（大部分是年轻的西欧人，在学位课程之外挤出时间来上课）；虽然教书让我有了充裕的写作时间，我却什么也没写，把那些漫长的下午都消耗在了老康普敦街的一间咖啡吧里，或者是陪同事，或者和一群迷人的意大利年轻人在一起。那真是一种浪费时间的完美方式。

当然，他们知道足球（这个话题不知为什么不止一次在一堂会话课上突然出现)。所以5月29日下午,当那些意大利学生开始抱怨他们看不到电视,因此不能看到那晚进行的利物浦对尤文图斯的欧洲冠军杯决赛时,我主动提出给他们钥匙去学校,这样我们就能一起看比赛了。

当我抵达时,他们已经来了不少人,我成了那个地方唯一的非意大利人;在他们快乐的敌对情绪和我模糊的爱国意识的感召下,那一晚我被迫成为一个荣誉利物浦球迷。当我打开电视,吉米·希尔和特里·维纳布尔斯还在对话,于是我把声音调小了一些,好让我和同学们聊聊比赛,当我们在等待比赛开始时,我把一些专业词汇写在了黑板上。但是过了一会儿,闲聊渐渐打住,他们想知道比赛为什么还没开始,英国人在说什么,直到那时我才意识到发生了什么事情。

于是,我不得不向一群美丽、年轻的意大利男孩女孩解释,在比利时,一伙英国足球流氓导致三十八个人死亡,他们大多数是尤文图斯球迷。我不知道如果我在家里看比赛的话会有什么感觉。我可能会和那晚在学校时一样,感觉到同样的愤怒,同样的绝望,以及同样可怕同样恶心的羞耻;我怀疑我是否会有同样想道歉的冲动,一遍一遍又一遍,虽然也许我早就应该这么做了。当我独自处在属于我私人的客厅里,我肯定会为这一切绝对愚蠢的行为而哭泣,但在学校里我无法做到。一个英国人在海瑟尔那个夜晚站在一群意大利人面前哭泣,我想那也许会有点过头。

1985年一整年,我们的足球都在无法控制地朝着这个方向走去。在卢顿发生了令人震惊的米尔沃尔球迷的骚乱,警察被冲得七零八落,事态似乎已经发展到在英格兰足球赛场上前所未见的严重程度

(就在那时撒切尔夫人设想出了她那荒谬绝伦的身份证计划);还有切尔西对桑德兰时的骚动,那里的切尔西球迷甚至冲进球场袭击球员。这些事件的间隔仅仅只有几星期,但它不过是冰山一角。海瑟尔事件的发生,就像圣诞节一样不可避免。

最后,令人意外的是,造成这些死亡的原因是像类似奔跑一样无害的行为,这是半数以上的英格兰年轻球迷在国内沉湎的行为,除了吓唬吓唬对手和取悦奔跑者以外,没有任何其他意图。可是那些尤文图斯球迷——他们中的许多人是穿着时尚的中产阶级男女——根本不知道这些,他们凭什么会知道?对这些我们其他人几乎是在不知不觉中学习到的有关英国群体行为的复杂知识,他们一无所知。当他们看到一群尖叫着的英国足球流氓跑向他们时,他们惊慌失措,逃向护墙的边缘。一面墙倒塌了,在随后发生的混乱中,人们被碾压致死。那是一种可怕的死亡方式,而我们或许就这么眼睁睁地看着他们死去:我们都记得那个大胡子的男人,长得有点像帕瓦洛蒂,伸着他的手乞求让开一条出路,但没人能够提供这条路。

那些后来被逮捕的利物浦球迷也一定真的不知所措。某种意义上,他们的罪恶仅仅因为他们是英国人:那仅仅是他们文化中的固有行为,只不过逾出了本身的环境之外,被转移到一个根本不理解它的地方,杀了人。在海瑟尔惨案之后的那个12月,阿森纳球迷对利物浦球迷高唱着“杀人犯! 杀人犯!”但我怀疑,任何一群英国球迷到了同样的环境里都会做出同样的事——而这种环境就包括一个令人绝望的准备不足的地方警备力量(布赖恩·戈兰维尔在他的《欧洲冠军》一书中披露,比利时警方对暴力行为在比赛开始之前就已发生感到非常惊讶,而那时只要给英国任何一个大城市的警察部门打一个简单的电话，都能让他们恢复正常)，一个可笑的老式露天球场，一群心怀恶意的敌队球迷，以及足球相关部门可怜的束手无策——然后同样的事情一定还会发生。

我想这就是为什么我对那个晚上的事件感觉如此羞愧的原因。我知道阿森纳球迷们可能做出同样的事情，而如果阿森纳那晚上在海瑟尔比赛的话，我一定也会在那里——不会打架，也不会在人群中跑来跑去，但很可能是诞生这种行为的群体的一部分。而任何一个曾在无数次相同场合用这种方式表达对足球的喜爱的人，面对这种行为被永久赋予的那种强烈的残暴气息，都应该感到羞愧。因为这种悲剧真正的要点在于：球迷们可能会通过电视报道看到，比如说，卢顿对米尔沃尔时发生的骚乱，或者阿森纳对西汉姆时的刺伤事件，他们会感到一阵泛呕的恐怖，但并不会觉得和自己有什么真正的关联或牵涉。那些罪犯非我族类，并不被我们其余这些人理解和认同。但那些近乎儿戏的、却在布鲁塞尔被证明是会杀人的、明白清楚地属于看上去无害却显然具有威胁性的一连串行为——暴戾的歌唱、下流的手势、所有琐屑而恶劣的动作——在少数球迷当中已经肆意妄为了近二十年。总之，海瑟尔事件是一种文化的有机组成部分，我们中间的许多人，也包括我在内，都对此作出过贡献。你无法像对在卢顿的米尔沃尔球迷，或者在他们的联赛杯比赛里的切尔西球迷一样，看着那些利物浦球迷然后问自己：“这些是什么人啊？”你早就知道。

我依旧为我看了这场比赛的事实而局促不安；我应该关掉电视，叫每个人回家，单方面决定足球不再重要，相当长时间都不会重要。但我认识的每一个人，不管是否看了比赛，或多或少都在关注这件事;在我的学校教室里,没有人真的再去关心谁赢得了欧洲冠军杯,但有一种无法抹去的伤痕仍然持续困扰着我们,让我们想去谈论那个让尤文图斯以1-0获胜的可疑判罚。我一向认为我对大多数与足球相关联的不合理都有答案,但这一个似乎违反了所有的解释。

死无葬身之地

阿森纳 v 莱斯特城

1985 年 8 月 31 日

海瑟尔事件之后的那个赛季是我记忆里最糟糕的一个赛季——不仅仅是因为阿森纳孱弱的表现，尽管那于事无补（而且我很后悔曾经说过，假如我们赢得了联赛或杯赛冠军，我肯定能从另外的角度看待那些死亡），而是因为每件事都像是由于 5 月发生的事而受到了伤害。那些多年失修的大门，现在变得更加破败，而看台上那些惊人巨大的空白突然格外扎眼；比赛的气氛变得很压抑；不能参加欧洲比赛，联赛第二、第三或第四名都毫无用处（联赛的高排名在以前意味着一个欧洲联盟杯的参赛席位），可以推想，赛季下半段里的大多数甲级比赛将会比以往更加没有意义。

我的一个意大利学生，一个拥有尤文图斯季票的年轻女孩，发现我是一个球迷，于是问我是否可以和我一起去海布里看与莱斯特城队的比赛。虽然她是一个好同伴，而且能和一个来自欧洲大陆的女偏执狂一起探讨她的偏执同我的偏执之间有何差别，这样的机会并不常有，我仍对此犹豫不决。这肯定不是因为我不能带着一个年轻女孩，站在北看台的一群暴徒中间（即使是一个意大利人，一个尤文图斯球迷，在海瑟尔事件三个半月之后）：她在星期天下午花费时间在一起的人，和我们在5月所见到的那些人有着相同的英国病的症状，而她早已将我为利物浦球迷的行为所作的笨拙而真诚的道歉抛到了脑后。犹豫不决更多是因为我对以下所有这些深感羞耻——令人绝望的阿森纳比赛质量，空着一半的看台，安静的、漫不经心的观众。结果，她说她享受到了乐趣，并且指出尤文图斯在赛季初同样表现得很糟糕（阿森纳在七十五分钟破门得分，然后把剩下的时间花费在设法让毫无斗志的莱斯特城队远离球门上）。我没有告诉她，那已经是我们最好的表现了。

在我作为一个体育迷的前十七年里，去看球赛总有一些超过或高出它本身的复杂而扭曲的个人意义。即使我们没能获胜，在剑桥联队那引人注目的漫长失败或阿森纳永无止境的杯赛重赛中，依然有查理·乔治或者利亚姆·布拉迪，庞大嘈杂的观众或者令人着迷的反社会骚动可看。但通过一个意大利女孩的眼睛打量这一切，我可以看到在海瑟尔事件之后，那里真的什么也没有；第一次，足球似乎已经褪干装饰只剩躯壳，而没有了那些东西，我确信自己一定可以弃他而去，就像其他数以千计的人似乎正在做的那样。

再次喝醉

阿森纳 v 赫里福德

1985 年 10 月 5 日

我想,发生在这个国家的足球流氓事件,和发生在国外的有英国球迷参与的骚乱之间有很大的不同。大多数和我聊过的球迷都坚持认为,喝酒对国内的暴力事件并没有太大的影响(就算为了阻止人们在比赛开始前去酒吧,把比赛放在清晨开踢也仍然会有麻烦);然而,到国外去看球,搭乘免税邮轮渡过海峡,经过一段漫长而无聊的火车旅程,再在外国城市熬过要命的十二个小时……完全是不同的问题。有目击者报告在海瑟尔事件之前,利物浦球迷中到处都是醉酒者(你一定要记住,约克郡警方曾经可耻地辩称,喝酒是导致希尔斯堡惨案的原因之一),而且有人怀疑 80 年代初期在伯尔尼、卢森堡和意大利发生的多起英格兰球迷骚乱，也都是酒精刺激的（尽管可能并非酒精引起的）。

海瑟尔事件之后出现了许多极端痛苦而又过度漫长的自我遣责；喝酒，不可避免的，成为其中一大堆问题的焦点，在新赛季开始之前，我们的球场里被禁止出售酒精。这惹恼了一些球迷，他们坚称喝酒与足球流氓行径之间的联系极其微弱，这样做的真正目的是为了回避任何激进的行为。每件事都错了，人们说——俱乐部和球迷们之间的关系，球场的状态和设备缺乏的现实，任何决策过程都缺乏球迷的意见，工作的效率——而当每个人都想去酒吧喝一杯时禁止出售酒精饮料，对此没有任何帮助（正如许多球迷指出的那样，无论如何在球场内喝醉是不可能的，因为会有太多的人在那儿等待服务）。

像任何人会做的那样，我赞成所有这些举措，但即使再多建几个厕所，或在每家俱乐部的董事会里增设一名球迷代表，仍然难以宣称海瑟尔事件就不会发生。重点在于禁止销售酒精饮料没有（也不可能有）任何害处：它不会引发任何暴力事件，甚至也许还会阻止一两次打架的发生。何况，即使没有任何作用，也能显示我们的忏悔是认真的。对那些因为几个喝多了的愚蠢男孩而失去所爱的意大利人来说，禁令可以是一个小小的但能感受到的忏悔。

然后发生了什么？俱乐部抱怨不休，因为禁令影响了他们和他们比较富有的球迷之间的关系，于是禁令解除了。10 月 8 日，海瑟尔事件十七个星期之后，在一个惨淡的夜晚，皮特和我以及其他一些人决定为我们在西看台下层买一个座位看一场联赛杯比赛，然而令我们惊讶的是，居然能买到一瓶烈酒驱寒：规定从“禁止酒精”变成了“禁止酒精在场内出现”，好像草坪和威士忌的迅猛结合会激怒我们，让我们陷入疯狂似的。所有那些苦行僧式的忏悔者到哪里去了？俱乐部到底做了什么,来证明我们拥有管束自我的能力,证明我们有一天能和另一支欧洲球队比赛时,不会让他们半数的球迷翻倒在球场上?警察们正在作出努力,而球迷也在努力改变(正是海瑟尔事件后的绝望气氛,导致了救命的《当周六到来》、所有的俱乐部会刊,以及球迷协会的诞生——四年之后,在希尔斯堡惨案发生后的几个星期里,它的发言人罗冈·泰勒显得那样成熟、热情、干练),但我不得不说,俱乐部什么也没做;这种悲伤的小姿态会花掉他们一点点钱,所以他们废弃了它。

陷阱

阿斯顿维拉 v 阿森纳

1986 年 1 月 22 日

阿森纳 v 阿斯顿维拉

1986 年 2 月 4 日

1986 年 1 月在维拉公园球场举行的联赛杯四分之一决赛客场比赛是我能回想起来的最美妙的夜晚之一:一座我从小到大都没见过的、如此宏伟的体育场,极好的客场支持者,一场美妙的比赛以及一个合理的比分(1－1,上半场查理·尼古拉斯打入一球,而在下半场开始阶段,瑞克斯和奎因相继错失了必进的机会)。那个夜晚也有一个有趣的历史性的环境:在 1 月的冷冽空气中,至少在我们附近,有浓厚的大麻烟味,我第一次真正注意到,某种不同的看台文化正在显现出来。

圣诞节过后球队有了一次小小的复兴:就在事情开始变得真的很糟的时候,连着两个星期六,我们在主场击败利物浦,在客场击败曼联。(在与利物浦比赛之前,我们在埃弗顿输了个1-6,接下来连续三个星期一球未进。在中间的那个周六我们在主场和伯明翰踢成0-0,那是一支已经降级的球队,那一定是甲级联赛历史上我们所踢过的最糟糕的比赛。)我们开始允许自己存有小小的期待——总会做的傻事——但是从2月份开始到整个赛季结束,一切都一溃千里。

主场对维拉的联赛杯四分之一决赛的重赛可能是我经历过的最糟糕的夜晚,我和球队关系的新低潮就此被打下烙印。不只是因为失败的方式(那个夜晚唐·霍尔让玛里纳踢中场,而把伍德库克摁在板凳上);也不只是因为联赛杯已经没剩下什么像样的球队,我们至少应该走进温布利(如果我们击败维拉,半决赛将对阵牛津城队);甚至也不是因为整整六年我们未能赢得任何奖杯。原因超越了所有这一切,尽管它们已经足够黯淡。

部分是因为我自身隐藏的忧郁症,永远在寻找一个出口,并喜欢上了那个夜晚它在海布里所看到的;但不仅如此,我像平常一样期盼阿森纳告诉我,事情不会永远那么糟糕,改变模式是完全有可能的,失败的轨迹不会永远持续。然而,阿森纳却有它自己的想法:他们似乎想告诉我,低潮其实可以是永久的,有些人,就像有些球队一样,永远无法找到出路,走出困住自己的房间。对我来说,那个夜晚以及接下来的几天,我们两个都做出了很多错误的选择,而让事情滑落得太远,以至于再也难以回到正确的轨道上来;我又回到了那种感觉,这一次更加深刻也更加惶恐,我和俱乐部捆绑在了一起,因此这悲惨的半辈子将永久持续。

我被这场失利打懵了，而且筋疲力尽（2－1，尽管失利的那一分在最后一刻出现，但我们那时已经被打惨了）：第二天早上一个女性朋友在工作时给我打来电话，听出我声音里疲惫的沮丧，问我发生了什么事。“你没听说吗？”我可怜兮兮地问。她听起来很担心，而当我告诉她发生了什么时，我能听到，仅仅一秒钟，她轻吁了一口气——毕竟，那并不是她即刻为我担心的事情——在她记起正在和谁说话之前，然后那份轻松被她必须表现出的同情心代替了。我知道她并不能真正理解那种痛苦，而我也没有勇气给她解释；因为这个想法，我们之间出现了长久的沉默，而这种僵局，如果阿森纳自己不能解决，我也将不能……这个念头真是愚蠢而且该受谴责的（它给了被淘汰一个全新的含义），然而更糟糕的是，我现在知道我真的相信这一点。

解除僵局

阿森纳 v 沃特福德

1986 年 3 月 31 日

我猜，并不仅仅是对维拉比赛之后的几次结果，让阿森纳董事会意识到他们必须做些什么了，尽管他们做得相当糟糕：尤其可悲的是，足总杯被卢顿以 3－0 痛宰的那场比赛被当作导致主教练唐·霍尔下课的导火索（例如，那盘《阿森纳 1886—1986》的录像就是这么说的），但每个人都知道那不是事实。霍尔实际上是在 3－0 打败考文垂之后辞职的，因为他发现俱乐部主席皮特·希尔伍德背着他接触了特里·维纳布尔斯。

从对维拉的比赛到他辞职期间，我们都能在北看台听到“霍尔下课”的呼声；然而，当他真的辞职之后，失去主教练的球队一败涂地，于是喊声直接指向了主席，尽管我对此无法苟同。我知道董事会应该用相当隐秘的方式行事，但有些事必须改变。阿森纳队——充满派系，薪资过高，球星过气——从未糟糕到降级，但也完全没有赢得奖杯的希望，这种凝滞的状态让你沮丧到抓狂。

在对维拉比赛之后的那个早晨徒劳地想要理解我的那个女朋友，和我一起去看了对沃特福德的比赛，那是她对足球的初次体验。某种程度上那是一次滑稽的引介：看台上不超过两万观众，而且其中大部分人去那里，只是想来挂个号，表示他们对所发生的一切无法苟同。（我属于另外一类：那些人去那里是因为他们总是在那里。）

在球员们拙劣地演出了大约一个小时，并且落后两球之后，奇怪的事情发生了：北看台的忠诚改变了。每一次沃特福德的进攻都被鼓励的吼声支持着，每一个错失的机会都迎来一阵“哦哦”的同情声（那真是有太多太多）。某种程度上那很有趣，但它真令人绝望。那些被完全剥夺了权利的球迷，想不出更能造成伤害的方法来表达他们的厌恶，因此只好转变了支持的球队；这实际上是一种自残行为。显然，现在已经到达了谷底，而只有这样才能得到解脱。我们知道不管主教练是谁（维纳布尔斯很快明确表示他不想卷入这场混乱之中），事情都不可能更糟糕了。

比赛结束后，在主入口外有一场示威，尽管很难搞清楚人们到底想要什么；有些人高呼让霍尔复职，其他人则完全是在发泄那茫然却真实的愤怒。我们溜达过去看了看，但我们这伙人中没有谁能积聚起足够的愤怒去参与其中。从我自己的观点来看，我依然记得在对维拉比赛后的那个早上我在打电话时表现的那种幼稚和神经质，而这场示威奇怪地让我感到欣慰——那个不得不容忍我的愠怒的女孩能够看到,并不是只有我一个人如此,这里有一大群人在关注着他们的阿森纳发生的事情,远远多于他们对其他事情的关注。我时常试图向人解释的关于足球的事——那不是逃避,或者某种娱乐形式,而是一个不同版本的世界——让她清楚地看到了;在某种程度上,我感觉自己被平反了。

1986 — 1992

乔治

阿森纳 v 曼联

1986 年 8 月 23 日

我妈有两只猫，一只叫奥利莱，另外一只叫花栗鼠——利亚姆·布拉迪的昵称；她的车库墙上仍然留存着我二十年前的粉笔涂鸦："英格兰的雷德福德！""查理·乔治！"我妹妹吉尔，在给些提示的情况下，依然能说出那支双冠王球队大多数队员的名字。

1986 年 5 月的某一天，在课间休息时，吉尔打电话到语言学校找我。她当时在 BBC 工作，公司会通过扩音器告诉所有员工刚刚发生的重大新闻。

"乔治·格拉汉姆。"她说，我谢了她然后放下电话。

这是在我家经常发生的事情。我也对阿森纳侵入他们的生活感到不舒服。

那不是一个很有想象力的任命，而且无论俱乐部主席现在怎么说，显然乔治是这个职位的第二甚至是第三选择。要不是他为俱乐部踢过球，而且在我开始看球之前就已经获得巨大的荣誉，很可能他根本就不会被考虑。他从米尔沃尔来，在那里他先是挽救了球队降级的命运，然后又带领他们成功晋级，但我不记得他有过什么非凡之举；我担忧他孱弱的经验会让他把阿森纳当作另一支乙级球队对待，他会小心翼翼地思考，小心翼翼地买进球员，一心只求保住自己的职位，而不是试图向其他那些强大的球队发起攻击。一开始，这些担忧似乎都得到了验证——他入主球队的第一年唯一买进的新球员是佩里·格罗夫斯，从科切斯特花费五万镑买来，随后他立马卖掉了马丁·基翁，不久又卖掉了斯图尔特·罗布森，这些都是我们了解并喜爱的年轻球员。于是队伍越来越小：伍德库克和玛里纳走了，卡顿也走了，而且没有人替代他们。

他赢了带队的第一场比赛，那是主场对曼联，查理·尼古拉斯一记姗姗来迟的进球，让我们带着谨慎的乐观回家。但接下来的两场比赛都输了，在 10 月中旬，他陷入了一点小麻烦。主场对牛津城队的比赛打成了 0－0，就像我们过去六年看到的一样糟糕，在我周围已经有人开始吼叫着辱骂他，对他的小气作风感到愤怒。然而，在 11 月中旬 4－0 大胜南安普敦之后（公平地说，我们所有的四个进球都出现在南安普敦守门员被红牌罚下之后），我们攀到了联赛榜首，并在那个位置呆了好几个月，而且这样的时刻有了更多，越来越多。他把阿森纳带成了五十岁以下的球迷此前从未在海布里见过的模样，而且他拯救了——在这个单词的所有含义上——每一个阿森纳球迷。还有进球……在海布里我们已经习惯了期盼 1－0 获胜，突然间四个、五个甚至六个进球成为常事；在过去的七个月中，我已经见过三个不同球员上演过五个帽子戏法了。

对曼联的比赛还有另一个重大意义：那是我拥有季票的第一个赛季。皮特和我那个夏天买了看台票，不是因为我们期待新的主教练会改变什么，真的，而是因为我们必须来这里满足无可救药的球瘾。继续假装足球只是一时的喜好，或者我们可以有选择地去看比赛已经毫无用处，于是我卖掉了一堆不知为何忽然值钱起来的老朋克唱片，用这些钱把自己和乔治的前途绑在一起，然后常常为此痛恨懊悔，但从没有持续过久。

所有足球关系中最强烈的，理所当然，是发生在球迷和俱乐部之间。但球迷和主教练之间的关系也同样强大。球员很少能像主教练那样改变我们生活的整个基调，每一次一个新的主教练上任，都会许诺比前任更大的梦想。当一个阿森纳主教练辞职或者被解雇时，那情形就像一个君王的死去一样肃穆：波尔蒂·梅和哈诺德·威尔逊[1]几乎同时卸任，但毫无疑问对我来说前者的辞职要比后者更为重要。首相们，无论多么狂躁、不公、恶劣，都不会像一个阿森纳主教练那样对我产生那么大的影响力，所以毫不奇怪，当我回想起我所经历过的四位主教练，我觉得他们都像是我的亲戚。

波尔蒂·梅是祖父，慈祥，有点超尘脱俗，是我无法理解的那一代；特里·尼尔是一个初来乍到的继父，不管他如何努力想表现得平易近人，诙谐幽默，都令人讨厌；唐·霍尔是一个因联姻而结识的叔

[1] Harold Wilson，英国政治家，曾两度出任英国首相（1964—1970，1974—1976）。

叔,阴沉、刻板,但也可能会出人意料地在圣诞节时,用纸牌玩几个有趣的把戏。但乔治……乔治就是我的父亲,比起真实的那个没有那么复杂,却更加威严。(令人不安的是,他甚至看起来还真有些像我老爸——一个身材挺拔、修饰精细的帅气男人,而且对昂贵的正统服装有明显的偏好。)

我经常梦到乔治,或许和梦到另一个父亲的频率差不多。在梦中,和生活中一样,他严厉、坚定、咄咄逼人,叫人难以琢磨;通常他总是在表达对我的失望,为了某种被他察觉到的堕落行为,多半是与性有关,让我感觉罪孽深重。然而,有时候又完全相反,我逮到他正在偷窃或者痛打某人,醒来后会觉得自己受到了伤害。我不喜欢过分去想这些梦以及它们的含义。

乔治结束他在阿森纳五年执教生涯的最后一战,就像他开始时一样,也是主场对曼联的比赛,但这一次海布里充斥着志得意满的喜悦,而不再是怀疑的期盼:在比赛结束前四十五分钟,我们就已经赢得了1991赛季的冠军,球场上到处是喧闹的欢呼、缤纷的色彩,人人脸上都洋溢着微笑。在西看台顶层上挂出一个巨大的横幅,上面简单地写着几个字:“乔治明白”,这句话以独特的方式突出而清晰地刻画出了我和这个人之间那种情同父子的关系。他**真的**明白,这是真实的父亲很难做到的一点,在那个魔幻般的夜晚,他的每一个让人疑惑的决定(卖掉卢基奇,买来林尼安,甚至是坚持使用格罗夫斯)都开始显得高明莫测。也许年轻的男孩就希望父亲是这个样子,只管去做但从不解释,去为我们赢得胜利,然后才可以说:“你怀疑我,但我是对的,现在你必须信任我。”这就是足球的魅力之一,它能够满足我们不切实际的梦想。

男人的幻想

阿森纳 v 查尔顿竞技

1986 年 11 月 18 日

像往常一样，我记得她的第一场比赛而她记不得：就在刚才，我从卧室门口探头出来问她对手是谁，还有比分和进球者，但她能记住的只是阿森纳赢了，尼尔·奎因进了一个。（2－0，另一个是查尔顿防守队员的乌龙球。）

平心而论，回到当时，在我们关系的头几个月里，我们有一些麻烦（麻烦由我而起），我不认为我们中的任何一个相信我们的关系会维持下去。照她现在的说法，她当时认为结束是早晚的事，而且长痛不如短痛，于是选择了一个潮湿、阴冷的 11 月晚上去看对查尔顿的比赛，因为她想以后不会再有多少机会和我一起去海布里了。那不是一场多么重要的比赛，却来得恰是时候，因为阿森纳那时正所向披靡，连续二十二场比赛保持不败，观众很振奋，士气也在上扬，球队里的年轻球员（“岩石”①，尼尔，亚当斯，以及海耶斯，他后来莫名其妙地成为她最喜爱的球员）表现很出色，而且在前一个周六我们都去了南安普敦，亲眼见证球队成为新的联赛领头羊。

她伸长脖子看着能看到的一切，比赛结束后我们去了酒吧，她说她愿意再来一次。这是女人们惯常说的话，它通常意味着她们愿意在另一辈子再来一次，甚至不是下辈子，而是下下辈子。我说，当然，什么时候都欢迎；她立刻问我这个星期六是否还有主场比赛。的确有，而她也来看了，并且看了那个赛季余下的大多数主场比赛。她还去了维拉公园、卡罗路以及其他一些伦敦的球场，有一年她还买了季票。她至今仍然经常去看，而且能毫无困难地认出阿森纳的每一个球员，尽管现在她的热情可能有些减弱，而且随着我俩年纪越来越大，我那一成不变的热忱越来越容易惹恼她了。

我不想说是这一切挽救了我们的关系——实际上，我知道并不是。但它的确有某种不确定的影响，在最初，她突如其来的兴趣让原本混乱的事情变得更加扑朔迷离。在 1987 年新年那天，她和我一起看了 3－1 打败温布尔登的比赛，我开始明白为什么一个不仅容忍而且积极参与到足球日程中的女人，会成为许多男人的幻想对象：我知道有些男人，会破坏前一晚的欢乐以及假日惯常的家庭宁静，把自己强拉到古迪逊或其他地方看一场凌晨结束的比赛，然后带着自找的紧张情绪和恶狠狠的眼神回到家中，而我却呆在海布里某个能带来好运的位置，因为那是我们一天生活的有机组成部分。

---

① 岩石（Rocky）是罗卡索（David Rocastle）的昵称。

然而，接下来我开始想知道，这种分享阿森纳的生活是否就是我真正想要的。曾经，在她突发的热情达到顶点时，我们看到一位父亲带着一个年幼的孩子挣扎着挤入球场，我当时脱口而出，说如果我的孩子还没有大到主动想去看球的话，我就不会带他（或她）去；这导致了一场有关未来的星期六下午如何安置照看孩子的对话，这场对话后来困扰了我好几个星期，好几个月。“我想，交替看主场比赛吧，”她这样说，有那么一会儿，我以为她的意思是她可以试着每隔一场来一次海布里，这样我们的孩子就能一个月仅仅一次寄放在某个地方，而不是更多，而她在能来的时候就来。但她的意思是我们**轮流**去看，也就是说每年有一半的主场比赛我要在家里听五频道体育台或者看首都黄金台（首都黄金台不够权威，但至少可以保证你跟上所有伦敦球队最新的战况），而她却坐在**我的位子**上看**我的球队**，我介绍她认识那支球队不过仅仅几年时间！所以你瞧，好处在哪里？那些拥有厌恶足球的伴侣的朋友能去看每一场比赛；而我——拥有一段和一个女人显然最为理想的关系，她知道为什么没有史密斯阿森纳就会不同——我看到未来的我正坐在客厅里，和一堆《邮差帕特》录像带在一起，开着窗户，悲哀地希望一阵狂风能够带来我那熟悉的呐喊声。这些不是我所期待的——在那个对查尔顿的夜晚，当她说她愿意再来一次的时候。

不仅如此。在我全部的看球生涯中，我一直和别人住在一起——我的妈妈，我的爸爸，我的妹妹，女友，室友——他们都不得不学会容忍足球引发的情绪，而他们所有人，或多或少，都凭借良好的幽默和机智做到了这一点。而突然间，我发现自己和一个试图宣称她也有自己的情绪的女人生活在一起，我不喜欢这样。1987 年小森林杯决赛后，瞧她那副得意的样子……那只是她的**第一个赛季**。她有什么权利在那个周日晚上戴着一顶阿森纳的帽子大摇大摆地走进酒吧？一点权利也没有。对皮特和我来说，这是我们从 1979 年以来的第一项锦标，而她，仅仅在四个月前才去看比赛，怎么能理解那是什么感觉？“你知道，他们不是每个赛季都能赢得奖杯的。”我不停地这样告诉她，就像一位父亲，望着他那从未经历过配给制苦难的、嘴里嚼着玛氏巧克力的孩子，无来由地充满了嫉妒和羡慕。

我很快发现，索回我感情领地的唯一方法，就是发起一场愠怒之战。只要一涉及足球，我自信可以将那些在“足球之痛”宝座上的伪装者毫不留情地拉下马，于是如我所预料的，我打败了她。那发生在 88/89 赛季的收尾阶段，在一场对德比的主场比赛结束之后，在大半个赛季排名甲级联赛第一之后，我们看上去就要失去冠军了。尽管我真的非常沮丧（那个晚上我们去看了埃里克·波特在老维奇剧院演出的《李尔王》，这出戏真的让我提不起兴趣，因为我看不出李尔王有什么问题），但我培育着每一点点的痛苦，直到它变得庞大无比，为了证明这一点，我表现得很恶劣，不可避免地，我们发生了争执（关于去一些朋友那里喝杯茶什么的），而一旦争吵开始，我就知道阿森纳又是我的了：她被逼得走投无路，只好说那只是一场比赛（谢天谢地，她并没有用这些词，但含义就是如此，我能感觉到，非常清晰），而且还有明年，即使今年也不是所有的希望都破灭了，我立刻得意地抓住这些话不放。

“**你不懂**。”我大声吼道，就像我几个月来一直想吼的那样，而且这是真的——她不懂，不真正懂。而我想一旦我有了这个机会，一旦我说出这句话，这句大多数球迷像肾脏捐献卡一样随身携带的话，一切就结束了。她还有什么选择？她可以尝试，或者假装比我做得更过分；她也可以撤退，屈服，把痛苦和狂喜完全留给我，而只在支持我时才使用她自己的痛苦。她是一个非常温和的人,不会对我发怒,所以她选择了后者,于是我可以得意洋洋地说,我才是这栋房子里最大的阿森纳忠犬,而当我们有了孩子,只有我的屁股能够坐在我的季票座位上。我很惭愧,我当然应该惭愧,我不得不使用这种卑鄙的手段;但没过多久,我又开始有些担忧了。

从 NW3 到 N17[1]

托特纳姆 v 阿森纳

1987 年 3 月 4 日

如果这本书有一个中心的话,那么就是这一部分。在 1987 年 3 月的那个星期三晚上,我从汉普斯特德[2]的一个心理医生的诊所到托特纳姆的白鹿巷去看一场小森林杯的半决赛重赛。当然,那不在我的计划中:去汉普斯特德这件事是在必须重赛之前就安排好的。但现在,当我试图解释为什么足球阻碍了我又督促着我,以及阿森纳怎么会同我自己一起,在我的脑海里混为一谈,这种特殊的关联看起来难以置信地清晰。

解释阿森纳与热刺为什么需要一场重赛,比解释我为什么需要一个心理医生要容易得多,所以我就从重赛谈起。半决赛的两回合总比分打成了 2－2，而且星期天在白鹿巷的加时赛也没能分出胜负，三个半小时的球赛，四粒宝贵的进球，大约就是这两场令人筋疲力尽而又颇为戏剧化的比赛的不完全写照。第一回合，在海布里，克里夫·艾伦为庆祝上半场结束前他那粒招牌式的抢断得分，跳跃到空中足有五英尺，然后背部着地砸落在草坪上，这是我所见过的最为古怪的庆祝方式之一；然后保罗·戴维斯以不到六英寸之差错失了空门良机，接着霍德尔一记漂亮的香蕉球又砸在了门柱上，而糟糕的古斯·加索尔（阿森纳的薄弱阵容直接导致了这种灾难），在被瓦德尔耍得团团转之后，不得不被我们唯一可用的球员替换下场，那个叫迈克尔·托马斯的小伙子，此前还从未代表一线队踢过比赛。

在第二场比赛中，艾伦很早就又打入一个进球，所以热刺现在 2－0 领先，而在阿森纳大举压上的情况下，热刺还有四次和卢基奇一对一的机会，但都与进球失之交臂；半场休息时，热刺的广播员告诉热刺球迷们如何申购在温布利进行的决赛门票，这一极具羞辱性的误导和煽动，唤醒并且激怒了沉默的阿森纳球迷（以及球队，我们后来听说，他们在更衣室里也听到了这一广播），当下半场我们的球员出场时，迎接他们的是一片自豪、不屈的呐喊；受此激励，球队勇敢地一步步重新回到比赛状态，尽管理论上亚当斯、奎因、海耶斯、托马斯和卢卡斯特根本无法与瓦德尔、霍德尔、阿迪尔斯、高夫和艾伦相比，但先是维维·安德森果断的破门，然后是尼尔光芒四射的进球将比赛推入了加时。在加时赛的三十分钟里我们本应赢下比赛——托特纳姆已经支离破碎，海耶斯和尼古拉斯都有机会终结他们——但鉴于托特纳姆在过去两场比赛中的运气，以及我们在淘汰赛过了四分

① NW3，N17，分别是汉普斯特德区和托特纳姆区的邮政编码。
② 伦敦的一个高档住宅区。

之三时还落后两球的事实，一场重赛已经是我们所敢期望的最好结果。赛后，乔治来到场上掷硬币以决定下场比赛的地点，当他转过身来面对我们，指指脚下白鹿巷的草皮，表示他失去了主场权时，阿森纳球迷再次欢呼起来：在短短几个星期里我们在这里已经两次击败热刺了（1月初的联赛以2-1获胜），而在海布里我们仅仅收获了一场平局和一场失利。在星期三，我们全都会回来。

这就是为什么会有这场重赛的原因——足球很容易变成这样。如果你想知道我们是怎么走到小森林杯半决赛的，那也很容易：四分之一决赛我们在海布里打败了诺丁汉森林，再往前是淘汰曼城、查尔顿，以及在第二轮击败哈德尔斯菲尔德，都净胜对手两球以上，而在第一轮我们轮空。与球队强劲、利落、直达奖杯的历程相比，我个人凌乱、纠结、扭曲的生活之路显得格外凄惨：我多么希望我能画出那些超大的关于冠军赛的图解，来展示我是如何最终走上一个汉普斯特德心理医生家的地毯，在这块陌生的草皮上踢球的经历啊。

我能做到的最好的解释就是下面这些了。1986年春天，在离开大学整整七年之后，我仍没有找到一份理想的工作，更失败的是，在失去那个“失去的女孩”六年之后，我依然无法把握住一段持久、健康的关系，尽管那种短暂、病态、往往涉及某个第三者的关系多得不胜其数。我失去了耐心，变得越来越沮丧。我花了大量时间和我所在语言学校的校长探讨这个问题，他当时正在接受培训，准备成为一个荣格派心理治疗师，我对他关于治疗价值的说法渐渐感兴趣，结果就变成我每周一次要去庞德绿街见一位女士。

我很不想去。威利·扬会去做心理治疗吗？彼得·斯托里会吗？托尼·亚当斯会吗？然而每个星期二，我都得坐在一张巨大的扶手椅子上，弹着垂落在我头顶上的橡胶植物的叶子，试着去谈论我的家庭、我的工作、我的人际关系以及——尽可能避免提及的——阿森纳;在弹了几个月的叶子之后,某种盖子被掀开了,我失去了过去几年里一直支撑我的、那最后一点自欺欺人的乐观。就像大多数患上抑郁症的人一样,其实他们的境遇比大多数人要好得多,我对自己的抑郁症感到羞耻,因为看上去没有任何令人信服的原因;我唯一能感觉到的是,我在某个地方脱轨了。

我不知道这种抑郁症会在什么时候出现。真的,我甚至不能确定脱轨的是哪条线。我有一堆堆的朋友,包括女性朋友,我有工作,我和我直系家庭里的每个成员都保持着有规律的联络,我从没遭遇过丧失亲人的苦痛,我有地方住……我还在我能想到的所有轨道上正常运行;那么究竟问题出在哪里呢?我所知道的就是,我感觉到某种莫名其妙的不幸和诅咒,而那些失去工作、爱人或者家庭的人似乎并不会有这种感觉。我知道自己注定要过一种不满足的生活:我的才华,不管是什么,都永远不会被赏识,我的人际关系完全被环境摧毁了,根本不由我控制。而且因为我对此毫无疑义,所以完全没有做任何尝试去矫正这种现状,像是去找一份能激励自己的工作,或者一种能让自己快乐的个人生活。于是我停止了写作(因为如果你像我一样生在一个坏兆头中,坚持去做一件注定只会带来不断拒绝的羞辱的事显然完全没有意义),并尽可能地让自己卷入更多痛苦、疲惫的三角恋情,然后死心塌地地将我被分配到的六七十年寿命的剩余部分,安顿在无法解脱的、可怕的虚无中。

老实说,这不是一个我能够充满热情地看待的未来,尽管似乎是治疗将这种抑郁的绝大部分揭露并引发出来,但看起来我还是需要更多的治疗:我仅存的最后一点常识告诉我,这些问题的许多根源在我而与世界无关,它们是心理上的而不是天生的,我根本没有在坏兆头下出生，但我是某种自我毁灭的疯子，我的脑瓜确实需要让人看看。只是我囊中羞涩，支付不起去看那位庞德绿街的女士的钱了，所以她让我去见那个在汉普斯特德的男人，如果他确认我病情严重，他有权让我以优惠的价格回到她那里。于是就有了这次旅程——全国各地一定有一大票讨厌的阿森纳球迷发现了这个值得骄傲、令人开心而且意义重大的小插曲——这个阿森纳球迷不得不在看小森林杯半决赛的重赛之前去拜访一个心理医生，目的是说服他“我真的心理扭曲”。我得到了我需要的转诊信，而且根本不用出示我的季票。

我从汉普斯特德到贝克街，再从贝克街到国王十字街，从国王十字街到七姐妹大街，然后搭上一辆公共汽车走完余下的去托特纳姆的路；从贝克街开始，我从心理医生那里回来的旅程转变成了出门去看一场足球比赛的旅行，我感觉好多了，少了几分孤独，多了几分目标感（尽管在旅程的最后阶段我再次感觉糟糕，但那是一种令人安心的赛前焦虑，想到即将到来的情绪压力，我的胃开始抽搐，我的身体开始疲倦）；我无须再对自己解释我要去哪里或我去了哪里，我已经回归主流。群体的价值本能地再次出现：我太高兴了，以至于无法体会到群体所要求的个性缺失。那时我才意识到，我将永远无法解释或准确记起这个夜晚是如何开始的，所以从某种意义上说，足球完全不是一个理想的生活隐喻。

我通常讨厌阿森纳和托特纳姆之间的比赛，特别是客场比赛，充满敌意的地盘带出了阿森纳球迷最坏的一面，所以我现在不再去白鹿巷看球。“罗伯特，咒你老婆死于癌症！”几年前我身后的一个男人大声吼叫着。1987 年 9 月，在大卫 · 普利特被迫辞去托特纳姆主教练职务之前，因为小报上一些关于他私生活有失检点的传言，我坐在数千名怒吼着“性犯罪！性犯罪！吊死他吊死他吊死他！”的阿森纳球迷中间，然后觉得，或许可以理解，对于这种娱乐而言，我的灵魂似乎过于娇弱了；充气娃娃在我们的看台上被快乐地丢来丢去，几百副滑稽的乳房眼镜也似乎与那个下午阿森纳球迷投入比赛的气氛完全合拍，但这很难让一个敏感的自由主义者觉得自在。还有 1989 年，当热刺四年来在白鹿巷第一次打败阿森纳，终场哨响后阿森纳那端的看台上出现的可怕而且令人不安的丑陋场面，座席都被毁坏了，我觉得已经受够了。还有那些反犹太人的叫喊，更是下流且无法原谅的——阿森纳拥有的犹太人球迷和托特纳姆不相上下。而在过去的几年里，两方看台上球迷之间的争斗已愈发令人不堪忍受了。

然而，一场杯赛淘汰赛是不同的。老资格的季票持有者有了更充分的动机到现场看球，这些人也恨托特纳姆，但不像二三十岁的人那样满嘴喷粪和热衷暴力，所以暴戾之气被冲淡了。于是比赛结果和足球本身，与阿森纳与热刺之间的大多数联赛比赛相比都显得更为重要，在过去的二三十年里两队都处于中流，表现半斤八两，因而双方的敌对关系成为了焦点。而荒谬的是，当比赛具有某种重要意义时，对手的身份就没那么重要了。

总之，我知道我的中产阶级敏感性没有被过度扰乱，也没有涉及性犯罪和癌症的叫喊破坏我对那个夜晚的回忆。那是一场快速而且开放的比赛，就像星期天的那场比赛一样，我们似乎再次把整个上半场耗费在眼睁睁地看着克里夫·艾伦对我们近乎不设防的球门区一次次的冲击上，比赛进行得越久，我越为阿森纳感到担忧。球队一场比一场年轻（托马斯，那个在第一场中替换卡塞尔上场的后卫，正在中场位置踢他的第一个整场比赛），而且尽管半场结束时比分是 0－0，但艾伦还是在下半场一开始就进了球；不久尼古拉斯又被担架抬出场外，而伊恩·阿林森，一个勤勉有加但很难拯救比赛的人，不得不仓促登场。然后一切就开始了。

在我前面几排有一行中年男女，他们腿上盖着毛毯，手里晃动着热汤瓶，开始唱起爱尔兰歌曲，那是坐在座位上的老球迷经常在重大比赛的夜晚所唱的（我从未听过北看台演绎的版本），然后每个知道歌词的人都加入了进来（“然后他站起来再次唱响/一遍一遍又一遍”）。于是我想，即使不得不接受一个苦涩而凄凉的结果，这剩下的六七分钟，至少会让我带着几分偏爱记住这个场面；然而就在此时，阿林森令人难以置信地闪到左侧，转身射出一脚绵软无力的地滚球，完全骗过了克莱门斯，皮球诡异地从近门柱溜进网底，随即巨大的如释重负的欢呼和癫狂的喜悦爆发了。托特纳姆被打懵了，就像他们在星期天时一样：接下来的两分钟，海耶斯断下一个糟糕的回传球然后打在边网上，托马斯以他惯用的方式带球到了禁区边缘，然后用那种让我们后来又爱又恨的漫不经心的射门，皮球刚刚擦门柱而过。在我的录像带里，你可以看到当安德森掷界外球时，阿森纳球迷跳跃得有多兴奋。然而还有更多的事情发生了。当托特纳姆的电子钟停在 90 分钟时，“岩石”接到一个漫无目的的长传，他用胸口把球停住然后拔脚就射，皮球穿过克莱门斯进网；几乎同时裁判吹响了结束哨，一排排的人消失了，取而代之的是一大片欢天喜地的快乐海洋。

在我一生最值得纪念的三四段足球记忆中，这是第二个，我极度兴奋以致完全不知道自己在干吗，有一段时间脑子里是一片空白。我记得身后的一个老男人紧紧搂着我的脖子，就是不松手，当我的意识恢复到正常状态时，球场其他的部分已经空了，只剩下几个托特纳姆球迷站在那里望着我们，因为过于惊讶和恶心以致无法移动脚步（在我心里我看到了发白的面孔，但实际上我们相隔很远，根本不可能看清那些惊呆了的面孔是不是苍白)，而阿森纳球员们在我们下面欢腾着，和我们一样欣喜若狂，或许也和我们一样对他们的胜利感到无法置信。

在终场哨响之后二十分钟，我们所有人仍然呆在球场里，然后我们来到大街上欢呼庆祝，皮特和我开车回到枪手酒吧，那里在打烊之后把我们锁在里面，好让我们能在他们的大屏幕电视上看到比赛集锦，然后喝得酩酊大醉。

在80年代大部分时间里一直伴随着我的抑郁症，在那个夜晚卷起铺盖开始离开了，不出一个月的时间我已经好多了。我当然希望是因为别的事情让我的忧郁症痊愈——一个好女人的爱，一个小小的文学成就，或者是像“拯救生命演唱会”那样让我相信我的人生受到了祝福，值得一活——一些有价值、真实而且意义非凡的事情。承认一个长达十年之久的低潮期的结束，仅仅是因为阿森纳打败热刺赢得小森林杯的缘故，这让我很难为情(如果我们赢得了足总杯，我的难为情或许会稍轻些，可是小森林杯?)，我经常试图搞清楚事情为什么会这样发生。当然，这场胜利对阿森纳球迷意义非凡:整整七年我们的球队连进入半决赛的资格都没有，而衰落似乎已经开始走到了终点。甚至这也可能有一种医学上的解释。在比赛只剩下七分钟时你还落后一球，你已经放弃了所有的希望，却在托特纳姆的半决赛的最后一分钟成为胜利者，它导致肾上腺素被大量释放出来，也许就是这种猝然释放纠正了大脑或其他地方的某种化学不平衡。

然而，我唯一能够提出的令人信服的解释是:那个夜晚我不再感到不走运，那种挑起过去一年来所有绝望情绪的阻碍被疏通了，可以想到，不是被我，而是被阿森纳;我跳上了球队的肩膀，他们抬着我进入了那突然普照我们所有人的阳光之中。他们帮了我一把,让我终于得以在某些方面和他们分离开来:尽管我依旧是一个忠心不贰的阿森纳球迷,尽管我依旧会去看每一场主场比赛,并感受与以往一样的紧张、兴奋和忧伤,但我现在理解了,他们的成功或失败完全与我个人无关。那个夜晚,我不再是一个阿森纳疯子,而是学会了如何做一个球迷,虽然依旧古怪,依旧充满危险的狂热,但仅仅只是一个球迷。

只是又一个星期六

切尔西 v 阿森纳

1987 年 3 月 7 日

每个人在星期六都去了切尔西，带着继续庆祝的心情。但那只持续了十五分钟，直到某件事——海耶斯的丢球，还是卡塞尔的回传，现在我记不清了——引发了你过去几年任何一个星期六都能听到的充满挫折与愤怒的嚎叫。球迷基本上是声名狼藉、近乎野蛮的冷血动物。然而，必须指出，斯坦福桥也不是一个泪盈盈的情感和宽恕容忍泛滥的地方。在切尔西的比赛不可避免会是凄惨的——在阿森纳所向披靡的 1991 年冠军赛季里，他们在这里输掉了唯一一场比赛并非偶然。球场外围的跑道将球迷和球员隔开很远，影响了气氛；而且因为大部分支持者所在的两端看台完全是露天的（如果老天变脸的话，很容易淋成落汤鸡)，没有什么喧嚣声。以我的经历来说，主场球迷得到凶残、无知以及丑陋的种族主义名声是理所当然的。尽管在最近几年里，这种行径已经略有减少，然而每个人都知道站着看球比较安全，可以得到周围布置井然的警察的保护，相比之下，坐在那里很容易让你被孤立、辨认，然后被殴打。这正是几年前一个朋友遭遇的过程。

随着比赛的进行，天空越来越昏暗，阿森纳也踢得越来越糟，最后终于失掉了一球，对他们来说一个失球足以让他们的情绪冷却下去。而你站在那个四散开去的巨大看台上，双脚冻得僵硬，然后在寒冷中感到一种灼烧般的疼痛，同时切尔西球迷还在做着手势嘲弄你。你开始奇怪自己为什么会烦恼，你明明知道，不仅仅是心里而且脑袋里也知道，比赛会非常乏味，球员们很无能，而星期三得到的那些美好感觉会在星期六比赛开始后的二十分钟内变得无影无踪，如果你呆在家里或者去买唱片，你会让那些辉煌的余烬多保留一个星期。然而，这就是比赛，这场在凄惨的 3 月下午对切尔西的 0－1 失利对其余的比赛意味着很多，而且正因为你经历过很多这样的比赛，那些六年、七年，甚至十年才出现一次的享受，才成了真正的享受。

在比赛结束后，客队球迷对他们的球队保持着尊重和沉默的感激态度，一种对最近成绩的赞誉，但在那个阴郁的下午，只是一些应尽的义务，是例行公事，完全没有其他意义。接着在我们等待退场时(在切尔西的另一件奇怪事：你会被留在场内整整三十分钟，直到外面街道上的威胁已经被完全清除)，那种纯粹的糟糕情绪逐步加深了，然后这种感觉似乎转换成了一种有悖常情的荣耀，好像我们这些滞留在那里的人都有资格给自己颁发一枚奖牌似的。

接下来发生了两件事。第一件，开始下雪了，那种不舒服的感觉足以让你想嘲笑自己，竟然能继续忍受这种球迷生活；第二件，一个男人开着一辆压草机出来了，然后在球场上开来开去。他不是想象中的那种成为俱乐部传奇的没用的老家伙，而是一个凶巴巴的年轻小伙子，有着怪异的光头党发型，而且显然以他雇主的追随者自居，用所有的热情痛恨阿森纳。当他开着机器来到我们面前，他对我们竖起了手指头，带着满足和张狂的笑容；当他再次回来时，他又一次对我们伸出手指头，接着仍是如此——开过去、开回来，伸出手指；开过去、开回来，伸出手指。而我们不得不站在那儿看着他这么做，一遍又一遍，在黑暗与严寒之中，我们站在水泥地上，雪落在我们身上。一切又完全彻底地恢复到了原来的状态。

黄金时刻

阿森纳 v 利物浦

1987 年 4 月 11 日(温布利)

但另一方面,有些日子却真是黄金岁月。我的抑郁症现在完全消失了;我能感受到的只是那个地方还有些疼痛,不过这是一种令人愉悦的感觉,就像你刚刚从食物中毒中恢复过来并且开始吃东西,那种胃部肌肉的酸痛一样令人开心。

离我三十岁生日还有六天,我有一种感觉,所有事情都恰到好处地及时为我恢复过来。三十岁就像是河流尽头的瀑布,如果我到达尽头时仍处于低潮,我可能会一下子从边缘翻落下去。所以我对此感觉良好,同样,阿森纳重新杀回温布利也让我感觉很好,因为对一支年轻的球队和一个新主教练来说,小森林杯就像是一道不可思议的美味开胃菜，正式的大餐还在后面。当我们上一次齐聚这里时，我刚过二十三岁，对于我和球队来说，七年的间隔实在是太恐怖了；但是现在我们已经走出黑暗，走向了光明。

球场里也有阳光，辉煌灿烂舒适的4月阳光。不论冬季有多长，你总能体会到冬季结束时的那种感受，但都不会像一个球场（特别是温布利）那样提醒你，因为你就站在那里，站在被遮蔽的黑暗中，俯视着光明，俯视着那片繁茂耀眼的青翠草地，仿佛你在电影院中观看一部带有异国风情的电影一样。当然，阳光普照球场内外，但它们看上去就是不同，因为足球场使了个障眼法，让你只能看到一片长方形的阳光，那样你就能看到并理解它了。

所以在比赛开始之前，一切就已准备就绪。可是我们的对手是利物浦，因此只能预测会失败（诚然利物浦并非处于一个最强大的时代，在比尔兹利和巴恩斯之前，而在达格利什之后，不过那天达格利什是他们队的替补），我真的说服了自己失败也不算什么，我回到这里，球队回到这里，已经足够好了。所以当克雷格·约翰斯顿被拉什过掉，还在愣神的时候，拉什抓住时机，一脚优美的弧线球打进了我们的守门员卢基奇无法触及的左边，我受到了打击，但没有感到吃惊，并决定不要让这个进球和接下来的失败干扰我的恢复，和我新的春天般的积极情绪。但查理在半场结束之前扳平了，在他击中门柱造成利物浦禁区内一片混乱之后；而在美妙的下半时，两支球队都展现出了优雅、技巧和获胜的欲望，我们的替补球队，平庸无能的佩里·格罗夫斯，跳过了吉莱斯皮，传球，查理抽射，球击中了一个防守队员变向，接着慢慢地滚过了措手不及的守门员格罗贝拉钻入网窝。一切看起来都软绵无力，而且球滚动得如此之慢，我担心它没有足够的力量完全过门线，或者在裁判吹哨之前会被解围掉，但最后球刚刚好滚过门线，还用尽最后的力气滚动至球网。尼古拉斯和格罗夫斯，其中一个从凯尔特人花费了近75万镑买来，另一个则是只花费了这个价钱的十五分之一从科尔切斯特联队买来的，他们绕到球网后面，就他们两个，在我们的面前，小小地跳了一把有趣的舞蹈；在此之前，他们根本想不到会一起跳舞，而且也不再会有下次了，但那时他们跳了，这个小小的片段，随着他们不可复制的，说实话有些侥幸的合作，镌刻在了俱乐部101年的历史中。而这就是阿森纳赢得小森林杯的原因，尽管我知道这不是很大的荣誉，但已经远远超过两年之前皮特和我以及其他人所期盼的。它实际上也是对我们盲目坚持的奖赏。

作为一个球迷，有一件事我很清楚：足球不是一个可以替代的乐趣，尽管表面上看起来相反，那些说宁愿去做而不是去看的人弄错了重点。足球是一种环境，在那里看就是做，和做健身操不一样，因为看一场比赛，边看你还要边抽烟抽到晕头，在比赛结束后喝酒，在回家的路上吃着炸薯条，都不会带给你简·方达式的诸多好处①，而球场上带来的是那种激动和沮丧。但是当有了某种胜利，那种快乐并不是从球员们那里，通过一排排的看台越来越弱地传到我们这里；我们的快乐并不是一种稀释的球队快乐的翻版，尽管他们才是打入进球的人，并且是爬上温布利的阶梯去和黛安娜王妃见面的人。在这种场合我们所感受到的欢乐并不是去庆祝别人的好运，而是为我们自己庆祝；而当我们被灾难性地击败，悲伤就会吞没我们，而且我们自怨自艾，任何一个愿意去了解足球吸引力的人都会相信以上这些。球员们仅仅是我们的代表，由主教练选择而不是由我们，但仍然是我

① 美国著名影星简·方达因她编创的健身操十分受欢迎，在西方国家，她的名字几乎成为了健身操的代名词。

们的代表，有时候如果你仔细掂量，就能看见那个小小的标杆把他们连在一起，而两边的把手可以让我们能够去移动他们[①]。我是俱乐部的一部分，就像俱乐部是我的一部分一样；我虽然这么说但完全知道俱乐部剥削我，漠视我的观点，有时候对我假心假意，所以我对这种有机关联的感受，并不是建立在笨拙的，对职业足球运行方式感情用事的误解上。这场温布利的胜利一点一滴都属于我，就像它属于查理·尼古拉斯或者乔治·格拉汉姆一样（尼古拉斯，在接下来的赛季被格拉汉姆赶出主力阵容，随后又被卖掉，他会天真地记得那个下午？），我为此做的每一件事都和他们一样认真。在我和他们之间唯一的不同是，我在其中花费了更多的小时，更多的年头，更多的十年，所以我对那个下午有着更好的理解，当我回忆起来时，对此仍带着甜蜜的感激，并且知道为什么阳光依旧那么灿烂。

---

① 此处指台式足球游戏。

香蕉

阿森纳 v 利物浦

1987 年 8 月 15 日

因为我的另一半个子很矮，因此站在台阶上看球时总处于不利的位置，所以我在新赛季第一场比赛的那个下午把我的季票给了别人，买了两张西看台高层的球票。那个下午阿兰·史密斯首次代表阿森纳出场，而巴恩斯和比尔兹利首次代表利物浦，天气很热，海布里气氛高涨。

我们正对着球场时钟端的点球点，所以有非常完美的角度看到戴维斯的鱼跃头球扳平了奥尔德里奇开场时的进球，并且也清楚地看到了尼克尔在比赛的最后阶段用惊人的二十五码头球为利物浦带走了胜利；我们也能非常清楚地看到，在我们右下方的利物浦球迷们特别的举止。

戴维·希尔那本关于利物浦的种族问题的巴恩斯传记《在他的肤色之外》,只简单地提到这第一场比赛。(“客场的利物浦球迷们欢天喜地地回到家,关于那个夏天主教练的球员交易的任何疑问都烟消云散了。”)他更多地关注了几个星期后在安菲尔德进行的利物浦和埃弗顿之间的小森林杯,在那场比赛中客队的球迷们高唱“黑鬼浦!黑鬼浦![1]”,以及“埃弗顿是白人!”(奇怪的是,埃弗顿在当时还没有为他们的球队找到一个足够好的黑人球员。)

然而巴恩斯的第一场比赛其实提供了一些希尔可以利用的信息,因为我们能清楚地看到,当球队在开球之前的热身时,一根根的香蕉从客队看台那里被丢了进来。香蕉是表示球场上有一只猴子,那些不懂看台文化的也许不知道这点;在之前的阿森纳比赛中,虽然我们从80年代开始就经常至少有一个黑人球员在场上,利物浦球迷也没有扔过香蕉,所以唯一的假设就是约翰·巴恩斯就是他们所提及的猴子。

那些见过约翰·巴恩斯的人,见过这个不管是踢球还是接受采访,甚至是简单的走上球场,都是那么潇洒、优雅的男人,如果也曾站在那些扔着香蕉发出猴子叫声的、打着呼噜的、超重的猩猩旁边,一定会发现这一切是一个多么绝妙的讽刺。(当然也会有一些富有吸引力的、口齿伶俐和优雅的种族主义者,但他们完全不会来到球赛之中。)也许扔香蕉已经不再当作种族仇恨的象征,而是一种奇特的欢迎形式——也许这些利物浦人,以他们闻名天下的迅捷和机智,只是

---

① 黑鬼浦(Niggerpool),一种非法赌博游戏,也成为台球所引用的术语。针对利物浦新引进的黑人球员巴恩斯,比赛中埃弗顿球迷借用 Liverpool 和 Niggerpool 的同音之处,以此作为种族歧视的口号。

希望用一种巴恩斯能够理解的方式来欢迎他，就像热刺支持者们在1978年欢迎阿迪尔斯和贝拉时送给他们的阿根廷绶带一样。（后面这个推测很难让人信服，但远不会比那么多的球迷深恶痛绝一个全世界最好的球员之一来到自己的俱乐部更加令人难以信服。）但无论如何，那种景象即使只是一种歇斯底里的反讽，而且不管利物浦球迷表达的意思是什么，那都是令人厌恶、恶心的一幕。

阿森纳，从大体上来讲，已经不再有这种问题了，尽管他们有其他方面的问题，特别是反犹太主义。有许多的黑人球迷，站在看台上或坐在座位上，而我们最好的球员们——罗卡索，坎贝尔，赖特——都是黑人，而且非常受欢迎。即使在现在，你仍能看到偶尔有些白痴敌方球迷嘲笑黑人球员。（有个晚上我转过身去，对后面一个阿森纳球迷冲着曼联队的保罗·因斯发出猴子的叫声表示愤怒，但发现我面对的是个盲人。一个盲人种族主义者！）有时候，当对手的黑人球员有了一个失误，或者错过了一个好机会，或者没有错过一个好机会，或者跟裁判喋喋不休，你就会处于自由主义者们的一种不祥预感。“请不要说什么，任何人，”你坐在那儿对自己咕哝着。“为了我请不要破坏这一切。”（为了我，请注意，不是为了一个可怜的、不得不在邪恶的法西斯狂热分子几英尺远踢球的人——这只是一种现代自由思想家们好意的自我怜悯。）接着一些阿森纳球迷中野蛮的家伙站了起来，指着因斯或者华莱士，或者巴恩斯、沃克[1]，而你屏住呼吸……他叫他傻X，或者垃圾，或者其他猥亵的称呼，而你会感觉到一种可笑的大城市的高人一等的骄傲，因为那些种族歧视的称呼在我们这里已经消失了；你知道这可能不会发生在默西塞郡或者西部、

---

① 因斯，华莱士，巴恩斯，沃克，均为黑人球员。

东北部地区的比赛中，那里都没有真正的多民族社区。其实，一个男人叫另外一个男人傻X，而不是黑鬼傻X，也并没有多么值得感激的。

当然只是在口头上说说我讨厌在有些球场上把攻击黑人球员当成家常便饭，似乎不是很有力，如果我有点胆量的话，我会：a）挑战那些最凶的作恶者；b）不去看比赛。在抗议那个盲人种族主义分子之前，我曾经有着忐忑不安的盘算——他有多强悍？他的同伙们有多强悍？而我的伙伴们有多强悍？——直到我在他的声音中听到了一些哀愁，因此推断我不至于被打得很惨，也许这才导致我后来采取的行动，但这种情况很少出现。通常我认为，比如那些在地铁里吸烟的人，知道他们自己在做什么，而他们的做法就是故意向那些黑人或白人中想对此有所表示的人挑衅。至于不去看比赛嘛……我会说的是球场是为每个人开放的，不仅仅是为了种族主义凶手们，如果好人们停止去那里，比赛就会有问题了。对此我只是部分的相信（因为利兹联队的球迷们已经令人惊讶地完成了他们那席卷球场的污浊不堪的氛围的改造了）；然而，我心里也有部分清楚，那种痴迷的力量，才是我不能不去的原因。

我就像和我差不多的其他球迷们一样希望：我希望足球评论员们能够对此表达出更多的愤怒；我希望阿森纳能坚持清除那些唱着“希特勒毒死犹太人”歌曲的球迷，而不是永远只在口头上威胁要去那么做；我希望所有的球员，黑人和白人，都能做更多的事情表达他们对此的厌恶。（如果，比方说，埃弗顿的守门员内维尔·塞萨尔完全可以离开球场去抗议自己的球迷们发出这种噪音，那样的话那一晚上古迪逊公园的问题就会消除，但我知道事情不会像这样发生。）而最为特别的是，我希望自己足够强大，有着暴力倾向，那样的话我就能用与我的愤怒勉强相称的方式去解决发生在我周围的任何问题。

肯尼沃斯路的国王

卢顿 v 阿森纳

1987 年 8 月 31 日

生活中没有足球存在的朋友和家人都不会遇到比我更疯狂的人;甚至,他们会认为我已经痴迷到极致了。但我知道有人会认为我痴迷的水准还根本不够格儿——去看每一个主场比赛,一半的客场比赛,以及每个赛季一场或者两场预备队或者青年队的比赛。像尼尔·卡斯,一个卢顿球迷,在卢顿被禁止客队球迷进入期间,带着我和我的同父异母的弟弟一起到肯尼沃斯路去看阿森纳的比赛,他的热忱已经排除了所有的胆怯迹象或者自我怀疑;他让我看起来就像他们所怀疑我的那样,是个懦弱的业余球迷。

你一定不知道关于尼尔·卡斯的八件事:

(1) 当然,他会在星期三晚上去普利茅茨,因此用掉一个宝贵的假日。(他去过维冈,唐卡斯特,以及每一个可能的地方;而且在从哈特尔普尔的一场周中比赛后回家途中,长途汽车抛锚了,于是他和他的伙伴们把《警察学院3》看了七遍。)

(2) 我第一次遇见他时,他刚刚从一个以色列集体农场回来,随着对他的了解更深入,我非常惊讶他已经要让自己和卢顿分离,不管多长时间。他解释他之所以离开,是因为卢顿球迷们组织了一场抵制所有主场比赛的运动以抗议球队迁往米尔顿·科尼斯的计划;尼尔清楚,尽管他真诚地支持抵制运动,但他也不可能坚持下去,除非他去了世界的另一端。

(3) 在一连串太复杂并且古怪的巧合当中,他在董事包厢里看了一场对皇家园林巡游者队的比赛,并且以"卢顿城足球俱乐部的下一任主席"的名义被大卫·伊文斯介绍给其他董事。

(4) 他一手造就了麦克·纽厄尔以及其他许多俱乐部球员的离去,因为他一直站在靠近球员通道的位置,恶毒而且不间断地咒骂那些他认为没资格踏上肯尼沃斯路草皮的球员。

(5) 在《独立报》的一篇报道上提到了卢顿主席台上的一个粗嗄的大嗓门,并说这个大嗓门排除了他身边的人所有的享受权利;和尼尔看了一场比赛之后我只能推断,非常遗憾,他就是那个人。

(6) 他参加每一次卢顿的"公众开放日",在那里,球迷们能和主席以及主教练交谈,尽管最近他开始怀疑他们会不再允许他提问,并对此感到困惑,尽管我知道他问的有些问题根本不是什么问题,而是对一些不当和无能表现所下的诽谤性的、聒噪的断言。

(7) 他曾写信给卢顿参议会,建议他们给拉迪·安迪克树立一座雕像,以纪念他在缅因路球场的最后一分钟的进球使卢顿免于被降入乙级。

（8）在星期天早上，仅仅在他从星期六下午所在的地方回来之后的几个小时，他就为马卡比联赛的布什 B 队上场踢球了（这支球队遭遇了被扣除两分的灾难，因为他们的守门员在门线上阻止了一次射门）。最近他和他的主教练与裁判之间有了纪律麻烦，但在我写这个时那处罚已经解除了。

这些长篇累牍的叙述包含了尼尔的**一个**本质，但不是**所有**本质，那就是他对他自己的过分举动有着高兴的、讽刺的看法，并且谈论起它们来就像那是别人所做的一样——也许，是他年轻的兄弟所为。而离开了肯尼沃斯路他就变得彬彬有礼、有趣而且不可思议的礼貌，至少对陌生人是那样，所以那种总是在星期六折磨他的愤怒完全是卢顿所引起的。

卢顿不是一个大俱乐部，他们没有很多的球迷——他们的主场观众只有阿森纳的三分之一或四分之一。和他一起看的比赛记忆最为深刻的并不是足球本身（在戴维斯进球让我们领先之后比赛最终却以无聊的 1－1 收场），而是从一个俱乐部所有者那里散发出来的满足感。当我们走向座位时，尼尔看起来也许认识三分之一的观众，并和这些人中的一半寒暄几句。而当他去客场时，他并不是某个庞大的侵略兵团里的一粒尘埃，而是在二三百个乱七八糟的观众当中的（在一些有问题的周中比赛中也许人比这还要少）一张看得见并能辨认出来的脸。

这就是他的吸引力之一：他是卢顿的君主，肯尼沃斯路的国王。所以当他的朋友们在星期六的国家电台和电视台上，或者在其他联赛球场上的扩音器里，听到卢顿进球的消息时，他们完全会想到“尼尔·卡斯”。尼尔·卡斯 0－2 利物浦，尼尔·卡斯最后一分钟进球防止降级，尼尔·卡斯赢得了小森林杯……

而这也是足球带给我的一种吸引力，尽管我永远不能用像尼尔和卢顿之间的关系去定义我和阿森纳的关系。这种吸引力在许多年里慢慢显现出来，但不过他是一种强大的吸引力：**我喜欢人们能经常而定期地想起我。**

我知道这种时刻是存在的。在1989年5月26日的夜晚，我寻欢作乐到深夜后回到公寓，发现有十四五个英国或欧洲其他国家的朋友的电话留言，有些人我已经有几个月没联系了；通常，在阿森纳的灾难日或者胜利日，我会收到朋友们的电话，甚至是那些对足球没兴趣的朋友，他们因为看了报纸或者仅仅匆匆一瞥最新的新闻公告之后就联系了我。（可以证明这一点：我刚刚下楼去收了一张明信片，那是一个我在几个星期以前小小而又不引人注意地帮过忙的朋友，而我在那之后就再未联络过，他寄来了感谢信。开始我非常疑惑她为什么现在感谢我，在事件之后很久了——我也没有想到她会这么做——但在最后的附言上写着："我对阿森纳的事很遗憾"，正好是对此行为的一个解释。）

即使你知道任何事情——麦基·劳克或者布鲁塞尔汤菜或者沃伦街地铁站或牙痛，人们和你之间的联系可能会是连绵无尽并非常个人的——都会引发一个人踏上想象的列车，而你也会出现在那辆列车的一节车厢里，但你并不知道这会在什么时候发生。那是不可预知和偶然的。而对足球来说，并没有这种随意性：你知道像在1989年的冠军夜晚，或者在1992年雷克瑟姆灾难日下午，你会被几十人记起，甚至是几百人。而我很喜欢这个事实，那些失去联络，并且再未见过的旧情人和其他人正好坐在他们的电视前并想起你，虽然这只有片刻，却都在**同时想起尼克**这个人，而且为我快乐或悲伤。没有其他人能得到这些，只有我们。

我的脚踝

阿森纳 v 温布尔登

1987 年 9 月 19 日

我不记得那是怎么发生的——大概是我踩到了球，或什么同样不体面的动作。但我没有马上想到它导致的直接后果。我只知道，当我蹒跚着离开五人制球场，我的脚踝痛得像进入了地狱，渐渐在我面前肿得可怕。但当我坐在合租公寓的伙伴的车里回到公寓时，我开始恐慌了：现在是 12 点 45 分，我不能走路了，但我必须在 3 点钟赶到海布里。

在家里，我把一袋冰冻豆角平放在我的脚踝上，坐在那里，开始琢磨怎么办。我的同伴，他的女朋友和我的女朋友，看到我完全不能动，并且显然很痛，就建议我应该坐在家里听收音机，但很显然那是不可能的；而当我觉得我有可能去看比赛后，有出租车和西看台底层的座位，以及朋友们的肩膀可以依靠，于是恐慌消退了，它变成了一个简单的后勤问题。

最后，那并不算太坏。我们坐地铁到了阿森纳站而不是芬斯伯里站——不需要走太久——尽管整个毫无进球出现的下半场都在下雨，但我们站在外面，而不是站在我们通常站的北看台的顶棚下面，因为这样我就能依靠在栅栏上，避免当阿森纳进球时从北看台被推挤倒下，尽管如此，尽管我全身湿透了（并且坚持每个人都要陪我一起淋成落汤鸡），还因为疼痛而颤抖，而且花费了三倍的时间才从球场回到家中，但那看起来并不是一个太坏的代价，特别是你如果与另一种灾难性选择相比较的话。

比赛

考文垂 v 阿森纳

1987 年 12 月 13 日

我估计，皮特和我会从 12 点就出发，去看一场星期天下午 3 点开球的比赛，然后正好在开球前到达那儿。那是场极烂的比赛，不用说，一场在严寒天气里的 0－0……而且电视上有现场直播，我们本来能呆在家里看。我的自辨力在那一刻完全失效了：我不知道为什么我们会去那儿。我们只是那么做了。

在 1983 年以前我从未看过联赛比赛的直播，和我的同龄人一样。当我还是孩子时电视上没有太多足球：在星期六晚上有一个小时，星期天下午有一个小时，有时当我们的俱乐部有欧洲赛事，周中也会有一个小时。我们很少能在电视上看完整的九十分钟比赛。偶尔能看到英格兰队比赛的直播;或者有足总杯决赛,或者欧洲杯决赛……最大限度也只有两到三场俱乐部比赛的直播。

显然那很荒谬。即使是杯赛半决赛,或者是决定冠军的加时赛,都不会电视直播;有时电视台甚至不允许播放集锦。(当利物浦在1976年击败皇家园林巡游者队拿到冠军时,我们在新闻里看到了进球,但不过如此了;当时有许多关于电视可覆盖内容的莫名其妙的规定,没有一个人能理解。)所以在没有人造卫星技术,以及彩色电视,以及24英寸的屏幕,我们必须坐着让我们的耳朵贴着晶体管收音机。最终俱乐部发现电视转播能带来一大笔钱,而且电视公司乐意支付给他们;从此足球联赛似乎成了教会学校的神秘女孩。允许任何一个人对她做任何他们想做的事——改变开球时间,或改变当日的比赛,或改球队,或换球衫,那都没问题;没有什么对他们来说是问题。与此同时,球迷们——付费的顾客们,被看作了顺从的、易骗的白痴。在你球票上所写下的日期毫无意义:如果ITV或者BBC想改变球赛的时间,以便更加合适于他们的转播,他们就会那么做。在1991年,阿森纳球迷们计划去桑德兰观看一场至关紧要的比赛,但在一点点电视信号干扰之后(开球时间从3点推后到了5点),他们发现最后一班回伦敦的列车将在比赛结束之前离开。这些问题和谁有关系?只和我们有关,不是什么重要的人物。

我会继续去海布里看在电视上直播的比赛,主要因为我已经为球票付过钱了。但,相应的,如果我能坐在家里看电视直播,我就不再旅行去考文垂、桑德兰或其他任何地方了,而且我希望许多其他人也这么做。有一天,电视台会注意到我们的缺席。最后,不管他们对观众如何宣传,他们都将不能再组织起那种气氛,因为没有人会在那儿:我们都会在家里,看电视。而当这种情况发生时,我希望主教练和主席不要在那个傲慢而令人烦恼的赛程专栏上,抱怨我们的变化无常。

没有必要致歉

阿森纳 v 埃弗顿

1988 年 2 月 24 日

我知道在这本书的叙述中,我为很多事情致歉。足球对我意味着太多,并且代表了太多的事情,以致我感觉我去看了太多太多的比赛,花费了太多的钱,当我应该为其他事情焦虑的时候却在为阿森纳焦虑,并且对朋友们和家庭提出了过多的要求。然而有些场合,去看一场比赛,会成为我所能想到的最正当和有益的闲暇爱好,而阿森纳对埃弗顿,另一场小森林杯半决赛的第二回合,就是这些场合之一。

这场比赛是在另一场重要比赛之后的四天,就是对曼彻斯特联队的足总杯之后,那场比赛阿森纳以 2 - 1 获胜,但仅仅是在比赛的最后时刻,麦克莱尔将一个点球踢高直接飞入了狂喜的北看台球迷中(而奈杰尔·温特伯恩在他射飞点球之后残酷而讨厌地一直追着他到中线,这是这支阿森纳球队令人难堪的无纪律性的第一次显露);所以那是一个重要的星期,有着庞大的观众——五万三千人在星期六到场,五万一千人在星期三到场。

那个晚上我们以 3-1 打败了埃弗顿,总比分是 4-1,对阿森纳来说,这是一个理所当然而相当容易得到的胜利,但我们不得不等着这个结果的到来。在半场结束前的四分钟,罗卡索打破了埃弗顿的越位陷阱,绕过桑索尔,然后在空门前,将球打飞;接着三分钟过后,海耶斯也突破了防线,只不过这次桑索尔在球门线六英寸的地方把海耶斯绊倒了。海耶斯去罚点球,接着,就像麦克莱尔一样,把球射高了。观众中开始充满了沮丧和焦虑;你四周看看都可以看到人们的表情,完全全神贯注,在那特别的戏剧性的事件之后,遍布球场的窃窃私语一直持续到半场休息结束,因为有太多可以谈论的了。但在下半场一开始,托马斯削球越过桑索尔得分,你几乎因焦虑的减轻而爆发,由进球带来的轰鸣有着特别的深度,应该是除了客场球迷,全场所有的人,甚至包括高高在上、花费 15 英镑买一个座位的人,都在竭尽全力为这一进球吼叫的结果。然而赫斯很快就扳回一分,接着“岩石”弥补了他早先的失误,而史密斯打入了另一个进球,于是整个海布里,整个球场的四面看台上,都活跃起来,为另一个去温布利进行决赛的前景高兴得欢呼和拥抱着,就像结果已经达到了一样。特别是,你知道你在这中间担任了一个角色,这个夜晚如果没有你和跟你一样的数千人,一切都将不一样。

奇怪的是,我到现在还没有机会说过足球是一种美好的运动,但它的确是。进球有着珍稀的价值,而比分和奔跑以及阵型都没有,所以必定经常总是有那种紧张的战栗,那种看着某个人做着能带来进球的事情，如果你足够好运的话，一场比赛也顶多只能有三四次这样的机会。如果你没有好运，那可能一次也没有。而我喜欢这种节奏，其中根本没有什么公式化；而且我也喜欢那种小个子能打败大个子的方式（看看比尔兹利对亚当斯），那种在其他对抗运动中无法做到的方式，以及最好的球队并不会必定赢球。而这中间有体育精神（尽管要对伊恩·博斯姆和英格兰赛艇队表示尊敬，但确实没有几个好的胖子球员），球员的力量和智力必须完美地结合起来。它允许球员们表现得潇洒漂亮，而其他运动不能：一个完美及时的鱼跃头球，或者一个完美猛烈的断球，需要球员们有着极好的协调性和优雅的身躯，那是有些运动员永远不能展示出来的。

而且还有比这一切更多的。在像对埃弗顿的半决赛这样的比赛期间，尽管那样的夜晚不可避免地很稀少，仍然有强大的情绪显然在正确的地点和正确的时间爆发出来；当我在一个重要夜晚正在海布里，或者，当然，在温布利一个更加伟大的下午，我感觉自己正站在世界的中心。在生活中什么时候会发生这些？也许你拿到了一张安德鲁·埃罗德·韦伯的首演剧的热门门票，但你知道这种演出会一年接着一年演下去，所以在此之后你所能告诉人们的只能是你在他们看到之前就看到了，那是一种一点儿也不酷的事情，完全失去了应有的效果。或者你也许在温布利看了滚石的演唱会，但现在像那样的事情一晚接一晚地重复着，因此他们都没有像足球比赛那样的仅此一次的特征。它们显然不是新闻，但一场像阿森纳对埃弗顿的半决赛就是新闻：当你第二天看着你的报纸，不管是哪一张，都会有专门的版块留给你的那个夜晚，就是那个你简单地贡献了跳跃和吼叫的夜晚。

在足球场之外你很难发现这些；在全国各地没有其他一个地方

能让你感觉你是在事件的中心。因为不管你去的什么夜总会，参加什么运动，看什么电影，听什么音乐会，吃什么餐馆，在你缺席的情况下生活在那里都将继续，就像它一直的那样；但当我在海布里看着类似这样的比赛，我感觉到剩余的世界已经停滞，聚集在大门之外，等待着倾听最后的比分。

欢迎来到英格兰

英格兰 v 荷兰

1988 年 3 月

1988 年我开始为一家远东贸易公司工作。我起初是个英文老师,但很快事情就变得很清楚,我那些身为公司中层的学生,感到更加困惑的并不是英语这门语言,而是总公司给他们的那些奇怪的指令。于是我的授课就停止了,并为一些我只能形容为“其他事情”的工作所代替,这些对我职责的笼统描述,已经超出了我的能力范围。我写过数不清的信给律师,还写过一篇关于乔纳森·斯威夫特的长文[1],并被翻译传回给了总部;我使我雇主满意地搞清楚了饮用水的构成;我仔细察看了汉普顿宫的园林设计图,并且拍下比尤利汽车博物馆的照片;我去见过社会福利部的主席与之讨论孤儿院的问题;我参加了有关沃克郡赛马中心以及苏格兰纯种狗的旷日持久的谈判。工作包罗万象。

那些经理工作起来努力得惊人：他们的法定工作时间是星期一到星期五的上午 8 点到晚上 8 点，以及星期六的上午 8 点到下午 2 点，但那是有名无实的——一个十二小时的工作日，就像戈登·吉克②的午餐，是为懦夫准备的。但当我告诉我的三个学生，古力特和范巴斯滕会来到英格兰对阵莱因克尔和希尔顿，这种吸引力即使对他们这些人也是足够的大，于是我被指示去买球票，并且在那个夜晚权作他们的随从和向导。

每隔几年我就会忘记去温布利看英格兰队的比赛是多么痛苦的经历，然后再去试一次。在 1985 年苏格兰的约克·斯坦因死后几个星期，我去温布利看了一场世界杯预选赛，并且听到了最令人难以置信的下流的庆祝歌曲；四年之后我去了另外一场，坐在一群唱国歌时醉醺醺地行纳粹举手礼的人中间。为什么我会认为和荷兰队进行的一场友谊赛和那有所不同，我已经忘记了，但结果导致了一场令人尴尬的误会。

我们去的时间刚刚好。我们在开球前十五分钟就走在了温布利路上，口袋里放着固定座席的球票，我为自己专家级的组织才能非常得意。然而，当我们抵达我们的看台入口，却碰到了一群坚决而且不分青红皂白的骑警指挥着我们，我们和其他数百名拿着球票的球迷被强迫退到路口，我的同事开始惊慌起来。我们重新整队再次出发；这次我们那 12 镑的球票被不情愿地认为是合法的证明，我们被允许走向球场。这时球赛已经开始了，英格兰几乎是比赛一开始就进了

① Jonathan Swift(1667—1745)，英国—爱尔兰讽刺和散文作家，政治评论家。
② Gordon Gekko，电影《华尔街》的主角，号称世界第 15 名虚构的富豪。

球，但我们错过了——我们当时正在为是否能进入球场交涉。入口的一个大门被挤坏，悬挂在合页上，一个官方人员告诉我们许多人强行通过那里进入了球场。

而一旦进入球场，就发现我们的座位已经被占了。过道上挤满了像我们这样的人，都拿着现在毫无价值的球票存根，都太过害怕而不敢去对抗那些坐在我们位子上的理着光头党发型的粗脖子。视野之中没有一个维持秩序的人。当我带着我的同伴们走下阶梯去寻找一个位置，以便我们至少能看到一部分球场时，一群年轻人中的一个骂道："该死的外国佬来了！"我没有翻译这句话。我们站着看了差不多半个小时，在这期间荷兰以 2-1 领先了；留着长发绺的古力特，是这场比赛所有球票售罄的主要因素，但每当他拿球时都会惹起一阵猴子似的叫声。在半场结束以前，我们放弃了比赛回家去了，我迅速回到公寓里，正好赶上看电视集锦。

有人告诉过我现在在温布利他们已经有所改正，在 1990 年意大利世界杯前夕，因为加扎崇拜和莱因克尔的魔力，英格兰观众的成分已经改变了。这些通常会在球队表现好时发生，但它本身并不能带来太多改变的希望，因为当他们踢得糟糕时这一切都会消失。我是这么看的，虽然这个理论并没有什么明显的证据来支持，但也不必在意：烂球队总会吸引丑陋的追随者的。

只有笨蛋在今天才会怀疑社会、经济条件和足球暴力之间的联系，但为什么会如此，比如，伯明翰城队的球迷会比桑德兰球迷有着更坏的名声？即使我们接受这个观点，为讨论起见，中西部有着和东北部同样糟糕的社会和经济困境，那么谁可以解释为什么维拉球迷就有不会做坏事的习性？两支球队同在一个城市；但一支在甲级联赛,另外一支混迹在丙级。当利兹、切尔西和曼联降级到乙级,他们的球迷们也会恐吓每个人;当米尔沃尔升上了甲级,他们那凶暴、邪恶的暴力行径的名声就稍微缩水了。而我并不认为可怜的足球改变了人们的行为;并不是如此,虽然里面也还是掺杂着一点补偿性的骄傲("我们也许足球踢得不怎么样,但我们踢你很在行");但这里有更多的内容——我怎样才能用巧妙的措辞来表达这些呢?——"决不说再见,我们会永远支持你"的队伍比那些"随你去吧"的漂浮群体有着更高比例的疯子。

所以在两万五千人的观众中,你能发现几百个麻烦制造者;而当你只有五六千名观众的时候,那同样的数百人仍然会出现在球场上,这样,本来属于少数的麻烦制造者就在球迷中占了相当大的比例,因而俱乐部就有了某种坏名声。而当你有了暴力的坏名声后,你会吸引更多的有暴力倾向的人。我想,这就是在70年代末80年代初,在切尔西和米尔沃尔球迷中发生的变化;也同样发生在英格兰队1974年落选世界杯和1990年杀入世界杯之间。在那段时间的大多数时候,他们是处于绝望的那一边,因而吸引了许多绝望的观众。

这里的问题在于,除非一支球队踢得很好,赢得冠军,他们的球场爆满,否则俱乐部是无法冒险去同那些他们想清除的极端分子划清界限的。我能想起至少有一位俱乐部主席,他在过去对一些讨厌的行为让他的球队臭名远扬感到非常矛盾,但我不知道任何英格兰队主管有特别的措施去赶走一批人,迎来另一批人(任何这类措施都是球迷们自发做出的);因为他们深深地知道,是谁提供了他们面包上的黄油。

我尝试着带领我的新同事们去海布里,以补偿那个夜晚,我知道在那里不管我们站着还是坐着都不会受到打扰。但每次我提出建议,他们都只是看着我笑笑,似乎这种邀请是一个以难以理解而著称的、英格兰式幽默的极端例子。我猜他们仍在想我每个星期六下午都会去面对警察的马匹,退缩在过道的某个地方,太害怕以至于不敢要求坐在我已经付了钱的座位上,根据对荷兰的那场比赛的体验,他们的这种猜测显然是合理的。在他们看来,星期四早上我应该做的第一件事就是打电话回总公司,祈求被调到某个地方工作,世界的其他任何地方。

古斯[1]·卡塞尔

阿森纳 v 卢顿

1988 年 4 月 24 日(温布利)

那一年的小森林杯决赛就是一场灾难,有时我会不由自主地想起它:比赛还有十分钟,我们 2－1 领先,而且在最后的大部分时间比赛呈一边倒之势(海耶斯击中了门柱,史密斯击中了横梁,史密斯和迪博尔一对一但失败了),当“岩石”被绊倒在禁区中,球队获得点球时,温特伯恩准备要……

又没有踢进去。他再次错失了机会,自从那个 4 月的下午之后,我已经想起这次比赛四五十次了。我的白日梦如此清晰,以至于我相信他总是应该能把握住一次机会的,不过回到现实中,或从一本正在读的书中清醒过来的过程很缓慢,通常需要强迫我自己去承认现实，有时还需要低声对自己说：比赛已经结束了，结束了，并且不会再来一次。但是如果温特伯恩进球了（为什么就没有别的什么人自愿来代替他罚那个点球呢？温布利的决赛并不是一个菜鸟的地盘），我们会以3－1领先，毫无疑问，我们将蝉联冠军；但他没有打进，而卢顿却冲到了另一端并在最后七分钟内打入两球，以3－2反超。不管公平或不公平，阿森纳球迷们都在指责同一个人：奥古斯特·卡塞尔。

有许多球员都被观众认为是垃圾好多年了，然而他们并不是都那么糟糕：伊恩-乌尔，萨姆尔斯，布洛克利，瑞克斯，查普曼，海耶斯，格罗夫斯，甚至是迈克尔·托马斯，在第一个冠军赛季的下半段和接下来那年的大部分时间都不错。但古斯不同。没有关于他才华的讨论。海耶斯，格罗夫斯，托马斯以及瑞克斯都有自己忠实的球迷，但古斯一个都没有，或者我从来没有碰到过一个；他在阿森纳生涯的最低点应该是在1990年1月被温布尔登1－0耻辱性地击败那次，整场比赛中，当他完成每一个没有失误的回传或者解围时，都会迎来讽刺性地祝贺和欢呼声。我无法想象哪一个人还能承受住那种公然的羞辱。

在我停止教学工作并且开始尝试写作不久之后，我读了一本沃尔特·特维斯写的《骗子》。我被法斯特·埃迪震撼了，在电影里这个角色由保罗·纽曼饰演，正像我在查理·尼古拉斯从凯尔特人转会过来时，我被自己将成为"炮弹小子"的主意所震撼一样。而这本书似乎是说明你所想做的一切都是很难实现的——写作，成为一名

① 古斯是奥古斯特的简称。

球员，无论哪一种——对此我格外注意。有一阵子（天哪天哪天哪）我把下面这些句子打在一张纸上并且贴在了我的桌子上。

> 整个该死的情况就是这样：你必须要致力于你自己选择的生活，那是你自己选择的——大部分人甚至都不能这么做。你聪明、年轻，并且就像我前面所说的，你拥有才华。

当退稿信件堆积起来时，这些句子安慰了我；在我开始惊恐那些其他人都有的东西似乎渐渐离我越来越远，比如工作、条件好的公寓以及供周末花销的一点现金，朋友们和家里人开始试图让我安心。"你知道你很棒，"他们说，"你不会有问题的，只要有耐心。"我也知道我很棒，而且我已经效忠于我选择的生活，而且我的朋友，以及法斯特·埃迪的朋友们，不可能都是错的，所以我回去坐着，继续等待。现在我知道我错了，这么做很愚蠢，而且我知道这些是因为古斯·卡塞尔提醒了我。

古斯生活在这种自信的、受到驱使的天职作为感觉的保证当中（我在这里并不是妄自尊大，但那种简单的健康的自信是生存不可或缺的），是容易被相反地误解的。古斯忠实于他所选择的生活吗？他当然如此。没有这种信心，你在任何一个重要的甲级球队中都无法进入一线队。他知道他很棒吗？他也一定知道，而且有理由如此。想想吧。在学校里，他一定比他的同学们好上很多，他被挑选入校队；然后进了南伦敦少年代表队，或诸如此类的什么球队；而且他仍然比球队的其他人好上一大截子，所以球探们来观看了，他被提供了一个学徒合同，不是富勒姆、布伦特福德或者西汉姆联，而是声名赫赫的阿森纳。但那仍没有结束，即使在那时，因为如果你在五年前看过甲级球队的青年队,你无法认出大多数人,因为他们中的大多数都消失了。(1987 年 4 月在一番毫无计划的收纳计划之后的阿森纳青年队有:米勒,汉尼甘,麦克格雷格,希利尔,斯库利,卡斯代尔斯,克利尼,利维罗,卡吉戈,鲍尔,埃斯奎兰特。当然,只有希利尔成功了,尽管米勒仍然是我们高一级预备队的守门员;斯库利仍在某处踢着职业足球,但不是阿森纳也不是一支甲级球队。剩下的都走了,离开了这支以给自己的球员公正机会而著名的球队。)

但古斯幸免于难,并且升上来为预备队踢球。而且突然的,一切都为他准备好了:唐·霍尔陷入了困境,并且大换血把一批年轻球员升入了一队——尼尔·奎因,海耶斯,罗卡索,亚当斯,马丁·基翁。当维维·安德森在 1985 年圣诞节被停赛时,古斯作为右后卫第一次上场,在老特拉福德他无处不在,我们在那儿 1-0 获胜,所以他作为后防四人组的一部分从曼联队那里全身而退。

霍尔被解雇后,乔治·格拉汉姆留下了他,在乔治手下的第一个赛季里他作为替补,参加了好几场比赛被当作一个补丁使用,所以对他来说事情仍然不错——尽管不如"岩石"、海耶斯、亚当斯和奎因,但那时这些球员正处于他们不同寻常的第一个完整赛季,而当英格兰 U21 组队时里面充满了阿森纳球员,古斯·卡塞尔也是其中之一。英格兰的主教练们,就像阿森纳球迷一样,开始暗中相信阿森纳青年政策了,而且当古斯有一阵子不在阿森纳一线队时他仍然被选入英格兰队中,不要问为什么,反正他还在国家队,当时他被认为是整个国家最好的二十岁左右的球员之一。

在这种情况下古斯有一点点放松了他的警惕是可以原谅的。他还年轻,他有才华,他忠实于自己选择的生活,至少那种折磨每一个人的自我怀疑的飘渺的噩梦现在已经消失。在这个阶段你必须依赖他人的评价（我依赖于朋友们、代理商和每个我能找到的、读过我的作品并告诉我还不错的人）；而且当这些人中包括两名阿森纳教练，一个英格兰教练，那么这时你可能估计确实没必要担忧什么了。

但就像后来显示出来的那样，他们都错了。迄今为止他还算是没有什么困难地跃过了途中的栅栏，却很可能被绊倒。我们第一次注意到事情不对劲可能是在 1987 年 1 月，在对托特纳姆的半决赛的第一轮：卡塞尔显然非常费力，对付那些热刺前锋已经超出了他的能力。事实上他看起来就像探照灯光下的兔子，完全定在那里，只有在瓦德尔、艾伦或者有人越过了他时，他才开始可怕而让人同情地慌慌张张去抵挡。最后乔治用迪奥·福利换下了他，才救了他一把。自此之后他再也没有获得什么机会。我记得他的下一场比赛是在对卢顿的决赛前的一两个星期，在斯坦福桥对切尔西的 1－1 平局，但又是那样，在上半场的某个时刻迪克逊带球冲向了他，变换了一个方向，然后再变一下，再变一下，就像你的父亲在你还是小屁孩时在后花园和你玩的那样，最终绕过了他然后把球踢进了球网。当奥利莱受伤，古斯是唯一能替换他上场的队员时，我们知道在温布利一定会有麻烦。卡塞尔撑了很久，但当还剩下七分钟时，足球被踢进了禁区，他猛地一脚踢空，然后翻倒在地，那时候他看起来完全不像一个职业球员，而像某个在大街上踢球的人，因为赢得一场什么竞赛，所以可以在温布利的决赛上作为中卫露露面。接着在混乱中丹尼·威尔逊用头把球撞过了门线为卢顿打入了扳平的一球。

事情就是这样。故事结束了。他在俱乐部又呆了三四年，但是成了球队中卫的最后选择，而且他一定知道，当乔治买来博德，接着是林尼安，接着是佩特斯，而且亚当斯和奥利莱也仍在俱乐部，他已经没有什么前途——他是球队两个位置的第六选择。在 90/91 赛季他被允许自由转会去了剑桥联队；但在那里呆了几个月后他们也让他走了，去了布利斯托尔城队；而几个月过去后，布利斯托尔城队让他去了埃尔德里队。古斯·卡塞尔达到了他力所能及之处，显然比他同时代的人拥有更高的才华（达到他那种球艺对我们其他人来说只是梦想），但那仍然不够。

体育和生活，特别是和艺术生活，是不能准确地相比的。体育的一个最伟大之处就是它本身的残酷透明；不存在这种事，比方说，一个糟糕的百米短跑运动员或者一个毫无希望的足球中卫交上好运；在体育领域，你总是能被暴露出来。同样也不会有一个不为人知的天才前锋在阁楼顶层挨饿的事，因为球探系统是十分牢靠的。（每个人都会被关注着。）然而，有许多糟糕的艺术家、音乐家、作家过着体面的生活，他们只是出现在正确的地方正确的时间，或者知道某个正确的人，或者才华被误解或者过高评价。虽然如此，我想它与古斯·卡塞尔的故事仍有一个真正的共同之处：对任何一个野心勃勃的，拥有对命运不可动摇的感觉的人来说，这是一个可怕的教训（再一次说明，对命运的感觉和狂妄自大不是一回事——古斯·卡塞尔并不是一个狂妄自大的球员）。古斯一定知道他非常棒，就像任何一支在马奎演出过的流行乐队知道他们命定会在麦迪逊花园广场演出，并且登上《新音乐快递》杂志的封面；就像一个刚刚向费伯出版公司递出一部完稿的作家知道，他离布克奖只有两年距离一样。你将你的生活交付给了这种感觉，你感觉到的那种力量和决心流淌在你的血管里……但实际上，那是毫无意义的。

步行距离

阿森纳 v 谢菲尔德星期三队

1989 年 1 月 21 日

移居到这里来是合理的,其中还有一些其他的原因:你的钱,在衰败的北伦敦区比在谢菲尔德的布什区或诺丁山,可以花得更长远一些,而且这里的公共交通系统非常好(从国王十字街过来五分钟,有两条地铁线,数以万计的公共汽车)。但住在走几步就能去球场的地方,实际上是实现了一个可怜的二十多年的理想。而试图为此穿上逻辑的外衣是毫无用处的。

看房子挺有意思。我去看过一个带有顶层阳台的公寓,在那儿你能俯瞰对面球场的一部分,而且你能看到那些巨大的字母"RSEN"①,虽然只能看到这几个字母,但已经足够让人热血沸腾了。

我们谈好价钱的公寓就位于当我们赢得冠军时欢庆的敞篷巴士游行经过的地方。那些房间比我们现在住的地方要小且黑，但客厅的窗户框住了整个西看台；在我写这本书的时候，我就有可能暂停一下，向窗外望去，然后精神振作地回到阿姆斯特拉德电脑面前。

最终我们不得不满足于住在有点缺少精神属性，只能鸟瞰芬斯伯里公园的地方，在那里即使你站在凳子上，并且把你的脑袋伸出窗户，你也看不见任何东西，更别提那面在我写作时依然是我们的（尽管，我担心我们在顶级联赛可能坚持不了太久了）、摇晃着的德巴克莱联赛角旗了。不过还是有些什么的！人们在比赛前把车停在我们的路上！而且在刮风天气里，如果窗户开着，即使是在公寓里面，也能清晰地听见扩音器的声音！（显然，我不知道吼叫的声音会多大，因为当球队在"家"时我都不会在家，但我希望那种庆祝的喧闹声能传很远。也许有一天我会借我妹夫时髦的索尼录音机，把它放在电视旁边窗户下面的凳子上，然后开着让它录音。仅仅是为了兴趣。）而最好的是，住进去仅仅几天之后，我走在路上——**这是真的**——在地上发现了一张印着二十岁时的彼得·马里内罗肖像的泡泡糖卡片，污秽，肮脏，还有些破损。知道我生活在一片如此富有经典历史、充满了我自己过去的地区，你无法想象这让我多么高兴。

当我们把这个角落当成我们的新街道时，车载电台给我们带来了凯文·理查德森在古迪逊公园进球的新闻，那是一场 3－1 胜利的第三个进球（而且埃弗顿的进球实际上并没有过线），这看起来就像一个多么美好的预兆。但我等待着下个星期六对谢菲尔德星期三队的比赛，我第一次真正意义上的"主场"比赛，终于，在我三十一岁的

① 阿森纳（ARSENAL）的中间四个字母。

时候，我能走在阿文尔路上，走过十字转门，作为一个北伦敦人走进北看台。

那个星期六下午，当我在差二十分钟3点时打开前门（差二十分钟3点！），走上街道，并朝着球场走去时，我期待着会发现什么呢？我想象那就像一部描写城郊居民的情景喜剧，在同样的时间正好都打开了同样的前门，并且穿戴同样整齐地一起走在大街上，拿着同样的公文包、伞和报纸。当然，在我的街道上，会是阿森纳支持者们，而不是来往客，他们都走了出来，而且都戴着鸭舌帽和褪了色的红白色条纹的围巾。他们会看到我并向我致意，而我会立刻成为一个备受喜爱而且是有价值的、快乐的、工人阶级的阿森纳社区中的一员。

但没有其他的门打开。在我的街道上没有人支持阿森纳。我知道我的一些邻居是很多年前的雅皮士，他们对足球没兴趣；其他的是些暂时的、没有房子的短期租客，从来不会呆足够长的时间去培养出这种爱好。剩下的……我不知道。你无法推测出每个人，而且那每个人的爱好也很难说。我所知道的是这里过去有一个球迷，一个年轻的小伙子，经常穿着客场队服到处晃悠，但当我们搬到那儿不久他就搬走了；除他之外，要不是在比赛时总有车开来开去寻找一个停车位置的话，这里和梅登赫德没有什么两样。

我怀疑我来到这里足足晚了二十年，就是在这几十年里，当地的支持者稳步减少。根据俱乐部的统计，大部分的球迷住在城郊家乡郡（当我从剑桥回来时，走到哈特菲尔德附近时火车上挤满了阿森纳的支持者）。伦敦的足球——在热刺、切尔西、海布里以及扩展较小的西汉姆联——已经成为城郊人们的午后娱乐。现在人口统计已经变化了，那些过去从伊斯林顿、芬斯伯里公园和斯托克·纽顿大街走过去看比赛的人不见了:他们或是死了,或是把房子卖了移居到埃塞克斯郡、赫特福德郡、米德尔塞克斯郡去了。尽管你还可以看到有不少人穿着俱乐部的衣服走来走去,也有一些店主对结果感兴趣(有一个球场内报摊的店主是一个忠心耿耿而且知识渊博的球迷,然而他的兄弟却支持切尔西),但我在这里感觉到更加的孤单,这是我在60年代末期绝对不会想到的。在多年以前,那时我常常纠缠着父亲买一幢在阿文尔路的房子,他说,我早晚会对此厌倦的。

统治力

阿森纳 v 查尔顿

1989 年 3 月 21 日

现在我要写一写我自己的事。那个在这本书的开头忧虑自己的未来的男孩已经消失了；那个在二十多岁与自己纠缠的年轻人也不在了。我不能再用年龄，或者说年轻，以这些在别处行得通的方式，来解释我自己。

随着我年龄的增长，足球的统治力影响了我生活的方方面面，因此也影响了我身边的人，并且越来越不合理，越来越没有意思。在长年的让人讨厌的经历中，家人和朋友们都知道，比赛日程表通常是任何安排的最后决定者；他们理解，或者至少能接受，洗礼仪式、婚礼或者任何聚会，在其他家庭都拥有无可否认的优先权，但在我们家里必须磋商后才能决定。所以足球被认为是一种必须回避的缺陷。如果我坐着轮椅，我身边的人不会把任何事安排在公寓顶层进行，那为什么他们还要在冬天的星期六下午安排任何事情呢？

和每个人一样，我在我知道的大多数人的生活中都需要扮演一个不重要的角色，当然，这些人通常都对即将来临的甲级联赛赛程不感兴趣。所以就有许多婚礼请帖被我不情愿但不得已地拒绝了，尽管我经常细心地去作出一个大家能够接受的理由说明，比如家庭问题或者工作难题；但"主场对谢菲尔德联队"看起来并不是类似这种情况的一个充分的解释。

然后还有那些不可预知的杯赛重赛，那些重新排定的周中比赛，以及为了适应电视节目单，把比赛从星期六改到星期天的短短的公告，所以我不得不拒绝那些与可能的或实际的赛程相冲突的邀请。（或者我会做一些去的安排，但通知对方我可能在最后时刻取消，有时候这也并不能被太好地接受。）

但这越来越难了，有时候不可避免地伤害了一些人。与查尔顿的比赛就与一个亲密朋友的生日宴会冲突了，那是一个只邀请了五个人的聚会。一旦我确认了有相冲突的利害关系，我就会有短暂的恐慌，害怕自己会错过一场主场比赛；接着我打电话给她，心情沉重地告诉她发生了什么。我指望一阵笑声和赦免，但两者都没有，从她的音调里，我听到那包含了失望和疲倦的烦躁情绪，因而深知我不再会得到原谅。取而代之的是一些可怕的话语，"做你认为是正确的事情吧"，或者"做你想做的事情吧"之类的话。这是设计用来将你排除出外的语言。我说我得再考虑考虑，但我们都知道，在我已经暴露了自己那种毫无价值、浅薄的小人心理之后，我没有什么好考虑的，然后我就去看了比赛。我很高兴我去了。保罗·戴维斯打进了我在海布里见过的最好的球之一,他在一次查尔顿的进攻之后急速穿越整个场地打进了一个鱼跃头球。

在类似这样的情况下似乎有两个要点。第一,我开始怀疑我和海布里的关系超过了和球队的关系:如果比赛是在山谷球场、赫斯特公园球场或者厄普顿公园球场举行,它们都不是不可或缺的,你可能去想,对于像我这样狂热的人来说一定会去,但我不会去。所以这一切是因为什么?为什么我会固执地在伦敦的一处看一场有阿森纳加入的球赛,而不去伦敦的其他地方?用一句心理学的行话来说,这里的幻觉到底是什么?如果我仅仅一个夜晚不去海布里,我会设想什么事会发生?其实错过的一场比赛可能会对冠军争夺的最后结果产生影响,但并不能保证冠军不会旁落。我想,问题的答案是这样的:我害怕在下一场比赛里,随着我错过的一场接一场的比赛,我将不能理解接下来发生的事情,比如球员的一首歌或反感一个球员的原因;这样那个全世界我最了解的地方,那个家里之外我绝对、无可非议地属于它的地盘,会渐渐变成异国他乡。我曾在 1991 年错过对考文垂的比赛,以及 1989 年对查尔顿的比赛,但那时我正在国外。虽然一开始这种缺席感觉很奇怪,但我在离球场几百英里之外这个事实,减轻了那种恐慌并让它看起来能够被容忍;唯一的一次我在伦敦的某个地方而同时阿森纳正在主场比赛的时候(1978 年 9 月我们以 5－1 打败皇家园林巡游者队时,我正在维多利亚路排队买一张弗雷迪·莱克廉价航班空中客车的票,因为有特殊的意义,所以我对进球和对手都记得很清楚),我感到心里翻腾得很不舒服。

但我知道,这种情况会很快在哪一天再次发生的。比如生病(但我在患流感和脚踝扭伤的情况下仍然去了海布里,任何事情,只要不是需要使用卫生间的，几乎都没有阻止过我去海布里），更远一点的，比如孩子的首次足球比赛或者学校表演（当然我会去学校看表演……但我害怕我会太愚蠢以至于忘记了这回事，因此导致孩子在2025年花费数个小时在汉普斯特德的某张躺椅上，对满腹狐疑的神经科医生解释，在他或她的童年时光里，我经常把阿森纳放在第一位），还比如亲人的亡故，工作……

这就是我要说的，这种重新安排比赛问题带来的第二个要点：工作。我的弟弟现在有一份需要过着朝九晚五规律生活的工作，但即使如此我也不能回想起来迄今为止他错过了哪场比赛，但那只是个时间问题，很快会有一天，这个赛季或下个赛季，有人会叫他参加一个临时会议，不到8点半或9点钟不会停止，当四英里外，梅瑟正在羞辱一名对方后卫时，他仍然盯着一本备忘录。而且他不喜欢那样，但他没有选择，所以他耸耸肩并继续下去。

我不认为我会做那种工作，原因在前面已经提到了。但如果我有这样的工作，我希望我也能耸耸肩膀。我希望我能不被开除，不要因为我的恐慌、翻脸、借口，而暴露自己的那种依然无法接受成年人生活标准的这个事实。作家要比大多数人幸运，但我想，有一天，我也可能会被逼着做一件在时间上来说，对我是灾难性的事——我会在某个星期六下午有唯一的机会去见某个能提携我的人，或者会在星期三晚上必须面对电脑，完成几乎不可能完成的稿件。正常的作家会去做巡回宣传，并且在“沃冈”节目中做客，以及其他充满了危险的事情，也许会有一天，我也必须面对这一切。不过，这一切尚未发生。这本书的出版者不会期望我写出这种神经病的东西，然后又可以错过好几场比赛以帮助他们宣传这本书。“我是个疯子，记住了吗？”我会告诉他们。“整个这本书就是关于这一点的！我绝不会在一个星期三晚上去水石[①]作一场读书会!”于是我有可能将现状维持较长一段时间。

这真是相当偶然而且盲目的好运，在数十年靠工资为生的年头里，我尚未发现自己处于不可避免的错过比赛的情况(即使是我在远东公司的上级，通常总是坚持社交生活的重要性，也都从不怀疑阿森纳优先的规则)，或者是我的痴迷改变和引导了我对生活的追求？当然，我更希望不是这样，因为它暗含着一种警告：如果是那样的话，我十几岁时的那些选择，就不复存在了，在1968年对斯托克城队的比赛就阻止了我成为一名企业家、医生或者一个真正的记者。(和很多球迷一样，我真的从未想成为一个体育评论家。当我愿意在海布里看阿森纳对温布尔登队的比赛时，我怎么能报道同时进行的利物浦与巴塞罗那的比赛？被支付了很多钱要我去写我喜欢的比赛，是我最黑暗和最冷酷的担心之一。)我宁愿相信，在海布里有比赛的时候我拥有去那里的自由，这是我自己选择的道路上的一个幸运的副作用，而且就让它那样吧。

① Waterstone，英国和爱尔兰最大的连锁书店。

希尔斯堡惨案

阿森纳 v 纽卡斯尔

1989 年 4 月 15 日

这个消息是从带了收音机的人那里散布出来的，但我们并不清楚到底发生了什么事，直到中场休息，当时利物浦与诺丁汉森林的半决赛没有任何进球，在那时也根本没有人会料想到那个惨案的规模究竟有多大。在我们一场乏味的无精打采的 1－0 胜利的比赛的最后，每个人都知道那里出现了伤亡。有少数人，就是那些去过希尔斯堡看大场面的人，在惨案发生时就已经能估计到问题是出在球场的哪个部分；但当时没有一个赛事的组织者，会对球迷们的担心感兴趣。

当我们回到家时，一切已经很清楚，这可不仅仅是一场足球意外，不是那种每隔几年就会发生一次，让一两个倒霉的人丧命的事件，有关当局认为这是我们选择的娱乐方式当中必然存在的危险性，并不把这当回事。死亡名单每分钟都在上升——七个，接着是二十，接下来是五十多人，最终到了九十五人——而且你知道，如果任何人还剩下一点点常识的话，一切都不再会是同样的了。

很容易理解为什么痛失亲人的家庭希望看到南约克郡的警察局长被送上法庭：他们错误的判断就是一大灾难。不过，虽然很明显那个下午警察把事情搞得一团糟，除了告他们无能，以其他罪名来控告他们，都会是一种强烈的复仇心理。我们中极少有人不幸到因为失职而杀人。希尔斯堡的警察们永远无法保证安全，不管他们打开了或没有打开多少门；在整个国家，没有任何一个球场的警察能保证足够的安全。惨案可能会在任何地方发生。它也可能会发生在海布里——也许北看台的水泥看台会垮塌到街上（这并不需要特殊的想象力）；或者它也可能发生在罗夫图斯路球场，在那里数以千计的球迷只有从一个咖啡吧的门里进入客队看台的权利。而事后会有一场质询，以及报纸的报道，指责那些警察、保安人员、喝醉的球迷或者其他人。但当整个事情基于一个相当愚蠢的前提时，这绝对不是正确的。

这种前提是：期望那些大多数都是在一百多年前建的球场（诺维奇的球场，五十八年历史，是甲级联赛中最年轻的球场），既能供一万五千到六万三千名观众使用，又能保证让这些人不会受到伤害。想象一下一个小镇的全部人口都试图进入一家大型百货公司（我的家乡小镇拥有近五万人口），你就会对这种期望有一个基本的概念了。那些人，一万到一万二千人挤在一起，站在陡峭的、有的还有些摇晃的水泥台阶上，这些台阶虽然几十年中做了一些改良但本质上从未改变过。即使在那个当时只有鸭舌帽在空中飞来飞去的时代，那也是不安全的：在1946年的博尔顿的布尔敦公园球场，因为看台栅栏坍塌造成了三十三人死亡，1971年的伊布洛克斯惨案再次发生在那里。随着足球变成一个群体冲突的地方，围堵政策而不是安全设施成为了优先选择（那些环绕的铁丝网再次出现），一场大的惨剧将成为不可避免的事情。哪个人有希望从中逃脱？面对超过六万的观众，你能做的只是关上门，告诉每个人挤一挤，然后深深地祈祷。1971年的伊布洛克斯惨案就是一场没有被注意的可怕的警告：导致那起惨案固然有特殊的原因，但从根本上讲，应该负责的是我们观看球赛的方式，球场里的球迷太多，而球场太老太旧了。

这些球场是在球迷们还没有汽车开的年代修建的，在也还没有过度依赖于公共交通的年代，所以球场都精心地设计修建在居民区中心，周围到处都是狭窄的街道和带着阳台的住宅。二三十年后居民区开始猛烈扩张，人们开始从二十甚至是五十英里外来到这里，但球场什么都没有改变。现在是一个把球场修在城外的时代，那里能提供停车场和改良的安全设施；欧洲的其他地方都在这么做，因此意大利、西班牙、葡萄牙和法国的球场都更大、更好也更安全，但是很典型，在一个基础设施终于开始崩溃的国家，我们对此倒是根本不担心。现在，数万球迷走在狭窄、弯曲的地下通道，或者在狭小、安静的街区小道上双重泊车，而相关的足球当局看来没有把这些当回事，满意地让它继续下去——看球方式，球迷构成，交通方式，甚至球场本身的状态也都已经改变，就像我们自己一样，在20世纪下半期，开始看起来有些衣衫褴褛了。有许多能够也应该去做的事，但都没有做，百年来每个人都如此，年复一年，直到希尔斯堡惨案。希尔斯堡惨案是战后大不列颠发生的第四起足球灾难，是第三次因为对观众控制不力导致很多球迷死亡的事件；它也是第一次不再将这种事件归因于倒霉的运气。如果你愿意的话，你可以指责警察在错误的时间打开了错误的门，但在我看来，这样做是没有抓住要点。

泰勒报告，非常出名地而且我认为非常正确地建议每个足球场都应该改为全座席的。当然这可能带来新的危险——举例来说，可能导致布拉特福德大火的灾难再次发生，在那里人们死于在看台底下堆积如山的极易燃烧的垃圾。座席本身并不能消除足球流氓行为，如果俱乐部十分愚蠢的话，甚至可能激化它。座席能被当作武器使用，当有麻烦产生时，一长排一长排的人还会妨碍警察的干预，尽管如此，全座席仍然能让俱乐部更好地控制哪些人占据哪一部分球场。真正的重点是，如果俱乐部正确实施泰勒大法官的建议，人们像在伊布洛克斯和希尔斯堡那样死去的可能性将大大降低，而且以我之见，只有这点才是最重要的。

在写此书之时，泰勒报告在球迷和俱乐部中都引来反对的意见。问题是多种多样的。改造球场使它们更安全是非常昂贵的，很多俱乐部没有那么多钱。为了增加收入，他们中的一些会大幅提高票价，或者引介像阿森纳和西汉姆那样的债券计划，那可能意味着许多年轻的男性工薪阶层，支持者中的传统力量，将会消失。有些球迷想继续站着。（我认为，那不是因为站着看比赛更加传统和高级——不是那么回事。那很不舒服，而且身高低于六点二英尺的人视野将受限，球迷们担忧的是站立看台文化的终结，将意味着球场喧闹声、氛围以及所有难以忘却的足球记忆的终结，但伊布洛克斯的全座席看台制造着比钟楼看台和北看台合起来还要大的喧闹声；座席本身并不会让球场变成教堂。)所有球场的容量将会下降,有些将会在当前的平均人数以下。有些俱乐部因此将不得不关门大吉。

我听过并看过数以百计的反对泰勒报告的球迷的评论,他们认为足球的未来是过去看球方式的新版本,有更安全的看台和更好的设施,而不是从根本上改变。而触动我最深的是这些评论中附带的怀旧甚至是神经质的情绪——某种程度上,和这本书里所附带的神经质的情绪是一样的。每次俱乐部提及建设新球场,都会有强烈的抗议;在几年前当阿森纳和托特纳姆商议建设共用球场,选址在亚历山大宫附近,抗议声一浪高于一浪(传统!),而结果我们现在发现自己身处世界上最小的球场中。里斯本的露天球场能容纳十二万人,马德里的伯纳乌能容纳九万五千人,拜仁慕尼黑能容纳七万五千人;但阿森纳,欧洲最大城市的最大球队的球场,当改建完成后只能挤进去不到四万人。

我们以前不想要新球场,而现在我们不想要旧的,如果他们改良后虽能保证我们的安全,却不得不提高票价的话,那么我们也不想要。“如果我想带我的孩子们来看比赛该怎么办?我无法支付那么多钱。”但我们同样支付不起让孩子们去巴巴多斯、塞尚的乡间别墅以及歌剧院的钱。当然,来一场革命的话,我们就能够愿意去这些地方多少次就去多少次,但在此之前,这看起来是个非常差的论点,是一种抱怨,而不是一个有说服力的反对意见。

“那些被迫关门的小俱乐部该怎么办?”如果切斯特关门的话,会让数千名他们的球迷非常悲伤——如果我是他们之一的话我会崩溃的——但它本身并不是因此允许俱乐部危及他们的球迷生命的理由。如果俱乐部因为缺钱,无法提供避免另一个希尔斯堡惨案发生的必要经费,而不得不关门的话,那也只能这样了。这是残酷的事实。比如像切斯特和温布尔登之类的许多球队,他们是那种没有多少人会在意他们存在或不存在的球队(温布尔登是一支人口稠密区域的甲级球队,但吸引着很少的球迷,甚至在他们被迫迁往伦敦的另一边之前就是这样),这才是故事的实质。无论如何,在这样的球场里是没有可能出现挤塌事故的;强迫俱乐部为那些有一块自家后花园那么大的水泥台阶站着看球的球迷安装座椅也太可笑了。

“那些至死不渝追随俱乐部、支付球员工资的球迷怎么办?俱乐部怎么可以打算这样放弃自己的球迷?”这个话题直接指向了足球消费的核心。我在别处已经解释过,如果俱乐部脱离了他们的传统球迷基础,他们就会发现自己面临严重难题,在我看来,他们被误导着这么做了。显然球场的改进所带来的费用不可避免会带来球票价格的上涨;我们中的大多数都会接受支付更多的英镑去看我们的球队。然而,阿森纳和西汉姆联的债券计划已经超出了这个:利用上涨的票价用一拨群体来代替另一拨群体,把老球迷赶走换成新球迷,换成更加富有的人群,这就是一个错误。

虽然如此,这都是一个俱乐部完全有自由去犯的错误。足球俱乐部不像医院或学校那样,不管我们的财政资金状况如何,都有义务接受我们。有趣而又很有启发的是,这些债券计划的反对派采用了一种宗教战争的腔调,就像俱乐部对他们的球迷们有道义上的责任一样。但实际上,俱乐部欠了我们什么吗?欠了我们每个人什么吗?过去二十多年里我花费了数千英镑去看阿森纳;而每一次钱的转手,我都收到了一个回报:允许看比赛,还有一张火车票和一个赛程表。为什么足球与电影院或者唱片店不同?不同在于我们都感到那种奇特的深刻的忠诚,直到现在我们都期待有生之年能去看阿森纳的每一场比赛;现在看起来我们当中有些人无法实现这个愿望了。但那还不是世界末日。球票价格的上涨可能会提高我们所看的足球的质量;也许俱乐部能够减少一些比赛,球员们能够不那么频繁地受伤,而且没有必要去踢像 ZDS 杯那样的垃圾锦标赛以多挣几个子儿。再有,我们还是必须注意到欧洲:意大利人、葡萄牙人和西班牙人的球票更贵,但他们能用来支付欧洲和南美最好球员们的工资。(他们也不像我们那样对低级别联赛足球有那么大的痴迷。那里有第三第四级别的俱乐部,但他们都是半职业的。甲级联赛是优先的,但这并不影响比赛的结构。足球的风气就更加健康。)

许多年里,我们把足球和其他事情——那些更加必要的事情——混淆了,这就是为什么这些愤怒的抗议声是如此发自内心和愤愤不平。我们从狂热的山顶上来看所有事情;毫不奇怪我们所有的观点都是错的。也许是时候从山顶上下来,去看看所有其他局外人是怎么看这些问题的。

在很大程度上,外界所看到的更加冷静、刺耳但是更加合理。那个星期的《经济学家》的封面上放了一幅照片,上面是鲜花、旗帜和横幅组成的特殊的祭坛,那是利物浦和埃弗顿球迷们和其他数百名球迷在安菲尔德的 KOP 看台一端的球门下建立起来的;而标题正好放在横梁之上,上面写着"球赛死了"。第一次也是唯一的一次,我买了那份杂志,并震撼地承认我是多么同意这个提法。也许可以预见,一份以《经济学家》命名的杂志应该有最好的能力去看穿足球本身陷入的混乱;这毕竟是一个上百万英镑的产业,虽然穷得没有一个子儿。

《经济学家》对于那场灾难的不可避免性的描述:"希尔斯堡惨案不是一场不幸的意外事故。而是系统失灵的残酷范例。"关于球场的状态:"大不列颠的足球场现在就像最高级别安保的监狱,但只有微弱的规章制度使俱乐部可以假装观众的安全和监狱的建筑是相适合的。”关于足球当局：“因为自满和无能，他们一点儿也不像一个联合企业；而在大不列颠依然存在的联合企业里，足球联赛是最自以为是和最懒散的之一。”关于拥有俱乐部的人：“就像那些老式的报业大王，他们乐于为声誉投资——这在他们眼里意味着拥有明星球员，而不是舒适的现代化球场。”而关于我们该做什么：“（联赛应该）减少俱乐部，建设现代化的球场，以让过去十年里离开足球的那些人重拾对足球的兴趣。”

这些观点以及同一个问题的其他观点——知识渊博，辩论有力，没有足球管理机构的拖拖拉拉和自私自利，没有政府对比赛的嫌弃（如果希尔斯堡惨案没有带来任何改变，它起码使撒切尔夫人那荒谬作孽的身份证计划泡了汤），也没有对球迷们狂热的误解——能帮助你去将整个足球系统审视清楚。也正是希尔斯堡惨案之后，局外人开始有兴趣关注足球运作本身，才更加清晰地反映了我们过去是如何深深地局限在以足球的方式来看问题。而且，就像这本书里在某处提到的，这种方式并不是太理智的。

5月1日，两个星期加两天之后，阿森纳在海布里和诺维奇比赛，那是惨案过后我们的第一场比赛。那是一个灿烂的银行休假日下午，阿森纳踢得格外精彩，并以5－0获胜；那天在那儿的每个人，包括我在内，都被深深地吸引住了，又一次，所有的事情看起来都那么美妙。悲恸的时候已经结束，电视摄像机在那儿，太阳出来了，阿森纳打入了丰富的进球……在之前悲伤的两个星期之后，比赛进入了庆祝的氛围。尽管那是一种疲倦和沉默的庆祝，但那还是庆祝，如今隔了这么久去看，这些显得特别奇怪。

那个下午我们都在想什么？怎么还会让诺丁汉森林和利物浦重赛？某种程度上，那都是同一问题的一部分。我去看了阿森纳对诺维奇的比赛，并且热爱它，因为同样的原因在海瑟尔惨案之后我看了利物浦对尤文图斯的决赛，还是同样的原因足球在一百多年里并未真正发生太大的变化：因为球赛带来的激情冲毁了一切，包括理智和常识，如果在一场比赛死亡了近百人之后的十六天，就去看并且享受另一场足球比赛的话——但那是可能的，我已经做过了，尽管我的希尔斯堡之后的现实主义——但也许更容易理解一些，是文化和环境造成了这些死亡事件的发生。除了足球之外，一切都无所谓。

最美好的时刻

利物浦 v 阿森纳

1989 年 5 月 26 日

在我看球的二十三个赛季里,只有七支球队拿过甲级联赛冠军:利兹联队,埃弗顿,阿森纳,德比郡队,诺丁汉森林队,阿斯顿维拉以及不可思议地拿了十一个冠军的利物浦。在前五年里有不同的五支球队夺冠,所以对我来说联赛就像人人皆有份儿,明年到我家一样,你只需要花上些时间去等待它;但随着 70 年代来到又远去,接着是 80 年代,我开始认为阿森纳在我的一生里也许无法再次获得冠军了。这么说也并不是太耸人听闻。狼队的球迷们在 1959 年庆祝了他们六年里的第三个冠军,但他们可能无法想到在接下来的三十多年里,他们的球队大多数时候在乙级和丙级联赛厮混;曼城在 1968 年最后一次赢得联赛冠军，当时他们四十多岁的球迷们现在已经七十多岁了。

和所有球迷一样，我看过的绝大多数比赛都是联赛。在大多数时间里，阿森纳一到圣诞之后看起来就对联赛冠军不感兴趣了，但也不会有降级之虞，我估计有半数以上的比赛毫无意义，至少体育记者们认为是毫无意义的比赛。那时没有嚼坏了的手指和指节，没有紧张得扭曲了的面容；你的耳朵也不会因为紧贴着收音机试图去听清利物浦的比赛进展如何而疼痛；实际上，你也不会因为比赛结果产生绝望的痛苦或瞪大眼睛的狂喜。这种比赛的意义是你带给他们的，而不是甲级联赛的榜单。

而如此十多年之后，冠军看起来是那种信则有，不信则无的东西，就像上帝。当然，你会认为赢还是有可能的，你也会试着去尊重那些居然对此还抱有希望的球迷的看法。但在 1975 年到 1989 年期间我是不相信的。我在每个赛季的一开始都满怀希望；而且有好几次——举例来说，86/87 赛季的中间，当时我们有八九个星期都排名榜首——我几乎从无望的洞穴中被诱惑出来。但在内心深处，我还是觉得奇迹不会发生，就像我小时候常常希望，在我老了之前能发明出什么长生不老药，但心里知道那是不可能的。

在 1989 年，在阿森纳上一次夺冠之后的第十八年，我不情愿并愚蠢地允许自己相信，阿森纳这回可能真的能赢得冠军了。在 1 月到 5 月间，他们一直位居甲级联赛的榜首；在这个因希尔斯堡惨案延长的赛季的最后一个周末，阿森纳比利物浦多 5 分，还有 3 场比赛。利物浦比我们少踢一场，但公认的看法是希尔斯堡惨案和伴随而来的极度紧张感，使他们不可能继续保持不败，而且阿森纳三场比赛中的两场是在主场对弱旅。另一场就是客场对利物浦，那是一场决定甲级联赛赛季结果的比赛。

但就在我成为新生的"相信最后几天能夺冠的教会"成员没多久,阿森纳灾难性地停顿了下来,他们在主场沉闷地输给了德比;在海布里的最后一场比赛中,他们面对在赛季初以 5-1 获胜取得开门红的球队温布尔登,却在两次领先的情况下让对手扳平。就是在与德比郡的比赛后,我怒不可遏,因一杯茶和我的女朋友吵了起来,但在与温布尔登的比赛后,我都没有了脾气,只剩下了麻木的失望。这让我第一次理解在肥皂剧中的女人,为什么被爱情伤害之后,就不允许自己再爱上别人:我以前从来不认为这是可以选择的,但现在,本来可以继续坚持和继续愤世嫉俗的我,却让自己赤裸裸地毫无掩蔽之处。我不能允许这种情况再次发生,永远,永远也不能,我真傻,我现在才知道,我也同样知道要经过许多年之后,我才能从那如此接近却又失败的极度失望中恢复过来。

但还没有彻底绝望。利物浦还有两场比赛,对西汉姆联和对我们,都在安菲尔德进行。因为两支球队积分非常接近,所以积分榜的计算特别复杂:无论利物浦净胜西汉姆多少球,阿森纳都必须净胜利物浦这个数字的一半。如果利物浦以 2-0 获胜,我们就不得不赢他们 1-0,以此类推。在那场比赛中利物浦以 5-1 获胜,那意味着我们必须以两球获胜;"阿森纳,没有人为你祈祷",这就是《每日镜报》最后一版的大标题。

我没有去安菲尔德。这场比赛在赛季之前就已经安排好了,当时不会料到结果会是这么至关紧要,但此时毫无疑问这场比赛将决定联赛冠军,球票早都卖光了。早上我去海布里买了一件新的球衣,仅仅因为我感觉我必须做些什么,诚然,即使在表面上,在电视机面前穿着一件球衣不能给球队带来多少鼓励，却能让我感觉好一点。那时正好是中午，离晚上开球还有近八个小时，已经有许多的长途汽车和小轿车来到了球场周围，在我回家的路上我祝每个碰到的人好运；在这个美丽的5月的早晨，他们的信心（“3－1”，“2－0，没问题”，甚至还有更愉快的“4－1”）使我为他们感到悲哀，好像这些快活而勇敢的年轻男女是去索姆河战役丢失生命，而不是去安菲尔德，充其量，丢失的也不过是信仰。

下午我去工作了，但抑制不住的紧张让我很不舒服；然后我径直去了一个支持阿森纳的朋友的家里去看比赛，那里离北看台只隔着一条街道。那个夜晚的所有事情都值得纪念，从两队走上球场开始到阿森纳球员逐个跑到KOP看台下面送上一束束鲜花。而随着比赛的进行，很明显阿森纳将在这场战斗中失败，我突然想到我是多么熟悉我的球队，他们的面容和他们的习惯，想到我是多么热爱每一位成员。默森露出齿缝的微笑和邋遢的发型，亚当斯充满男子汉气概，并且可爱地尝试着去克服自己的不完美，罗卡索优雅的跑动，史密斯可爱的勤奋……我发现我开始原谅他们如此靠近冠军却又失去它了：他们还年轻，他们有一个奇迹般的赛季，作为一个支持者，你真的不能要求更多了。

当下半场一开始我们打入一球时我兴奋坏了，而十分钟后我就再次兴奋起来，当时托马斯有一个清晰的机会却打在了格罗贝拉身上，但随后利物浦看起来越来越强大，在最后阶段创造了许多机会。最后，当角落里的电视大屏幕上的时间显示九十分钟已经完结，我准备为这支勇敢的球队奉献出勇敢的微笑了。“如果阿森纳最终失去冠军，但同时却拥有如此的领先，这有点是对他们最后一天的公平的奖赏，即使他们不能赢得冠军。”评论员之一大卫·普利特这么说到。

当时凯文·理查德森因为受伤被抬出场治疗，而KOP看台已经开始庆祝。“我想，他们会认为这种安慰太小了，大卫。”布赖恩·摩尔回应道。当然，对我们所有人来说，这种安慰太小了。

理查德森最后站了起来，九十二分钟过去了，他还在禁区抢铲了约翰·巴恩斯的一个球；接着卢基奇把球扔给了迪克逊，迪克逊别无选择，将球传给了史密斯，杰出的史密斯带球向前……突然，在赛季最后一场比赛的最后一分钟，带着为阿森纳赢得冠军的机会，托马斯一个人，冲过了防线。“夺取冠军的最后时刻到了！”布赖恩·摩尔欢呼着；但即使在那一时刻，带着从最近失利中学到的更多的怀疑，我发现我还是在控制着自己，我在想，不管怎样，至少我们最后已经离得如此之近，而不是在想，迈克尔啊，迈克尔啊，迈克尔啊，踢进去呀，上帝呀，请让他进这个球吧。这时，他做了一个空翻，而我倒在了地上，客厅里所有的人都压在了我身上。十八年的苦苦等待，在这一秒钟全都被遗忘。

还有什么比得上这个时刻吗？在彼得·戴维斯关于1990年世界杯的名著《竭尽全力》中，他注意到球员们用性来比喻他们进球时的感觉。在有些比较平常的精彩时刻，我也可以理解这点。举例来说，1990年11月，在主场被曼联队6-2狂宰四天之后，史密斯在我们3-0击败利物浦的比赛中的第三个进球——那种感觉太棒了，全然是一个小时越来越激动之后的释放。四五年前，在诺维奇，整个比赛中一直处于被动的阿森纳，却在十六分钟里打进了四球，那四分之一个小时，就有某些性幻想的成分在里面。

以性高潮来比喻的问题是，尽管显然是令人愉悦的，但它是熟悉的、可重复的（在几个小时之内，如果你饮食健康的话）而且是可以预期的,特别是对于一个男人来讲——如果你做爱,你就会知道接下来的高潮的到来。如果我已经有十八年未尝过做爱的滋味,并已经放弃了在今后十八年里做爱的期望,然而突然地,一个机会出现在眼前……也许这种情况有可能重现安菲尔德时刻的感觉。即便是这样,比起看足球来,性行为毫无疑义要美好得多(没有 0－0 的平局,没有越位的圈套,没有奖杯的烦恼,而且你也总是很暖和),总的来说,做爱带来的感觉绝对没有一生中只有一次的、在最后一分钟赢得冠军那么强烈。

没有人所描述的他们最好的时刻与我的类似。分娩一定格外令人激动,但其中绝没有这种在关键时刻的意外,而且某种程度上持续太久了;个人野心的满足　　晋升,获奖,不管是哪一种——都没有最后一分钟这个要素,也没有那个夜晚我所感到的无能为力。还有什么事可能出现这种突发性的效果? 中一大笔钱的彩票,也许吧,但得到大量金钱对精神的影响完全是另一方面的,也绝对没有足球这种共有的欣喜若狂。

那个时刻,无法用语言来形容。我耗尽了所有能用的选择。我记不起什么东西能让我垂涎二十年之久(还有什么东西能合情合理地让人垂涎如此之久?),我也想不出来,还有什么事能让我在孩童时和成年时都一样地渴望。所以,请对他们宽容,请容忍那些将一个体育活动的某一个时刻描述成他们一生中最美好时刻的人。我们并不是缺乏想象力,我们也不是过着悲惨和贫困的生活;只是现实生活比较苍白,比较无味,没有那么多可能的、预料不到的极度狂热。

当最后的哨音吹响时(还有一个惊心动魄的时刻,托马斯转身,漫不经心地给了卢基奇一个吓人的后传,完美安全,带着我完全感觉不到的冷静），我径直冲出门去，向布莱克斯托克路上卖酒的商店跑去；我伸展着双臂，像一个小男孩做着飞机的动作，当我在街道上飞翔时，年老的女士们从门里走出来，为我拍手喝彩，就像我是迈克尔·托马斯本人一样；接着我可悲地为一瓶便宜的香槟付了太多的钱，到后来我才醒悟到，当时被那个店员狠狠地敲了一笔竹杠，因为他看出了任何理智的光芒都已经从我的眼神中消失。当球场里的球迷们开始准备庆祝仪式时，我能听到周围充满了从酒吧、商店和房子里传出来的欢呼声和尖叫声；周围的人们有的披着横幅，有的坐在鸣着喇叭的车顶上，每个人都抓紧机会拥抱着陌生人，电视摄像机来到现场为晚间新闻拍摄下街道上的狂欢，俱乐部官员从窗口里伸手向跳跃的观众们致意。我此时庆幸没有去安菲尔德，否则我就无法经历在我们家门口的、这种欢天喜地的拉丁式的庆祝场面。二十一年之后，我不再像得双冠那年一样，觉得如果我没有去球场看比赛，我就没有权利参加庆祝；我已经年复一年、年复一年、年复一年地尽了力，这个胜利也是属于我的。

座席

阿森纳 v 考文垂

1989 年 8 月 22 日

下面这些是我三十多岁时发生在我身上的一些事情:我贷款买房;我停止购买《新音乐快递》和《脸》,但不知为什么,又开始把往期的《Q》杂志保存在我起居室的书架里;我当了伯父;我买了一个 CD 播放器;我聘了一位会计师;我开始注意到某几种类型的音乐——嘻哈,死亡吉他,重金属——听起来都差不多,而且无腔无调;我喜欢去餐馆而不是夜总会,喜欢和朋友们共进晚餐而不是参加聚会;我开始讨厌满肚子啤酒的感觉,但仍喜欢来上一品脱;我开始留意家具;我买了一张人们放在厨房里的那种软木公告板;我开始有了几种新的看法——比如说,对我街道上那些擅自占住空房的人,还有那些过度喧闹的派对——和我年轻时的态度不再完全相同。而且，在 1989 年，在北看台站了超过十五年之后，我买了一张座席的季票。这些事件并未完全说明我是如何变老的，但已经说出了一部分。

你只是厌倦了。我厌倦了排队，还有拥挤，还有每当阿森纳进球时都会被推下半个看台，还有在重大比赛时看向近处球门的视线总被遮住一部分，对我来说能够在开球前两分钟抵达，而且不用担心有任何不便就是买座票的原因。我不排斥站立看台，事实上我现在还挺喜欢它们的，它们所提供的背景、噪声和色彩，比我站在它们上面时丰富多了。这场对考文垂的比赛是我们第一次持座席季票的比赛，托马斯和马伍德在我们面前进球了，就在我们看台这边，从我们这一侧。

我们有五个人：当然有皮特了，还有我的弟弟、我的女朋友（尽管她的位子现在经常坐着其他人）、我，以及安迪——就是过去外号叫耗子的那个，当我们还是孩子时曾一起站在学生区的看台上，我在乔治的第二个赛季时和他在北看台重逢，那时我们已经有十多年未联系了，现在他也同样乐于离开站立看台。

当你买下一张座席季票，你真正在做的是在所属物上刻下标记。我在站立看台上曾有自己的一席之地，但我并不拥有它，如果一些偶然造访来看重大比赛的血气方刚的球迷站在那里，我就只能干瞪眼儿了。现在我真正拥有了自己在球场的家，有合租者和邻居，我们之间以诚相待，并且有共同感兴趣的话题，诸如需要一个新的中场/前锋/踢球的方式等问题。所以我一下变成了一个标准的上了年纪的老球迷，但我并不为此遗憾。过不了多久，你开始不想浑浑噩噩地，一天接一天，一场比赛接一场比赛地混日子，你开始想确保你以后的日子稳妥安全。

抽烟

阿森纳 v 利物浦

1989 年 10 月 25 日

我记住那场比赛是因为有几个惯常的原因，替补上场的史密斯在最后时刻打入制胜一球，从而轻易地从老对手手里抢过了杯赛冠军。但我记住它的最大原因是，那次是我迄今为止，从 80 年代到 90 年代，第一次在整整九十分钟内，血液里没有尼古丁。我已经试过在比赛中不抽烟：在 83/84 赛季的上半段，我咀嚼着尼古丁口香糖，但从未准备去戒除，接着终于又抽了起来。但在 1989 年 10 月，在见过反吸烟运动的领袖艾伦·卡尔之后，我曾彻底戒过十天，这场比赛就正处于这段不愉快时期的中间。

我想戒烟，就像许多想这样做的人一样，我坚定地相信戒除会很容易。我不会去买一条免税的香烟，或者一个打火机，甚至是一包家用的火柴，根据我停止吸烟的决心，那将只会是浪费金钱。但现在，今天，就在这一分钟，让我没有坚持这么做的原因和以往一样，总是那些相同的事情：面临着一个困难的工作时期，需要只有丝卡牌香烟能提供的那种聚精会神；对毫无疑问会伴随着绝望喊叫的家庭紧张气氛的担心；还有，就是不可避免而且悲哀的，那个阿森纳。

有时也会有一些宽松的时候。在赛季的上半期，在足总杯开打之前，在冠军杯白炽化之前。有些像现在的日子，我的球队在1月末就与所有锦标说了再见，面对整整五个月无趣但毫不紧张的下午。（不过我现在有这本书要写，以及期限，以及……）但有些赛季——比如88/89年的冠军赛季，或者90/91年双冠王赛季里的你追我赶，那时候在1月和5月之间的每场比赛都至关紧要——我不能想象没有一根烟我坐在那儿会怎么样。在温布利对托特纳姆的足总杯半决赛最后十一分钟时还落后两球，没有香烟？简直难以想象。

我就这样一直隐藏在阿森纳背后吗？他们将会一直成为我离不开香烟的借口，每个周末从不出远门，不接受与主场比赛可能相冲突的任何工作？对利物浦的比赛告诉了我，那并不是他们的错误，是我在控制着自己的行动，而不是他们；我也的确记得我那晚没有抽烟并没有导致我跑进场地愚蠢地摇晃球员，当即将到来的比赛让我确信现在并不是解决我吸烟上瘾的好时机，我就完全忘记了这些。在前面我已经说过阿森纳一直在我背上，就像驼峰，一年一年又一年，是一种真正的残疾。但我也利用了这个残疾，并榨干了它的所有价值。

七个进球和一场群架

阿森纳 v 诺维奇

1989 年 11 月 4 日

要让一场比赛真正、确切地难忘,成为那种让你带着满足沉醉地回到家的比赛,以下几种特征要尽量越多越好:

(1) 进球:越多越好。有一种观点认为,在那种特别容易取胜的比赛中进球会失去它们的价值,但我从未发现这是个问题。(在 7－1 狂扫谢菲尔德星期三队的比赛中,我享受最后一个进球的程度和享受第一个进球一样。)如果双方都有进球,那么最好是另一支球队首开纪录:我对主场在上半场 0－2 落后,最后却以 3－2 成为胜利者的比赛特别欣赏。

(2) 裁判糟糕的判罚:我希望在其中阿森纳成为受害者,而不是获利者，只要不是以丢掉比赛为代价。义愤填膺是理想的足球体验一种至关重要的要素；因此我不能同意比赛解说员们说的如果一个裁判没有被注意，他就吹了一场好比赛（尽管像每一个人一样，我不喜欢比赛隔几秒钟就中断一次）。我宁愿关注到裁判的在场，并向他们怒吼，并感觉受到了他们的欺骗。

（3）喧闹的观众：在我的经验里，观众们最好的时候是在他们的球队失利但踢得很好的时候，这也是为什么带着 3－2 的胜利回家是我最喜欢的比分的原因之一。

（4）下雨，湿滑的场地，等等：8 月份在一片全部绿油油的场地上进行的足球比赛，从审美上更具吸引力，尽管如此我却喜欢在球门区有些泥泞。太泥泞了球队就完全没法踢了，但你无法不欣赏球员们为一个滑铲或者试图断下传球，冲出去十到十五码的景象。从风雨交加中看过去，有一种强化的作用。

（5）对手罚丢了点球：阿森纳守门员约翰·卢基奇是扑点球之王，所以我看到过许多这种情形；1988 年足总杯淘汰赛第五轮布利恩·迈克莱尔恐怖的最后时刻——那个球如此失控，几乎高过了北看台的顶棚——依然是我最喜欢的。不过，我把我的喜爱还留了一点给奈杰尔·克劳夫的努力，那次也是最后时刻，1990 年一场联赛，当时他罚丢了；裁判判决重罚，他再次罚丢了。

（6）对方球员吃红牌："很遗憾听到观众这样的反应"，巴里·戴维斯在 1992 年朴茨茅斯对诺丁汉森林队的足总杯四分之一决赛时评论道，当时森林队的布利恩·劳斯被红牌罚下，朴茨茅斯的球迷们几近疯狂；但他想怎么样？对于球迷们来说，驱逐出场总是一个魔幻时刻，当然，重要的是不要发生在比赛开始不久。上半场的红牌通常意味着要么是十一个人的球队取得无聊的轻松的胜利（比如，1991

年足总杯半决赛诺丁汉森林对西汉姆),要么是另一方重新组织起滴水不漏的防守让比赛一片死寂;

在一场胶着的比赛里下半场的红牌是绝对令人满意的。如果我只能挑选一个吃红牌者与我一起去荒岛的话,那必定是狼队的鲍勃·哈泽尔,在1978年海布里的足总杯淘汰赛第四轮的最后时刻被罚出场,当时比分是1-1。在我的记忆里,他攻击了瑞克斯,瑞克斯正试图从他手里夺过皮球以便让我们更快地开出角球;就是这个角球,麦克唐纳,在比赛中第一次摆脱了这个讨厌的盯着他的人,因此在完全无人防守的情况下,为我们顶进了一个制胜球。当托尼·科登1986年在海布里走过漫长的草坪孤独地离开时,我也感到十分地享受——看着一名门将被罚出场是比较特殊的——还有1990年世界杯的首场比赛中,玛辛对卡尼吉亚的恶意攻击之后,挥手向观众告别。

(7)某种“不道德事件”(又被称为“愚蠢”“胡闹”“不愉快”的事件):我们进入了有疑义的道德领域——显然球员们有责任不要去激怒一触即发的观众。在一个潮湿的11月下午,在一万名麻木的观众面前考文垂和温布尔登之间的怒骂是一回事,但考虑到看台上几乎无法控制的宗派式的仇恨,凯尔特人和流浪者队球员们的争吵就是另外一回事了。但不得不承认,没有什么能比一场打架更能让无趣的比赛活跃起来,尽管很遗憾地有些为科林斯精神感到悲哀。但其副作用总是有助于比赛——球员们和观众都更加投入,情节复杂,脉搏加速——只要比赛不退化发酵为仇恨的比赛,争吵对我来说总是相当必要的一部分,就像屋顶阳台和壁炉一样。如果我是一个体育新闻记者或者一个足球管理机构代表,那么毫无疑问我将换一副腔调,发出不赞成的声音,坚持违反者应被惩罚——争吵,就像软毒品,如果它被正式认可的话,就没什么意思了。然而幸运的是,我对此没什么责任:我是一个球迷,无论如何都没有义务去遵从道德要求。

1989年底的阿森纳对诺维奇的比赛有七个进球,阿森纳从0–2落后奋起反击,接着2–3落后,最终以4–3获胜。比赛有两个点球,其中一个在最后时刻,当时比分是3–3(顺便说下,这两个点球都是裁判方面的可怕判决)……然而诺维奇的甘恩扑出了它,球反弹到迪克逊那里,他搓了一下,球飘着,缓缓落入空网中。然后,场上乱成了一锅粥,除了阿森纳守门员每个人或多或少都卷入一场相互攻击之中,那看起来无休无止,不过很可能只是片刻的事儿。没有人被罚下,但这没关系:你怎么能不欣赏像这样的一场比赛呢?

两支球队都被重罚,当然,那是对的。在这种情况下,足总不可能送给他们一封信感谢球员们做出了球迷想看的事。但随着阿森纳的新问题(这会在别处讨论),打架在回顾中失去了一些本身的光彩。但这再次成为世界的中心事件:比赛结束我们回家,并知道我们在现场看到的,是这个下午意义最重大的体育时刻,这个时刻将会被谈论好几个星期,好几个月,它将成为新闻,星期一早上上班时每个人都会问你这件事。所以,最终人们不得不承认,去看那些成年男人在三万五千人面前显得如此鲁莽,那是一种特权;我是怎么也不会错过这种好戏的。

萨达姆·侯赛因和沃伦·巴顿

阿森纳 v 埃弗顿

1991 年 1 月 19 日

一个鲜为人知的事实：足球迷比其他人都要早知道海湾战争已经开始。我们坐在电视前面，等着切尔西对托特纳姆的拉姆贝罗杯淘汰赛精彩画面，就在午夜之前，尼克·欧文[①]看着他的屏幕，宣布一则快报，而且表示希望我们很快就能够去斯坦福桥。（因为当时的那种情况，隔天早上《每日镜报》对比赛的报道读起来有些古怪："一波又一波的攻击让托特纳姆仓皇求生"，诸如此类的用语。）ITV 比 BBC 早几分钟发布了战争的消息，打赢了这场新闻战。

像大多数人一样，我觉得惊恐：使用核武器和化学武器的可能性；以色列涉入的可能性；还有成千上万人死亡的可能性。那个星期六下午 3 点钟,在攻击发起六十三个小时之后,我感到比任何我所记得的足球比赛之前都更加困惑:我当时看了太多的深夜电视,做了太多奇怪的梦。

在观众中也有不同的声音,北看台高唱“萨达姆·侯赛因是同性恋”和“侯赛因从阿森纳逃走”。(第一个讯息几乎不需要解码;第二个,“阿森纳”指的是那些球迷而非球员。这让那高唱成了自我吹捧,而不是嘲讽,而且自相矛盾地显示了对伊拉克领导人的、不带有对其性偏好推测的尊重。也许观点上应该前后相符,是一个太高的要求。)

那是个有趣的体验,在世界正在打仗的时候看着足球比赛;一种我过去从来没有的体验。当几千英里外的地方有几百万人准备互相残杀,海布里怎么就变成了宇宙的中心? 太容易解释了。在中场休息之后默森的得分让我们以 1-0 赢得胜利,那本身并不足以把注意力从巴格达拉回来;但是当沃伦·巴顿在安菲尔德的任意球让温布尔登赛后排名上升,于是我们那个赛季第一次登上联赛之首,这才使得一切的焦点变得更加清晰。12 月份落后 8 个积分点而在 1 月变成 1 分领先……到了 4 点 45 分,萨达姆已经被遗忘,而海布里正在沸腾。

---

① Nick Owen,当时 ITV 体育节目主持人,后任卢顿足球俱乐部主席。

典型的阿森纳

阿森纳 v 曼联

1991 年 5 月 6 日

在 1991 年 5 月,我们再次赢得冠军,这是三年里我们第二次夺冠,也是我看球史上的第三个。不过在最后阶段没有 1989 年的那种戏剧性:利物浦耻辱性地崩溃了,而我们甩开了他们。5 月 6 日的晚上,在我们对曼联的主场比赛开始之前,利物浦在森林队主场失利,于是对曼联的比赛就变成了一场狂欢的、声嘶力竭的庆祝晚会。

如果哪个赛季能作为阿森纳的典型例子,就是这个赛季。不仅仅因为我们整个赛季只输了一场联赛,并且令人惊奇的仅仅只有十八个丢球,尽管这些数据表本身可以证明球队坚韧的传统,但更重要的是因为我们尽管经历了可笑的对抗和逆境却拿到了冠军。在卷入一场回顾起来相当愚蠢的纷扰之后，我们被扣除了两分，这次离那场与诺维奇队激动的骚乱不到一年；不久，我们的队长因酒后驾车这一极度的愚蠢之举被关进了监狱。除此之外还有许多其他球场内外的插曲，比如球场上的打架，小报上披露的恶劣醉酒行为等，显示了集体的暴躁和无纪律性（最明显的一次就是1989年末在阿斯顿维拉，当比赛结束哨响之后很长时间，大部分球员还包围着一个没有起好作用的边裁，做着手势大喊大叫，让我们这些远道而来的支持者无法不为他们感到难为情），等等等等。这些不良记录的每一条都孤立着俱乐部，毫无疑问给痛恨阿森纳的阵营带来越来越多的口舌之利；海布里成了北伦敦中心的一个魔鬼岛、流氓和无赖的家。

在和曼联队的整场比赛中，观众们一遍又一遍愉快地唱着："你可以把你那该死的两分戳进你的屁眼里"，而且这歌曲看起来似乎开始成为典型的阿森纳的歌：拿走我们的积分，关起了我们的队长，痛恨我们的足球，滚到一边儿去吧你们。那是我们的夜晚，一场显示了团结和挑衅的、不属于任何人的、没有灰色地带的纯粹欢乐的表演，是对宇宙中所有美德的喝彩。阿森纳不像诺丁汉森林、西汉姆甚至利物浦那样，可以引起其他球迷的喜爱和羡慕；我们不和别人分享我们的快乐，除了我们自己。

我不喜欢过去的几个赛季里阿森纳的争吵和无礼行为，我当然不会喜欢。我宁愿托尼·亚当斯没有在喝了一大桶啤酒之后在居民区的街道上打滑，俱乐部没有为他支付他在监狱期间的工资，伊恩·赖特没有对老西汉姆球迷吐口水，奈杰尔·温特伯恩在海布里的边线上没有卷入一场奇怪的和支持者的争吵。所有这些都是**坏事**。但某种意义上我的感觉与此无关。那是阿森纳被人讨厌的经历中本质的一部分,在一个人人都或多或少同越位陷阱和多出来的一名防守队员踢队的时代,也许这些离经叛道的事件是阿森纳在增加赌注,以树立对这个领域唯一所有者的身份。

所以最后,阿森纳为什么成为这个样子的问题就不那么有趣了。我怀疑他们如此表现仅仅因为他们是阿森纳,他们理解他们在足球领域被安排的角色。而另一个比较起来更有趣的问题是:它对球迷们有什么影响?当你用你的一生去陪伴一支每个人都喜欢去痛恨的球队,你的精神会受到什么影响?阿森纳球迷们是不是像狗一样,性格会变得和它的主人一样类似?

当然,绝对是这样的。据我所知西汉姆球迷天生具有失败者的道义权利,托特纳姆球迷总是显示出自鸣得意的老练,曼联球迷总是充满着沮丧的庄严,利物浦球迷则完全是卓越的。而作为阿森纳球迷……不可能去相信,我们保留着天然的对于全世界其他人根本不喜欢领域的喜爱。甚至从1969年5月15日开始,我就已经明白了这种球队带来的,甚至是需要的这种孤立状态。我妻子认为,我对每一次小小的挫折或者察觉到背信弃义行为时所采用的充满挑衅的态度,是从阿森纳那里学来的,而她可能是对的。像俱乐部一样,我没有装备着特别厚的外壳;我对批评的敏感,意味着我更喜欢把护城吊桥拉起来去阻止它,并痛苦地为我们自己哀叹,而不是很快地伸出手言和,然后继续看比赛。这是真正的阿森纳风格,对此我看得很清楚但无法去改变它。

所以第二次赢得冠军,尽管比不上第一次那么迷人,也仍然令人心满意足,并更真实地展现出阿森纳风格:俱乐部和球迷们精诚团结,并且以高尚的诚实的决心,克服了他们自己制造出来的几乎不能克服的难题，那不仅仅是球队的胜利，也是球队所代表的所有人的胜利，并且延伸一点说，是所有阿森纳球迷成为现在这个样子的原因。5月6日是我们的夜晚，其他人可以去上吊了。

踢球

一些朋友 v 另一些朋友

每个星期三晚上

在我开始看球的同时，我就开始认真地踢球了——就是说，我开始关心我所要做的事情，而不再是为了让老师满意去做什么。我们在学校用网球踢比赛，还在街道上拿有小孔的塑料球来踢，两个人或三个人一拨；我和妹妹在后花园里比赛，比赛以十个球为结束，当她面对一个 9－0 的开局时，她威胁我如果我再进球她就不玩了；在星期天下午的《大竞赛》节目之后我和当地一个有野心成为守门员的孩子在附近的场地踢球，那里我们能重现高比分的联赛比赛，而我同时能提供现场解说。在我上大学之前我在地区体育中心踢五人制比赛，接着是在大学学院的二队或三队踢球。在剑桥教书时我是教职工球队的成员，并在夏天和朋友们每星期踢两次混合比赛，在最近的六七年中，我认识的所有热衷于足球的人，每星期都有一次聚集在西伦敦的五人制球场。所以在生命的三分之二时间里，我一直在踢球，我还希望在剩下的三四十年里，尽可能长久地多踢。

我是一名前锋；或者说，我不是一个守门员、防守队员或中场，我不仅能轻松地回想起五年前、十年前、十五年前的一些进球，私下里，我依然热衷于这些回忆，尽管我清楚这种嗜好最终将导致我的盲目。可想而知，我球踢得不好，但庆幸的是，和我一起踢球的朋友们也不怎么样。我们的水平只是好到值得去踢一场比赛：每个星期我们中的一个就会瞎猫抓死耗子有一个精彩的进球，一个势大力沉的右脚抽射，或者一个侧脚球越过对手不知所措的防守线进入球网一角，然后我们偷偷地而又带点罪恶感地回味着这个进球（因为这不是成年男人应该梦想的事），直到下一次踢球。我们中的有些人已经谢顶了，但我们互相提醒，尽管如此，这并没有妨碍瑞恩·威尔金斯或者那个被忘掉名字的才华横溢的桑普多利亚边锋①；我们中的有些已经有些超重了；我们中的大多数都三十多岁了。尽管我们有着不使劲铲球的默契，这让那些从来不会铲球的松了一口气，但这两年，我注意到在星期四早上起床时，我因为僵硬的关节，抻伤的脚筋，痛得要命的肌腱，而几乎动弹不得；我的膝盖在接下来两天就会肿胀起来，那是十年前的一场比赛带来的中度韧带撕裂的后遗症（接下来的检测手术可能是我和一个真正球员最接近的共同之处）；不管我曾有过什么速度，都已经被我增长的年龄和自虐的生活方式夺走。在我们比赛的六十分钟末了时，我已经筋疲力尽、面红

① 瑞恩·威尔金斯和桑普多利亚边锋隆巴多，两位都是技艺高超、谢顶的球星。

耳赤，而我那件仿品阿森纳客场球衣（旧款的）和短裤都已完全湿透。

我曾经如此接近于一个职业球员：在学院里，有一两个一队的球员为蓝队踢球（我最后那年进入了学院的三队），而蓝队是一支囊括了整个大学里最好的十一名球员的球队。据我所知，两个蓝队球员在我那时成为了职业球员。最好的一个，学校的偶像，是一个金发碧眼的前锋，像明星那样才华横溢，曾为丁级联赛的托尔奎联队替补上场过几次——他很可能为他们打入过一个球。另一个在剑桥城队——城队，不是联队，就是昆汀·克里斯普的球队，那支在《今日赛场》里有着断断续续的录音、有两百名观众的球队——做后卫；我们去看过他，而他差得很远。

所以……如果我是学校里的第一，而不是实际上的第二十五或三十，如果幸运的话，我可能可以加入一支非常乏味的半职业球队，但在那里也看起来糟糕透顶。体育运动不允许你像写作、艺术或绘画或中层管理职位那样去幻想：在我十一岁时，我就知道我永远不能为阿森纳踢球。知道这么残酷的事实，十一岁这个年龄是太小了。

幸运的是，你不必走在联赛球场上，不必拥有球员的体型、速度、耐力和技术，也有可能作为一名职业球员。因为有那些表情和手势——当你丢掉了一个好机会后，眯挤着的眼睛和垂着的双肩，当你进球后的击掌，当你的队友需要鼓励时紧握的双拳和拍手鼓掌，张开的双臂和摊开的手掌说明你极好的位置和你队友的自私，手指向你希望把球传中的位置，而当球传到了位置，你反正还是接不到，你要举手示意知道这两件事儿。而有时当你背对球门接球，然后远离目标短程射门，你知道你只是做了正确的事情。仅此而已，而且那不是因为你的大肚腩（瞧瞧人家莫尔比[①]）和你稀少的头发（又要提到威尔金斯，还有那个桑普多利亚边锋——隆巴多？），以及你身高的缺陷（希利尔，林帕）。如果不是因为所有这些表面现象，你完全可以看起来像是阿兰·史密斯。

① 当时的利物浦球员扬·莫尔比，经常伤病缠身，伤病时大吃大喝不保持身材，伤愈归队时经常超重。但不管多重，他仍然能完全控制中场，他的传球总是技惊四座，被称为“可能是唯一一个重达224磅仍能踢得这么好的球员”。

60 年代重现

阿森纳 v 阿斯顿维拉

1992 年 1 月 11 日

我一方面有些害怕把所有这些都写在这本书里，就像我有些害怕向一个临床心理医生解释这一切意味着什么：我担心如果这么做的话一切都会远去，而只给我留下一个以前是足球所在的巨大空洞。这尚未发生，起码现在还没有。但发生的事更令人烦恼：我已经开始品尝到足球带来的痛苦。我期盼更多的冠军，以及经常能到温布利，以及在白鹿巷最后时刻击溃托特纳姆，我当然会如此，当它们真正来临时我会像其他人一样疯狂。然而，我现在还不期望它们到来。我希望这些快乐可以延期。我已经那么长时间感到冷漠、无聊和不愉快，所以当阿森纳好的时候，我感到虽然只有一点点，却很明显的不知所措，不过看起来我没必要为此忧虑。那些过去的，仍会归来。我在 1991 年夏天开始写这本书。阿森纳刚刚赢得了甲级联赛冠军，并在整整二十年后就要第一次踏入欧洲冠军杯赛场。他们有最强大的球队，最光明的前景，最强悍的防守，最致命的攻击力，最狡猾的主教练；在 90/91 赛季的最后一场比赛中，当他们在最后二十余分钟狂风扫落叶般连进四球以 6－1 击败可怜的考文垂时，报纸上写满了我们。"将要统治欧洲"；"枪手是未来五年的统治者"；"我们是有史以来最好的球队"；"冠军盯住了更大的荣誉"。在我那个时候还没有见过这么多的乐观精神。即使我朋友中痛恨阿森纳的人也预言我们会成功和辉煌地杀入冠军杯决赛，并毫无疑问地，一定会蝉联下一个联赛桂冠。

在赛季的一开始有些磕磕绊绊，但在 9 月中旬冠军杯开始后球队找回了他们的状态：他们 6－1 狂胜奥地利联赛冠军，一场伟大的表演，我们相信那会镇住欧洲大陆的其他豪强。在接下来的那一轮我们打平了葡萄牙冠军本菲卡，我坐在两架俱乐部球迷包机中的一架上去了里斯本，在光明球场八万葡萄牙人面前，我们坚持不懈赢得了令人信服的 1－1 平局。然而，回到海布里，我们被迎头痛击，蹂躏，击败，于是一切结束了，也许还需要另外一个二十年。这时在圣诞期间一连串糟糕的结果之后，我们在冠军争夺中也掉队了；接着，不可置信而且令人震惊地，我们在足总杯上被雷克斯汉姆淘汰出局，要知道他们上个赛季在丁级联赛中垫底，而阿森纳是甲级联赛的冠军。

在冠军后的那些希望和荣耀之中，试图去写我大部分的球迷生涯是多么地悲惨，这种感觉是相当奇怪的。所以当这个赛季化为乌有，而海布里再次成为不满足的球员们和不高兴的球迷们的聚集之地，未来开始看起来如此暗淡，以致很难记得为什么我们开始会觉得那么的光明，我又开始感到比较自在。1992 年的大崩溃有一种对应的魔术效果在里面。和雷克瑟姆的比赛完全具有斯文顿所具有的光辉灿烂和真正的娱乐效果，已经足够丢脸到让我重温孩提时代的创伤；而且，在我开始回忆 60 年代，70 年代以及 80 年代，是的，还有 80 年代，那一度无聊又无聊的阿森纳时，赖特、坎贝尔、史密斯以及其他球员又都跟着一起停止了进球，并且开始看起来像他们历史上那些前辈一样的无能。

在雷克瑟姆之战一个星期后对阵阿斯顿维拉时，我的整个人生在眼前闪现。一场 0－0 平局，一支一无所有的球队，一场毫无意义的比赛，面对一群烦躁不安、偶尔愤怒但大部分时间疲惫忍耐的观众，在冰冻的 1 月的寒冷中……唯一不同的是，没有那个自己把自己绊倒的伊恩-乌尔，以及坐在我身边不停抱怨的老爸。

Nick Hornby
Fever Pitch

图字：09－2018－1086号

图书在版编目(CIP)数据

极度狂热／(英)尼克·霍恩比(Nick Hornby)著；沙迎风译．—上海：上海译文出版社，2020.9
(尼克·霍恩比作品)
书名原义：Fever Pitch
ISBN 978-7-5327-8421-9

Ⅰ.①极… Ⅱ.①尼… ②沙… Ⅲ.①长篇小说—英国—现代 Ⅳ.①I561.45

中国版本图书馆CIP数据核字(2020)第159622号

极度狂热
〔英〕尼克·霍恩比 著 沙迎风 译
责任编辑/管舒宁 装帧设计/人马艺术设计·储平

上海译文出版社有限公司出版、发行
网址：www.yiwen.com.cn
200001 上海福建中路193号
上海信老印刷厂印刷

开本 890×1240 1/32 印张 10 插页 2 字数 156,000
2020年11月第1版 2020年11月第1次印刷
印数：0,001—6,000册

ISBN 978－7－5327－8421－9/I·5172
定价：69.00元